咎人のくちづけ

咎《とが》人《びと》のくちづけ

夜光《やこう》 花《はな》

ILLUSTRATION：山岸《やまぎし》ほくと

咎人のくちづけ

LYNX ROMANCE

CONTENTS

咎人のくちづけ

■一　咎人《とがびと》

　上空から粉雪が舞い降りてきて、ルイの革のブーツに落ちた。

　ルイは大きめの籠《かご》を抱え、吐く息よりも真っ白な色で覆われた中庭を進んだ。女神の像を中央の台座に据えた噴水は、雪で覆われている。雪が降り出してから中庭には誰《だれ》も訪れなかったのか、足跡はルイのものと数歩前を歩いている黒髪の魔術師のものだけだ。

「改めて言いますが、これからあなたが世話をする男は、隣国の王子です。事情があってこの国に来ていますが、彼の存在は秘密なので塔に匿《かくま》っています。この国に逃れている理由は……彼はある国の姫君を殺した咎人……となっております」

　黒髪の魔術師はルイに涼やかな声で説明する。咎人、という言葉の意味は知っているが、そういう輩《やから》に会うのは初めてだ。

「再三繰り返すようですが、塔の中で見聞きしたものは一切他言無用です。塔に住んでいる男が特別なものを欲した際は、必ず私《わたし》に言うように。許可なく庭の花一輪与えてはなりません。たとえあなたが生命《いのち》の危機に瀕《ひん》したとしても、無許可で何かを渡してはいけません。私の言っていることが分かりますね？」

　黒いコートを身にまとった黒髪の魔術師が、前を見たまま告げる。魔術師の名前はレニー・グルテン。ルイの生まれ育ったサントリムの国一番の魔術師と噂《うわさ》の男だ。肩につくほどのしっとりした黒髪を持ち、口元に常に微笑《ほほえ》みを浮かべている。ルイの目には目の窪《くぼ》んだ鼻のでかい男に見えるが、それは真の姿ではないと教えてくれたのは、この国の第三王子のヒューイだ。国一番の魔術師は己の姿に魔術を施し、真の姿を人に明かさないらしい。

「はい」

ルイはこくりと頷《うなず》き、レニーの歩く速度に遅れないようにした。ここ数日降り積もった雪はともすればルイの足を引き止める。レニーが他人を待ってくれる人間ではないのは、少し話せばすぐ分かることだった。ルイはレニーの歩調に合わせ、速足でついていった。

ここは宮殿内の敷地だ。中庭を進み、ルイの背丈の十倍ほどある門につくと、突然鬱蒼《うっそう》と生い茂った森が現れる。冬でも枯れない草木がここにはある。宮殿の北にある『淵底《えんてい》の森』と呼ばれる場所は、入った者を惑わせる高度な魔術が土地に施されていて、迂闊《うかつ》に近寄ると死を招くという。

「あなたにこの森の通行許可証を与えましょう」

そびえたつ黒い門の前で、レニーが立ち止まって言った。レニーはポケットから紫の布地をとり出した。布地を開くと中に紐《ひも》の先に黒い珠《たま》がついたものが出てきた。レニーはそれをルイの首にかける。小さな珠だから重さなど感じないはずなのに、首にかけられたとたんずしりと肩が重くなった。

「それがない時に決してこの門をくぐってはいけませんよ」

レニーがにこやかに笑って言う。この黒い珠がないとどうなるかは言わなかったので、ルイは想像するしかなかった。『淵底の森』に何も知らずに入った者は必ず道に迷うとか、化け物に食われると聞いたことがある。あくまで噂だが、生きて帰った者はいないので、信憑性《しんぴょうせい》は高い。

ルイは黙ってレニーの後ろをついていった。空を覆うような木々の間から円錐《えんすい》の建物がチラチラと見える。あれがルイが向かう場所だ。門から『淵底の森』の中央にある塔まで、道は一本しかなかったが、それでも迷う者は迷うらしい。

　塔につくと、石を積み重ねた入り口があり、すぐに螺旋《らせん》階段が目に飛び込んできた。レニーの長いコートを踏まないように気をつけながら、ルイは切り出した石の階段を円を描くように上った。階段はずいぶん高い場所まで続いていた。ようやく終わりが見えて安堵《あんど》すると、木でできたドアがこつ然と現れる。

「王子、失礼しますよ」

　レニーはドアをノックして中にいる住人に声をかけた。ルイは緊張して背筋を伸ばし、開いたドアからレニーと共に中に入った。

　塔の中の部屋は驚くほど広かった。いくつかに仕切られた間取りで、入ってすぐの場所が一番広い部屋で大きなテーブルと椅子《いす》、赤々と燃える暖炉、そして壁一面に本棚がある。テーブルの上には何冊もの本が積み重なり、ルイが読めない異国の字の書物が無造作に置かれていた。昼間でも部屋は暗く、この住人はランプがないと文字を読むのが困難なようだ。

「レニー、お前か。……そいつは？」

　書物を読んでいた男が顔を上げ、レニーとその後ろに控えていたルイを見た。目が合った瞬間、どきりとするような強い視線を持った主だった。精悍《せいかん》な顔つき、衣服の上からも分かるくらい引き締まった肉体を持った青年が、ルイを鋭く見据える。明るい髪色をしているのは、隣国セントダイナの人間だからだろうか。

「ルイと申します。これから王子の身の回りの世話をさせます。何かあったらこの者にお申しつけください」

　レニーに紹介され、ルイはそろそろと進み出て、籠を持ったまま一礼した。

「ルイです。お世話させていただきます」

ルイが深々と頭を下げると、男の眉《まゆ》が寄り、うさん臭そうに見やる。

「そいつ……人間か？」

男にじろじろと見られ、ルイは何も言い返せなくて目をぱちくりとした。そんなことを言われたのは初めてだ。

ルイは今年十八歳になった。サントリムでは珍しい銀の髪に白い肌、大きな目をしている。生まれつき色素が薄く、目の色も透き通るような青だ。体つきは小柄で細く、たまに子どもと間違われる。だが外見はどこからどう見ても人間にしか見えないはずだし、今まで「人間か」と質問されたことはない。

「王子の性格や言動を配慮して、彼を用意しました。魔術師見習いです」

ルイの肩に手を置き、レニーが笑う。魔術師見習いと聞いたとたん、男の顔が嫌そうに歪《ゆが》んだ。男は魔術師が嫌いらしい。

ルイの前に二人ほど世話係が男についていたようだが、どちらも男の気に障って解雇されたと聞いた。だからお前に決めた——レニーは唇を吊《つ》り上げてそう言った。

「ハッサン王子、多分彼はあなたにとって空気のような存在になることと思いますよ」

レニーはにやりと笑って男に告げた。ハッサン王子——ルイは青いガラス球のような目を男に向けた。隣国セントダイナの第二王子であり、国を追われ罪人となった人物。ルイと視線が絡み合うと、ハッサンは冷ややかな眼差《まなざ》しで見返してきた。


ルイはローレンという高名な魔術師のもとで暮らしていた。そのローレンが去年病で亡くなり、身寄りを失ったルイは、生前より「自分に何かあったらこの男を頼るように」と言われていたローレンの弟子であるレニーの元に赴いた。レニーは一見にこやかだが何を考えているか分からない男で、ローレンが亡くなった今、国一番と呼ばれるほど力を持った魔術師だ。サントリムの第三王子の傍《そば》にいつもいて、魔術学校の責任者の一人でもあるらしい。ルイは住んでいた山を下りて人のいる町へやってきた。レニーは宮殿に住んでいると聞いたので、初めてサントリムの中心地に足を踏み入れたのだ。

宮殿を訪ねると、レニーはローレンから送られた書状を読み、ルイに笑いかけた。

「どうやらあなたの世話は私がするらしい。ちょうどいい、あなたにうってつけの仕事がありますよ」

ローレンからの書状を指先に灯《とも》した火で灰にして、レニーは宮殿のすぐ目の前にある『淵底の森』を指差した。

「あそこに、とある人物が匿われています。あなたは彼の世話係にしましょう」

レニーが示した『淵底の森』はサントリムの者なら誰でも知っている迷いの森だ。そんな場所に誰が匿われているのだろうと思ったら、恐ろしい事実を知らされた。

サントリムは隣国のセントダイナと長い間微妙な関係を続けている。侵略されそうになったことも何度かあり、友好国とは言い難い。ずっと王家の人間を人質代わりに送っていたのだが、数年前問題を起こし、今はその取り決めを果たしていない。そのせいかここ一年ほどセントダイナとはぎくしゃくした関係を続けている。

セントダイナは一年ほど前、新しい王を迎えた。第一王子であるトネルが王になり、それまでの平和な時代が終わりを告げた。新王は戦好きらしく、この一年で二つの小国を侵略した。和平を結んでいた国だったそうだが、条約は破棄され、略奪の限りを尽くしたと聞く。戦で勝つということは民の心を鼓舞するものらしく、セントダイナの人間は血気盛んになっている。

そのセントダイナには第二王子がいた。新王が決まる前に、ケッセーナの姫を殺した罪でヨーロピア島に島流しされたと聞いた。くわしくは知らないが、ヨーロピア島は無人島で、そこに流された者は死ぬ運命を辿《たど》る——と言われてきたそうだ。

「あの塔に匿われているのは、セントダイナのハッサン王子です」

宮殿の一室から『淵底の森』の鬱蒼と生い茂った木々の間にひょっこりと顔を出している塔を指差し、レニーが声を潜めて告げた。ルイは驚いて瞬《まばた》きして、レニーの説明に聞き入った。

「ヒューイ王子のたっての希望でね、彼をこの国に亡命させたというわけです。けれど女王の命令で、ハッサンの存在は公にしないことになりました。我々は彼を生かさず殺さず、あの塔に閉じ込めておかねばなりません。いい使い道がみつかるまで……ね」

レニーがにやりと笑って教えてくれた。

何でも塔にはハッサンが出られないような魔術が施されているらしい。『淵底の森』にも同様に勝手に出て行けないような術がかけられているとか。囚《とら》われの身となったハッサンはどんな境地なのだろう。

ルイはレニーの指示に従い、自分の荷物を持ってハッサンの住む塔に赴いた。これからルイがハッサンの世話をする。ローレンが生きていた頃《ころ》はローレンの世話をしていたので、文句はなかった。問題は、ルイの前に二人ほどハッサンの世話係として働いていたらしいのだが、ハッサンのお気に召さなかったようで解雇されたことだ。与えられた仕事をこなすために、ルイはがんばらなければならない。

「それではこれから用事がございましたら、この子に言伝《ことづて》してください。華奢《きゃしゃ》な子ですので、乱暴な真似《まね》はご勘弁願いますよ」

一通りの説明をすると、レニーはルイの肩を叩《たた》いて部屋から立ち去った。

ドアが閉まり、ルイはハッサンと二人だけになった。

ハッサンは面倒《めんどう》そうな顔になり、ルイを無視して読んでいる途中の書物に目を落とした。ルイは荷物を入れた籠を抱え、ずっと同じ場所に立っていた。読書の邪魔をしては駄目だし、勝手に私物を部屋に置いてはいけないと思い、ハッサンの指示を待っていた。

「……お前、いつまでそうしているつもりだ？」

半時も同じ体勢で立っていると、ハッサンが呆《あき》れた声で書物を閉じた。どうやら書物を読み終えたらしい。

「許可なく動けません」

ルイが答えると、ハッサンは顔を引き攣《つ》らせ、大きく舌打ちした。

「愚鈍な奴《やつ》め。自分で考えて動くこともできないのか。そっちの部屋は余っているから好きに使えばいい」

ハッサンは苛《いら》立《だ》った様子で隣の小部屋を顎《あご》でしゃくる。ルイは小部屋に行き、持っていた籠を壁に沿って置かれた台の上に置いた。小部屋には古びた毛布が置かれていて、誰かが使っていたらしき様子があった。もしかしたらルイの前にハッサンの世話係をした人の置き土産かもしれない。

ルイは手ぶらになると元の部屋に戻り、ハッサンの邪魔にならないように入り口近くの椅子に腰を下ろした。ハッサンは新しい書物を広げ、ランプの明かりで字を追っている。ルイは黙ってそれを見つめ、微動だにせず時を過ごした。

夕食の時間になり、ルイは静かに立ち上がると部屋を出た。塔の階段を下りて外に出ると、雪はとっくにやんでいた。雪の地面に足跡を残し、『淵底の森』を抜け、宮殿に赴く。宮殿の一番端にある北の棟から入り、厨房《ちゅうぼう》のある建物まで歩く。厨房では料理人たちが忙しく夕食の準備に追われている。

「ああ、あんたか。新しいのは」

ルイが料理長のマクドという中年男性に黒い珠のネックレスを見せると、じろじろと上から下まで見られた。マクドは長い台の一番端にあるトレイを指差した。トレイには焼きたてのパンとトマトのスープ、野菜の煮物が皿に載っている。

「なぁ、あの塔に幽閉されてるのは一体誰なんだ？　前の奴に聞いたけど、そいつも正体が分からないって言っててなぁ。あんたは知ってるのか？　知ってたら、ちょっと教えてくれよ」

マクドは興味津々といった様子で、ルイに聞いてくる。前任者はハッサンの正体を知らされていなかったのだろうか、あるいはマクドに嘘《うそ》をついていたのか。マクドの表情を読みとると、どうやら前者らしい。ルイは無言でトレイの前に立ち、ハッサンに用意された食事をすべて一口ずつ食した。

ルイの仕事は一日二食のハッサンの食事の運搬と、毒見だ。異常がないのを確認して、トレイを持ち上げる。

「何だよ、舌を引っこ抜かれたのか？」

マクドはしゃべらないルイにがっかりした様子で軽く手を振った。

ルイはトレイに載った食事を持って、再び『淵底の森』に入った。来た時に比べ日が翳《かげ》り、森はざわめくような音を立てている。葉が擦《こす》れ合い、枝が大きくしなる。木々に降り積もっていた雪がその動きで地面にぱさり、ぱさり、と落ちている。この森の木々は重なり合うように生えていて、茂った葉が空を覆い隠している。雪が降っても葉は枯れず、何か別の栄養分を糧としているのか森は緑に包まれている。

　ルイは来た時の足跡を逆に辿り、塔に向かう。スープが冷めないうちにと思い、急ぎ足で塔の階段を上った。

「夕食です」

　部屋に戻るとハッサンは出た時と同じ格好で書物を読んでいた。ルイが夕食の載ったトレイを差し出すと、黙って書物を閉じ、無言で食べ始める。

　ハッサンの表情は何も変わらなかったので、この量で足りるのか、食事は美味《うま》いのか不味《まず》いのかさっぱり分からなかった。セントダイナの王子ならきっと小さい頃から高級な料理に慣れていることだろう。だがハッサンは文句もなく、すべて平らげて、空のトレイを脇《わき》にのけた。

　傍に立っていたルイは、空の食器が載ったトレイを持ち、再び塔を出た。

　厨房に戻ってトレイを戻し、その場に置いてあったルイの食事をもらった。メニューはハッサンのものと同じだ。

「あんた座って食べなよ」

　厨房で働いていたふくよかな女性が呆れた口調で言って、ルイに椅子を持ってきてくれた。立ったまま食べるのは不作法だったらしい。

「ずいぶんひ弱そうな子だねぇ。真っ白だし。あんたちゃんと食ってるの？」

　ふくよかな女性は気になったようにルイを見やり、自分には二人の息子がいるという話をしてきた。二人ともまだ小さく、すぐ腹が減るのが困りものと嬉《うれ》しそうに語る。ルイは食べ終えた食器を片づけ、厨房を出て行った。

『淵底の森』を抜け、塔に戻る。部屋に入ると、ハッサンが倒立をして動き回っていた。上半身裸だったので、腕や肩、腹部の筋肉の動きがよく分かる。

ハッサンは着痩《や》せするのか、服の上からは想像できないほど鍛え上げた肉体をしていた。

ルイはドア近くの椅子に腰を下ろし、何か言われたらすぐに対応できるように控えていた。

ハッサンは寝るまでの間、室内で身体《からだ》を動かし続けていた。汗びっしょりになるまで身体を鍛えている様は、ハッサンという男がこのままここにずっと閉じ込められているつもりはないと言っているようだった。

夜になり、ハッサンは身体の汗を拭《ふ》きとり、就寝した。ルイはそれを見届け、自分も小部屋に入り、布を身体にかけて眠りについた。

ルイの塔での一日目の夜は、こうして更けていったのだ。


ハッサンとの生活が始まり、ルイは食事の運搬と毒見以外はずっとドア付近の椅子に座ってじっとしていた。ハッサンはルイに話しかけることもなく、己の日課と決めた運動と読書をこなしている。特に注文もなかったので、ルイは何も考えることなく同じ位置に座っていた。

よくローレンから呆れられたものだが、ルイは同じ場所でじっとしていることに苦痛を覚えたことはない。むしろ動き回るよりも、止まっているほうがルイにとっては楽なのだ。けれどハッサンにとってはそれが意外だったのだろう。同じ生活を一カ月も続けた頃、耐えかねたようにハッサンから話しかけてきた。

「お前、本当に人間か？　置物なんじゃないか？」

読んでいた本を閉じて、ハッサンが奇異なものを見る目つきで言ってきた。

「お気に障ったら申し訳ありません」

ハッサンの声がとげを含んでいた気がしたので、ルイはわずかに目を伏せてそう謝った。すると余計に苛立ったようにハッサンがテーブルを指でコツコツと叩いた。

「あの食えない魔術師が空気というわけだ。お前のように自己主張の欠片《かけら》もない奴に会ったのは初めてだ。前にいた奴はおしゃべりで舌の根を引っこ抜いてやりたいと思っていたが、こうしてみるとしゃべらなければいいというわけでもないようだな」

ハッサンは独白めいた呟《つぶや》きで、部屋の隅を見ている。

まだ何か言うのだろうかと思ってハッサンを見つめると、開いた口を閉じてまじまじとこちらを見返してきた。しばらくの間、ハッサンと見つめ合う羽目になった。ルイとしてはハッサンの言い分を聞き、目障りならドアの外に出ようかと考えていたのだが、ハッサンはふっと気が変わったようにまた本を開き、読書に没頭してしまった。

このまま座っていていいのだろうか。

考えても分からなかったので、ルイはそのまま椅子に座っていた。ハッサンは我慢する性質には見えないし、文句があるなら言うだろうと思ったのだ。結局その日は他《ほか》に話しかけられることはなく、ルイはいつも通りの動きに終始した。

数日は天気も安定して、静かな日々が過ぎた。ハッサンが何もしゃべらないので、ルイも黙っていると、塔は恐ろしいほど静かだ。ハッサンの息遣いが分かるくらい、ここは静寂に満ちている。ハッサンは規則正しい生活を送っている。睡眠時間はおよそ六時間。朝起きるとすぐに自己鍛錬に励んでいる。塔の壁の石の窪みに手をかけ、腕の力だけで身体を上下させている。

「身体を拭きたい」

数刻の間身体を動かしていたハッサンが、ルイに桶《おけ》に水を汲《く》んでくるよう頼んできた。ハッサンは塔から出られないので、『淵底の森』に流れる川に身体を洗いに行けない。ルイは朝食を運んだ後は井戸から水を汲み、ハッサンの元に運ぶことになった。ハッサンの世話係になってから、十日が過ぎたが、頼まれたことは水汲みだけだ。ルイは身体を拭く作業もするつもりだったのだが、ハッサンは自分でさっさとやってしまった。

翌日は凍えるような寒さで、ルイは暖炉に薪《まき》をくべながら暖をとっていた。塔は石造りだったので、なかなか温まらない。外は吹雪いているようだ。

ハッサンのための食事をとりに行き、戻ってきた時は着ていたコートの上に雪が積もっていた。当然スープも冷めていて、ハッサンに申し訳なかった。

「急いで持ってきたのですが……すみません」

トレイを台の上に載せて、頭を下げる。すると頭の上にも雪が残っていたらしく、ルイの動きに合わせてばさばさとトレイの上に落ちた。間の悪いことに、スープの中に雪の欠片が入ってしまう。ハッサンが怖い目をしたので、ルイはトレイを引き寄せた。

「とり替えてきます」

スープに雪が落ちたので新しいものと替えようとしたのだが、それを制するようにルイの腕を大きな手が止めた。

「いい」

ハッサンはムッとした顔つきでルイの行動を拒否し、冷えた朝食を食べ始めた。お腹《なか》が空《す》いていたのだろうか。申し訳ない気持ちになりながら、ルイは水を汲みに部屋を出ようとした。

「おい、今日はいらない」

尖《とが》った声が背中にぶつかって、ルイは首をかしげて振り返った。

パンをちぎって口に放《ほう》っていたハッサンが、さも嫌そうに顔を歪める。

「水汲みはいらないと言っている。今日はお前の顔を見たくないから塔から出て行ってくれ」

そっぽを向いたハッサンに言われ、ルイは戸惑いつつうつむいた。水汲みはいいというのは分かったが、出て行けと言われても困ってしまう。けれどハッサンが自分の顔を見たくないと言うのなら、ここにいるわけにもいかない。ルイは足音を立てずに部屋を出て、塔の階段を下りていった。

塔の一番下までくると、入り口から横殴りの雪が見えた。雪は塔の中に吹き込み、一階の入り口付近に雪が積もり始めている。とりあえず自分の朝食を食べに行こうと思っていたルイだが、吹雪いている雪を見て行く気を失い、階段のところに座り込んだ。

もともとルイは食が細く、二日くらいは何も食べなくても平気だ。ここに来てから一日二食も食べる羽目になり、少々身体が重くなっていた。今日はこのままここにいようと決め、ルイは乱れ舞う雪を見ていた。白い息を吐き、ハッサンに言われた言葉を思い出す。ハッサンはどうして自分の顔を見たくないのだろう。何か気に障る真似をしただろうか。考えても答えは出ず、ルイはぼんやりと外を見ていた。

「どうしてここにいるんだ」

飽きることなく雪を見ていたルイは、頭上から声をかけられて、顔をそちらに向けた。階段の上からハッサンが呆れた顔で見下ろしている。怒った足どりで下りてきたので、ルイは立ち上がって首をかしげた。

「顔を見たくないと言われたので……」

眉間《みけん》にしわを寄せているハッサンが階段を下りてきて、怖い顔でルイを睨《にら》む。

「俺は塔から出ろと言ったんだ。宮殿に行って暖かい部屋にいればいいだろうが」

とげとげした声で怒られ、ルイは困って眉を下げた。ハッサンが怒っている。顔が見えなければどこにいようと問題ないと思っていたので、ルイは消沈した。塔から出なければいけなかったのか。

「宮殿には俺《おれ》の居場所はありません」

ハッサンの怒りの理由がよく分からず、ルイは困った声で呟いた。とたんにハッサンの険しかった表情が弛《ゆる》み、大きくため息をこぼす。

「……お前は知能が低い！」

苛立ったように足をどんと鳴らし、ハッサンが告げる。ルイは驚いて目を見開き、ハッサンを見つめた。

「そういうことなんだな。もういい、中に入れ。ここよりはマシだろう」

ハッサンが顎をしゃくり、階段を上っていく。ハッサンは何かを理解したようだが、ルイはぜんぜん呑《の》み込めなかった。だが中に入れと言うのだから、入るべきなのだろう。ルイは黙ってハッサンの後ろについていった。


「お前、朝食は食べたんだろうな？」

再び部屋に戻ると、ハッサンが確認するように聞いてきた。ルイが首を横に振ると、ハッサンの目が光る。暖炉の火は赤々と燃えていた。ハッサンが薪を絶やさずにいてくれたらしい。

「何故《なぜ》!?」

何故、と聞かれてルイは視線を泳がせた。どうやら自分は何かハッサンを苛立たせているらしい。ハッサンの指示に従っていたつもりなのに、裏目に出ているようだ。

「俺はもともと毎日食べるほうじゃないので……」

どう答えればいいか分からず、そう言うしかなかった。ハッサンの目がさらに信じられないという色に変わる。

「毎食じゃなくて毎日、なのか？　信じられない。それで維持できるのか」

ハッサンの手がルイの腕を持ち上げる。ハッサンの太くたくましい腕と比べると、その差は歴然だ。

「問題ありません。ずっとそうでしたから」

ルイが当たり前のように答えると、ハッサンがひどく呆然《ぼうぜん》とした表情でルイの腕を離した。

「身体が冷えている。暖炉の傍にいろ」

疲れた様子でハッサンが言い、ルイの背中を押した。ルイは言われた通りに暖炉の傍に近づいた。

炎がゆらゆらと揺れている。固まっていた身体が解《ほぐ》れ、コートを脱いでも平気なくらいに体温が上がった。今頃ハッサンに言われた言葉が蘇《よみがえ》り、もしかして宮殿に行ってほしかったのだろうかと気がついた。レニーのところにでも行けばよかったのだろうか。

ハッサンにもう一度理由を問おうかと思ったが、すでに読書の時間に入っていた。ルイは新しい薪を暖炉の中に投げ入れ、質問するのをやめた。


次の日には雪がやみ、ハッサンの食事に雪を入れずにすんで助かった。『淵底の森』は真っ白になっている。空も白いのでこの世から色が喪《うしな》われたようだ。ルイは白い世界は嫌いではない。自分の白さが目立たなくていいと思っている。

昨日は食事をとらなかったので、厨房のふくよかな女性が心配していた。世話している人に怒られたのではないかといらぬ妄想をしている。食欲がなかったと話し、ルイはトレイに二人分の朝食を載せた。

今朝、食事をとりに行こうとしたルイに、ハッサンがいきなり命令してきたのだ。

「今日からお前もここで食事をとれ」

有無を言わさぬ眼力で言われ、ルイは逆らえずに頷いた。どこで食べようと同じだし、皿を片づける回数が同じならルイは構わない。二人分の食事といっても大した量は出ないのだから運ぶのも苦ではない。

「今日の糧を神に感謝します」

二人分の朝食を運んでくると、ハッサンは祈りを捧《ささ》げた後、食事を始めた。そういえば、食べる前にいつも何か呟いていた気がする。ルイは食事をする前に祈りを捧げたことはない。一緒に暮らしていたローレンとは好きな時に好きな分だけ食べる生活をしていたので、いつものようにパンを食べようとした。

「お前も食事をする前には祈れ」

無言で食べようとしたルイの手を叩き、ハッサンが指示してくる。ルイは目を丸くして、どうしていいか分からず上目遣いになった。

「俺の言葉を繰り返すんだ」

ハッサンに促され、ルイは先ほどハッサンが口にしていた言葉を繰り返した。

「今日の糧を……神に感謝します」

ルイが呟くと、ハッサンがそれでいいというように鷹揚《おうよう》に頷いた。ハッサンは神を信じるような人間には見えなかったので、少し驚いた。それが顔に表れたのだろう。ハッサンが鼻で笑った。

「神に感謝するような人間には見えないか？」

スープを一口飲んで、ハッサンが目を細める。

「確かに俺は神など信じていない。これはヨーロピア島で世話になったじいさんに食事の前にするよう勧められたんだ。俺と同じく冤罪《えんざい》で島流しにあったじいさんだ。信じていなくてもやれと。形から入るものらしい」

珍しくハッサンが長々と話をした。感心して眺めていると、ふいに苦虫を嚙《か》み潰《つぶ》したような顔になってそっぽを向く。

「くだらない話をしたな」

ハッサンはばつが悪そうに食事を続けている。ルイに話すことはハッサンにとって無駄な時間であるらしい。ヨーロピア島はハッサンが罪人として隔離された島だ。冤罪と言っていたが、ハッサンは意に染まぬ罪を着せられたのか。王族の確執はルイにはさっぱり分からない。相槌《あいづち》すら打てなかったので、静かに食事をした。

午後になり、レニーが塔にやってきた。レニーが『淵底の森』に入ると、木々がざわざわしてルイに伝わってくる。最初は人をよせつけない頑《かたく》なな意思を感じさせた『淵底の森』だが、何度も通るうちにルイを受け入れてくれるようになった。ローレンと同じく高名な魔術師であるレニーだが、その人となりはかなり違う。ローレンは穏やかで森の老木と同じくらい感情が乱れず、誰にでも優しい人間だった。一方のレニーは一見にこにこしているが、腹のうちがまったく読めず意思を通わせるのは不可能であると思えた。

「こんにちは、ルイ。上出来、上出来。まだ続いているようですね。ハッサン王子、新しい子はいかがです」

部屋に入ってきたレニーは黒いコートを脱ぎもせずに椅子に座った。大きなテーブルにはハッサンとレニーが向かい合っている。ルイは暖炉の火で沸かした湯で二人のお茶を淹《い》れようと茶器を揃《そろ》えた。

「この子なら邪魔にならないでしょう」

レニーはハッサンにしたり顔で尋ねている。ルイは前任者が残していった茶葉で茶を淹れる。『淵底の森』にはお茶になる葉が群生している場所があるらしい。冬が去って次の年になれば、ルイが茶葉を摘みに行くことになるだろう。

「こんなに主張しない奴には会ったことがない。こいつに意思はあるのか」

ハッサンはルイが聞こえるように言っている。

「おや珍しい、ハッサン王子は人形では物足りないとおっしゃる」

面白《おもしろ》そうにレニーが言った。

「そういうわけじゃない」

ハッサンはレニーのからかうような言い方が気に食わないのか、苛立った声になった。ルイは黙ってお茶を二人の前に置いた。

「ルイ、鐘が三つ鳴るまで外に出ていなさい」

レニーはルイに細めた目で指示する。ルイはちらりとハッサンに目を向け、頷いて部屋から出た。

外に出ていろというのは内密の話をするためだというのがルイには分かった。だからルイは塔を出て『淵底の森』を歩き回った。雪はだいぶ解けてきて、ところどころ土の部分を覗《のぞ》かせている。こうして当てもなく『淵底の森』を見て回るのは初めてだ。どこまで森が続いているのか知りたくて、木々の間を歩き続けた。

塔が小さくなるまで離れると、枝木を小動物が駆け抜けるのを見つけた。『淵底の森』には生き物の匂《にお》いをあまり感じなかったのだが、一応動物がいたようだ。雪のない季節になったらもっと見ることができるだろうか。

白い息を吐きながら歩いていると、大聖堂の鐘が二つ半を知らせた。そろそろ戻らないといけない。ルイは首の上で揺れる黒い珠を握りしめ、方向転換した。結局どこまでが『淵底の森』なのかよく分からなかった。塔の一番高い場所から見渡した時はそれほど広くないように思えたのだが、境目まで行きつけなかった。

塔に戻ると、ちょうど帰る時分だったレニーが出てくるところだった。レニーに頭を下げると、軽く肩を叩かれる。

「ルイ、ローレンが恋しくはないですか？」

レニーに聞かれ、ルイは黙って視線を左右に動かした。恋しかろうとローレンは死んだのだ。何故そんなことを聞くのだろう。

「これは失礼。無意味なことを聞きました。ハッサン王子はあなたが気に入ったようだ。あなたほど口が堅い者はおりませんからね。その調子でよろしくお願いしますよ。何か問題があれば私のほうに言いなさい」

レニーは唇の端を吊り上げて、にこやかな顔のまま背中を向けた。ルイはレニーの背中を見送り、部屋に戻った。

ハッサンは窓際の長椅子に座り、物憂げな表情で外を見ていた。その表情にはもどかしげな色が浮かんでいる。レニーとの内密の話はいい内容ではなかったようだ。ルイは暖炉の火に薪を足し、いつものように入り口近くの椅子に腰を下ろした。

火の爆《は》ぜる音が耳に心地いい。ルイは夕食の時間まで身じろぎもせずに座っていた。


ハッサンの世話を任されてから、初めての春を迎えた。

サントリムは冬の期間が長く、一年のうち半分は雪に覆われている。雪が解け、地面に草木が生え始めると、どこから現れたのか生き物たちが活動を始める。最初はめったに話すことがなかったハッサンだが、しだいに口数が多くなっていた。ほぼ生活を共にするようになって打ち解けてきたのか、色々なことを教えてくれるようになった。

「お前は変わった奴だな。でも嫌な感じではない」

ハッサンはそう言い、セントダイナで彼がどう生きてきたか、民の暮らしはどうだったか、人と人の関《かか》わりあい方など、ルイにあれこれと語った。ルイが山奥に暮らしていて人と慣れていないのを察したせいだろう。ローレンといる時もさまざまなことを教わったが、今思えばローレンも世捨て人だったので、こんなふうに人の中で生きる術《すべ》を語ってくるような人は初めてだった。

「おい、お前もしゃべろよ。お前は置物か」

ハッサンから一番注意されたのは、ルイの無口さだった。無口ゆえにハッサンはルイを信用したのだが、これから生きていく上ではもっと話さなければいけないと、しゃべることを強要された。意味もなくしゃべるのはルイにとってとても難しい。けれど日々をハッサンと過ごしていくうちに少しずつ無意味なおしゃべりというものを学ぶようになった。

その日は珍しくハッサンと一緒に『淵底の森』を歩いていた。ハッサンは数日前から『淵底の森』を歩き回る許可をレニーにもらっていた。前々からこの森について興味を抱いていたハッサンは、朝食を食べると外を動き回るのを日課としている。とはいえ『淵底の森』は人を迷わせる森だ。黒い珠を持ったルイが一緒にいないと迷子になる。

「あれは……」

森の奥に分け入った時、木々の間に四足の動物を見つけた。縞《しま》模様の毛に覆われた俊敏な動物で、名前はミギラスという。ミギラスはルイたちの気配を嗅《か》ぎつけたのか顔を上げ、すぐに逃げていった。ミギラスの肉は硬いが鍋《なべ》にすれば美味いらしい。ハッサンはミギラスのいた辺りを悔しそうに見ている。帰りがけにハッサンは落ちている太い枝を数本拾った。

塔に戻ったハッサンは、枝を小刀で削り何かを作っているようだった。読書もせずに工作に夢中になっている。夕食の時間だけは椅子についたが、それ以外は窓際の長椅子で枝をしならせて何かを確かめている。

数日後、ハッサンは弓矢を二つ作り上げていた。長椅子に使われていた丈夫な麻糸を解き、こよりのように編み込んでつるにしている。矢は数本のみだが、矢じりの部分に鋭く尖らせた石がついていた。

ハッサンは塔の近くで弓矢の調子を確認するように何度も矢を射る。ハッサンの作った弓矢は思いのほか遠くまで飛んでいく。少し強度に問題があったのか、一つは壊れてしまい、ハッサンは補修を加えた。

「森へ行くぞ」

ハッサンは弓矢を携えてルイに促した。ルイが黙ってついていくと、森の奥へと進んでいく。

鐘が一つ鳴る間、『淵底の森』をさまよった。ハッサンは木々の枝が通せんぼしている辺りで、急にしゃがみ込み、ルイの腕を引いた。

少し先にミギラスが草を食《は》んでいる姿があった。ハッサンは獲物を狙《ねら》う鷹《たか》の目で弓矢を構える。

矢は吸い込まれるようにミギラスの腹部に突き刺さった。

だが一撃で倒れるほどの威力はなかったのだろう。矢を刺したまま慌てふためいて逃げようとする。ハッサンはすぐさま次の矢を放った。二本、三本と矢がミギラスを弱らせていく。やがて血を流し、力尽きたようにミギラスが倒れた。

「もっと強い弓矢があればな」

ハッサンは呟くようにこぼして、ミギラスの傍に膝《ひざ》を折った。懐から小刀を出し、かろうじて息が残っているミギラスにとどめを刺す。それからハッサンは血抜きをして、小刀で器用に皮を剝《は》ぎ、肉を切り取っていった。慣れているしぐさなので、おそらくヨーロピア島でこのような生活を営んでいたのだろう。そして持ってきた袋に肉を詰め込んでいる。

塔に戻ったハッサンは暖炉の火を使って肉を焼き始めた。

「お前も食うか」

焼いた肉を差し出されたが、ルイは首を横に振った。

「肉は食べません」

ルイが言うと、珍しそうにハッサンが目を丸くする。

「菜食主義か。どうりであの食事にも耐えられるわけだ」

ハッサンは憐《あわ》れむ目つきでルイを見やり、美味そうにミギラスの肉を頬張《ほおば》り始めた。ハッサンは出される食事に不満を抱いていたようだ。言われてみればパンとスープだけの粗末な食事では力も出ないかもしれない。

「お前は狩りはするのか。山奥で暮らしていたと聞いたが」

肉を食べて上機嫌になったのか、ハッサンが話しかけてきた。

「肉を食べるものが周りにおりませんでしたので」

ルイが答えると、ハッサンは呆れた目つきで見返してきた。そんなにおかしな返事だっただろうか。ローレンもパンとスープだけで十分だと言っていたのだが。

「お前、本当は人間じゃないんだろう」

揶揄《やゆ》するような口調でハッサンが笑った。ハッサンの笑ったところを初めて見たが、小馬鹿《こばか》にするような嫌味な感じであまり好きじゃなかった。いつもの冷たい顔のほうがまだいい。

その日を境に、ハッサンは時々森で狩りをするようになった。ハッサンは弓矢の名手らしく、弓矢の精度を高めると、命中率はぐんと上がった。肉を食べるようになってからのハッサンの筋肉はしなやかになっていったので、やはり肉を食べるということは特別な意味があるのかもしれない。

ある日、鳥を狙おうとしたハッサンの矢が、高い木の上のほうに刺さったまま見えなくなってしまった。ハッサンが登るには少々枝振りが細く、貴重な矢を失うことをハッサンは嘆いていた。

「お前は魔術師見習いなんだろう。あの矢をとってきてくれ」

ハッサンが投げやりな口調でルイに命じた。ルイは木を見上げ、しばし考え込んだ。

そして、駆け上がるように木を登っていった。

矢が刺さっている上のほうまで行くと、右手に矢を摑《つか》み、そのまま地面に飛び下りる。

草むらに下り立ち、ルイは矢をハッサンに差し出した。

「どうぞ」

こともなげに矢を差し出したルイを、ハッサンは驚愕《きょうがく》した表情で見ている。なかなか矢を受けとらないのでどうしたのだろうと首をかしげると、急にハッサンが破顔した。

「お前……やっぱり人間じゃないのか。何だ、今のは。魔術とやらを使ったほうがまだ驚かずにすんだ」

ルイの手から矢を受けとり、ハッサンが唇を歪める。ハッサンが何に驚いているのかよく分からなかったが、ルイは魔術に関してはほとんどできないので、「あまり魔術は使えません」と言っておいた。

「一瞬のうちにあんなに高いところまで、どうやって駆け上がったんだ。俺にはお前が手を使わずに木を垂直に登っていったように見えたぞ。しかもあんな高い場所から飛び降りて、けろりとしている。ふつうの人間なら骨を折っているはずだ」

ハッサンに改めて聞かれ、ルイは木の高さを確認した。そう言われてみれば少し高かったか。何故と聞かれても、できることに関して上手《うま》い説明など見当たらない。けれど言われてみれば以前ローレンに「あまりその能力を人に見せてはいけない」と注意された気がする。ローレンと離れてだいぶ経《た》つのですっかり忘れていた。

「すみません。もうしません」

ローレンの言葉を思い出してルイが謝ると、ハッサンが苦笑してルイの髪に触れた。

「変な奴だな、お前は」

ハッサンはルイの銀糸に触れ、額を覆う髪を掻き上げた。ハッとしてルイが身を引くと、ハッサンの指が少しだけ額に触れた。

「お前の額に何かが隠れている。最初に会った時から気になっていたんだ」

鋭く光る眼《め》がルイを見据え、鼓動が速まって落ち着かなくなった。額にあるものを気にするなんて、ハッサンは魔術師だったのだろうか？　聞いた話ではセントダイナの民は魔術を使えないし、中でもハッサンは魔術を嫌っていると聞いていたのだが。

ルイは自分の額を髪で隠して、ハッサンから距離をとった。

「これはお許しください」

ルイは膝を折り、これ以上の詮索《せんさく》を拒んだ。額にあるものは、迂闊に人に話してはならないとローレンから固く言われている。

しんとした冷気が互いの間をすり抜けていった。風がまといつくようにルイの身体を包んでいく。葉がざわざわと揺らぎ、どこからか鳥の甲高い声が響いてくる。先ほど矢の攻撃を潜《くぐ》り抜けた鳥の嘲笑《ちょうしょう》する声かも知れない。

ルイが頭を下げてうなだれていると、ハッサンは面白くなさそうに鼻を鳴らした。

「……ふん」

ハッサンはつまらなそうにうなじを掻《か》き、ルイに背を向けた。

「いずれ話してもらうぞ」

強い眼差しで振り返り、ハッサンが釘《くぎ》を刺すように言った。そのまま塔に帰っていくので、ルイも立ち上がりその後を追った。ハッサンは魔術を使えないはずだが、特別な能力を持っているのは確かだ。

この額に気づくなんて、ハッサンこそ本当に人間だろうか?

ルイはそっと自分の額を触り、そこに熱が灯っているのを感じた。


矢をとりにいってからというもの、ハッサンの態度に変化が現れた。以前よりもルイに興味を持ったそぶりで、時には長々と話をすることもある。ハッサンの中でルイは使える奴という認識になったらしかった。ハッサンにとって利用価値があるかどうかが人を区別する指針になっているようだ。

「お前、生まれはどこだ」

新しい弓矢の制作中、ハッサンが尋ねてきた。

「生まれ……」

ハッサンの質問の意味が分からず、ドア近くの椅子に座っていたルイは言葉を繰り返すしかなかった。テーブルの上に載せたバラバラの枝木を手にとりながら、ハッサンが唇を歪める。

「故郷はどこかと聞いている。ローレンという魔術師の元にいたらしいな。その前はどこにいたんだ?それともローレンがお前の身内なのか?」

細い枝にナイフを滑らせながらハッサンが言う。

「ローレンと会う前は……ニルヴェルグの山にいました」

器用な手つきで枝を細くするハッサンを見てルイは答えた。

「ニルヴェルグの山……。険しい山と聞く、一年中雪が残る山だとか」

ハッサンが目だけをこちらに向けて呟く。セントダイナの民のくせによく知っている。やはり王子という身分ともなれば他国の地理にも詳しいのかもしれない。

「どうしてローレンとやらの元へ行ったんだ？」

木を削る音の合間にハッサンがなおも質問してくる。ルイはなつかしい白髭《ひげ》の老人を思い出して、黙り込んだ。ニルヴェルグの山の中腹に住んでいたローレンの元を訪れたのは、いつだっただろう。興味が湧《わ》いて窓から覗き込み、不思議な術を使う老人と知り合いになった。

「……何故そんなことを？」

ハッサンが自分に興味を抱いているのが疑問になり、ルイは首をかしげた。生い立ちを根掘り葉掘り聞くということはハッサンが自分を知ろうとしていることに他ならない。

「お前に興味を抱いてはまずいのか。お前が自分から語らないから、こうやっていろいろ聞いているんだろう」

ハッサンはルイの問いかけに明らかに機嫌を損ねたようだった。怒ったように眉根を寄せ、それきり押し黙る。ルイは何も言わずに動く手は思いのほか繊細な動きをしている。

ルイは何も言わずにハッサンの手の動きを見ていた。よどみなく動く手は思いのほか繊細な動きをしている。

「……お前のように寡黙な奴は見たことがない」

長い沈黙の後に、ぼそりとハッサンが呟いた。

「言っておくが、俺が純粋な興味を抱いて人となりを知ろうとすることなどめったにないんだぞ」

高飛車な言い方でハッサンが視線を投げてくる。どう返事をすればいいか分からず、ルイはいつも通り置物のように座っていた。

「お前といると調子が狂う……」

やがて諦《あきら》めたようにハッサンがため息をこぼし、弓矢作りに専念し始めた。ルイは夕食の時間になると塔を出て二人分の食事をとりに行く。

その日は夜にレニーの訪問があった。

レニーは内密の話を始めるために、ルイに塔を出るようにと告げた。

「いや、そいつは居ていい」

部屋を出て行こうとしたルイを、ハッサンが引き止めた。ルイも驚いたが、それ以上にレニーのほうがびっくりしていた。

「おやおや、まぁまぁ。どうなさったので？　それほどこの子が気に入りましたか？　誰にも気を許さないあなたが、この子に対しては別格の扱いじゃありませんか！　これは驚いた。幻聴かと思いましたよ」

レニーはニヤニヤ笑いながらハッサンを見やる。その笑い方が気に食わなかったのか、ハッサンは仏頂面で顔を背けた。

「そいつは置物なんだ。いてもいなくても同じだろう。それより報告を」

ハッサンは窓際の長椅子にどかりと腰を下ろし、レニーに顎をしゃくる。出て行かなくていいと言われたので、ルイは迷った末にいつものドア付近の椅子に腰を下ろした。レニーは暖炉の傍に立ち、微笑みを浮かべたまま話し始めた。

「トネル王に息子が生まれたようです。名前はアリンカ、国を挙げてのお祝い中です」

トネル王の名前が耳に入り、ルイはわずかに瞬きをした。レニーは滔々《とうとう》と隣国セントダイナの情勢を語っている。セントダイナの王であるトネルは、薔薇《ばら》騎士団の騎士団長であるギョクセンの歳《とし》の離れた妹と結婚し、第一子を誕生させたそうだ。

「王妃の傍には王の側近が四六時中いて、ギョクセンですらめったに話せないそうですよ。トネルは残虐な趣味を持っていたから、ギョクセンとすれば心中穏やかではないでしょう。宮仕えの悲しさですな。子どもを産んだところをみると、それほどひどい扱いではないようですが」

レニーはセントダイナの民ですら知り得ない情報を次々とハッサンに漏らしている。自分の国の内情を聞くハッサンの顔は浮かない。これはルイが聞いていい情報なのだろうか。何故二人が自分を信用するのか分からなかったが、黙って置物になっていた。

「戦が続いたせいか、セントダイナでは物価が上昇しているそうです。麦の値が二倍になったとか。サントリムへの輸入が減り、我が国にも影響が出そうです」

レニーは細かい点をいくつか挙げ、隣国にいながらにしてセントダイナの状況がよく分かるように知らせてきた。ハッサンはレニーの話を一言も漏らさずに熱心に聞いている。その目は隣国セントダイナに向いており、心中穏やかではないのがルイにも伝わってきた。ハッサンの瞳《ひとみ》は暗い炎を灯している。

長々と続く報告は、サントリムとのぎくしゃくとした関係にまで及んだ。ルイはよく知らなかったのだが、現在非常に微妙な状況になっているという。いつセントダイナがサントリムを侵略するか分からないらしい。この国が戦に巻き込まれるのはごめんだ。ルイはかつてこの国が荒廃していた頃を思い返し、気分を沈ませた。

サントリムには昔魔女がいて、己の私利私欲のために国を傾けた経緯がある。

あの頃は草木も生えぬと噂されたほど、土地も人も荒れて貧しかった。魔女を倒したのはスパルナの鳥人だという。それ以来、ルイは鳥人に好意を抱いている。いつか会ってみたいものだ。

ここ数年サントリムは安定している。天候もよく作物の実りもいい。民の暮らしも上向いている今、隣国に侵略される真似は避けたかった。セントダイナには強大な兵力があり、騎士団をもとに統率された国家を築いているという。肥沃《ひよく》な土地を持つセントダイナと比べると、サントリムはまだまだ小さな国だ。戦になったらどうなるか分からない。

「今は辛抱の時ですよ。すでに兆候は表れております」

話の締めくくりにレニーが微笑を絶やさずにそう告げた。ハッサンは分かっていると言いたげに軽く手を振った。

自分が世話係を任された隣国の王子は、一体何をしようとしているのか。

ルイは不安に胸を曇らせ、微動だにせず話に聞き入っていた。

■二　兆候

ルイが塔で暮らすようになって二度目の冬が来た。ハッサンの世話係も一年が経過すると、大体何を望んでいるのか分かるようになってきた。ハッサンの性格や癖も今では熟知している。

ハッサンは合理的な人間で、無駄や無意味なことが嫌いだ。ルイに話しかける時は、質問か命令のどちらかで、情緒的な会話はほとんどしない。無駄が嫌いなハッサンは、空いた時間は身体を鍛えるか書物を読みふけっている。書物の内容は戦術書や歴史書が主で、小難しい文字が並んだものばかりだ。また、サントリムの歴史に興味があるのか、分厚い歴史書をあっという間に読み終えてしまったと聞く。

ルイは簡単な文字しか読めない。ローレンに教わった魔術もごく初歩的なものばかりだ。それをルイは何とも思っていなかったのだが、ハッサンに知られたとたんひどく怒られて、字を習う羽目になってしまった。必要ないと思ったが、ハッサンは有無を言わさずルイにペンを握らせた。

　ある程度の文字を覚えると、今度は本を与えられた。ハッサンは嚙《か》み砕くように本の内容を説明していく。とっつきにくいと思っていたハッサンだが、教師としては大変有能だった。ルイにも分かりやすく学問を教えてくれる。文字にも本にも興味はなかったが、ハッサンから教わるのは悪い気分じゃなかったのでルイは素直に吸収していった。

　ある日お金の計算方法について教えてもらった際、ハッサンに世話係としてどれくらいの報酬をもらっているのかと聞かれた。何ももらってないと答えたらハッサンは呆然とした。

「もしかしてお前は給金をもらっていなかったのか？」

「給金……？」

　ルイは首をかしげた。

「信じられない。お前より幼い子だって、無償で働く奴などいないというのに。お前は奴隷なのか？　何故金ももらわず俺の世話をしている。弱みでも握られているのか」

　ハッサンは信じられないといった顔つきで、テーブルを叩く。ルイはここに来てから何ももらっていない。ローレンのところにいた時も、そうだ。

「食事はもらっています」

　食事と寝る場所、それだけでルイには十分だ。当たり前のようにそう答えると、ハッサンがますます顔を引き攣らせた。ハッサンにとってはあり得ないことらしい。

「食事といったってあれっぽっちじゃないか。お前、あの腹黒魔術師に騙《だま》されているんじゃないか。前々から気になっていたんだ。お前はいつも同じものしか着ていない。俺のように囚われの身ならともかく、いつもそのボロ布の服じゃないか」

　ハッサンはルイの着ている一枚布の服を指差して嘆く。

「はぁ……」

　ルイは自分の着ている服を見下ろし、匂いを嗅いだ。臭いのだろうかと気になったのだ。

「お前はその歳で世間を知らなさすぎる。ふつうの人間の魔術師にいいようにされるんだ。だからあらば、労働をしたら金を得て、それで好きなものを買いたいはずだ。自分の好きなことをしたいものだ。それなのにどうだ、お前はまるで置物のように一日じっとしていることを苦痛に思っていない。何故だ？　好きなことや、やりたいことはないのか？」

　ハッサンは言い始めたら止まらなくなったように堰《せき》を切って話しだした。どうやらハッサンは以前からルイの行動が気になっていたらしい。何故と聞かれても上手い答えが見つからず、ルイは困った。ハッサンの言うとおり、置物のようにじっとしていることに苦痛を覚えたことはない。

「お前は生きながら死んでいるようだ」

　奇異なものを見る目つきでハッサンが言う。自分ではそれほど変だと思ったことはないが、ハッサンがそんなに変だというならそうなのだろう。そういえば昔ローレンもよく聞いていた気がする。

　ルイ、お前の好きなことはなんだい。

　ルイは懐かしいローレンの声を思い出し、自分が好きなものについて考えた。長い時間考えすぎたせいか、ハッサンが大きなため息をこぼした。

「……草原を走ってみたいです」

　ようやく一つだけ答えが出て言ってみると、ハッサンの伏せていた目に光が灯る。

「そうなのか。初めてまともな答えを聞いたぞ」

ハッサンはわずかに嬉しそうな声を出し、唇の端を吊り上げた。

「サントリムにはあまり草原はないかもしれないな。この国は冬が長すぎる。セントダイナなら、お前の好きな場所に連れて行ってやれるのに」

ハッサンの目つきが遠くなり、故郷を懐かしんでいるのが分かった。まるで今セントダイナにいたらそこへ連れて行ってくれるつもりかのようだ。

「何だ、変な顔をして。俺がこんなことを言うのは変か。俺はけっこうお前を気に入っているんだぞ」

ハッサンのよく動く唇を見ていたルイは、その内容に少しばかり驚いた。嫌われているとは思っていなかったが、気に入られていたとは知らなかった。

「お前は鬱陶しくない」

本を閉じて、ハッサンが身を乗り出してルイの銀糸に触れる。節くれだった長い指がルイのさらりとした髪を弄《いじ》った。

「もし俺に権力があったら、お前の綺麗《きれい》な顔に似合う服を着せ、上等な馬に乗せて草原へ連れて行く」

ハッサンが強い視線でルイを見つめ、不思議な言葉を放った。ルイはハッサンの指が首筋を撫《な》でると、くすぐったくて身をすくめた。ハッサンが何を言わんとしているか分からないが、時々向けてくる強い視線はやめてほしいと思っていた。何だか呑み込まれそうな怖さがあるからだ。

「話を戻すが、給金はもらうべきだ。金はあっても困らないだろう。金をもらって、少しは上等な服を買うべきだ。俺からレニーに言っておく」

ハッサンの手が離れて、張り詰めた空気は消えていった。

「無欲な者などいないというのが俺の持論だ。だからお前はもう少し欲を持つべきだ」

よく分からない理屈を述べて、ハッサンが金の計算方法について教えてくれた。ハッサンは時々押しつけがましい意見を述べる。ハッサンは揺るぎない信念と意思を持っていて、周囲にいる人間を自分の色に染めていく。王子だった時代はきっと気の弱い人間が臣下にいたらいいなりだっただろう。最初は身分の高い者にありがちな傲慢《ごうまん》さだと思ったが、一緒にいるうちに少し違うと分かった。ハッサンは己自身の才覚を信じているから、絶対的な自信に満ち溢《あふ》れているのだ。そうでなければ罪人として島流しの刑に遭い、こうして他国の囚われ人となっているのにまったくへこたれないわけがない。

「ハッサン王子があなたの心配をしているようだ。ただ働きさせられているのではないかとね。ローレンからは衣食住の面倒を見るだけでいいと聞いていたのですが、何か欲しいものはあるんですか？　毎月決まった額が欲しければそのようにしますが」

ハッサンはさっそくレニーに申し立てをしたのか、次にレニーがやってきた時にルイの給金の話になった。これまで食事と寝る場所を与えられていたから、特に不満もなく過ごしていた。相場も分からないし、自分のしている仕事がそれほど大変なものとも思えない。好きなように決めてくれと頼むと、レニーは心得たという表情で納得した。

翌日、ルイの寝床に新しい毛布が届き、そのまた次の日には厚手のコート、革でできたブーツがレニーによって運ばれた。レニーは金銭ではなく現物支給することにしたようだ。

その日は初めてレニーに連れがあった。

レニーと一緒にやってきたのは、金髪の巻き毛の青年だった。まだ十代かもしれない、ぱっちりした目の白い肌に薔薇色の頬をした綺麗な男だ。宮殿を初めて訪れた時に少しだけ会ったサントリムの第三王子のヒューイだった。優しい笑顔の明るい青年だ。

「ハッサン王子、申し訳ありません。俺が不甲斐《ふがい》ないばかりに母を説得できず……。あなたがここに閉じ込められてからもう二年も経っています。未《いま》だに何の進展もなくて……」

ヒューイはハッサンと会うなり、沈痛な面持ちで謝った。後で聞いて知ったのだが、ハッサンをこの国に連れてきたのはこの第三王子だったようだ。見た目はひ弱で少年っぽさを残した王子だが、魔術の腕はすごいと聞く。

ハッサンの存在はこの国では極秘事項なので、ヒューイはめったにここを訪れることはないそうだ。どこから情報が漏れるか分からないから、迂闊に近寄って誰かに興味をもたれないようにしているという。

「黒百合《ゆり》騎士団の団長の虎海《こかい》が、トネルに不敬を働いたという罪で牢獄《ろうごく》に入れられたそうです。最近トネルは自分に逆らうものに容赦がなく、気に入らなければすぐに首を刎《は》ねて惨殺するとか。さすがに団長の首を刎ねて騎士団の恨みを買うのは避けたのでしょう。新しい団長はトネルのお気に入りが就任したそうです」

火を焚《た》いた暖炉の傍で、レニーが隣国の情勢を語る。ハッサンとヒューイはレニーの話を竹細工の椅子に腰を下ろして聞いている。ルイはいつも通り入り口近くの椅子で待機していた。

「今年の夏は冷夏だったようで、セントダイナでは野菜の価格が上昇。民は重税に不満を募らせているようです。そうそうあなたの名前をつけた学校が閉鎖され、闘技場になりました。トネルは力のある者を重用すると豪語しています」

「誰かトネルに意見する者はいないのか？　狼炎《ろうえん》は？　鳥人のアンドレは？」

レニーの報告に苛立たしげな顔を見せて、ハッサンが眉を寄せる。

「狼炎殿はご病気だそうで、アフリ族の村に戻っているそうです。鳥人族は王家とは距離を置いてつき合っているようです。鳥人族は戦で役立つようでトネルも一応気を遣っているようですね。それから……ハッサン王子の話や歌、詩は禁止となり、それに伴い書物が大量に焼かれたそうです。あなたは二年前に亡くなったと公表されていますが、それでもトネルにとっては忌々しい存在らしい」

「……蛮人が」

ハッサンが蔑《さげす》んだ目で呟く。兄弟だというのに、ハッサンとトネルは憎しみ合っている。少し前にハッサンから、兄にされた数々の陰湿な嫌がらせを聞いた。もちろんハッサンも黙っているような人間ではなかったのでやり返したそうだが、生まれた時から兄とはそりが合わなかったと嘆いていた。ルイからすればどうして血を分けた兄弟が殺し合うのか分からない。ハッサンの目には兄は悪魔にしか見えないそうだ。

「民の中にも今の政治に不満を持つ者がたくさんいると聞きます。トネル王は残虐で、侵略した国の女を犯し、金品を強奪し、子どもの首を刎ねて敵国の城門に並べると聞きました。卑劣な男です。ハインデル八世になれなかったのも当然だ」

ヒューイが憤った口調で告げた。セントダイナではハインデルの名を受け継ぐ際、必ず前の王から儀式に則《のっと》った授与をする決まりになっているそうだ。トネルの父親であるハインデル七世は、トネルに名を譲ることなく表から姿を消したという。トネルはそれに憂うこともなく、むしろ喜んでトネル一世として王になった。

「ハッサン王子、そろそろ頃合いかと思います。ハッサン王子が生きているという噂を流そうかと思うのですが、どうですか」

レニーが火かき棒で暖炉の火を掻き混ぜ、小声で告げた。

「任せる」

ハッサンは躊躇《ちゅうちょ》することなく頷き、椅子から立ち上がった。ヒューイがハッとした様子でハッサンとレニーの顔を見比べる。

「では私めにお任せを。ヒューイ王子、そろそろ戻りましょうか。あまり長居すると、レブラント女王にいい顔をされませんのでね」

レニーは目を細めて満足げに頷き、まだ何か言い足りなそうなヒューイの背中を押して塔から出て行った。

二人が消えて、部屋には静けさが戻った。ハッサンは故郷を思い憂えているのか、暖炉の揺らめく炎を見てじっと押し黙っている。

ハッサンはやはり国に帰りたいのだろうか。無実の罪を着せられて流浪の民となった身だ、当然かもしれない。ルイにとってはよく分からない感情だ。ルイにとってはニルヴェルグの山がそれに当たるのかも知れないが、一国の王子という身分のハッサンと自分ではあまりに感覚が違いすぎて想像もできなかった。

ただ黙って聞いているルイにも、ハッサンたちが何をしようとしているかくらい分かる。ハッサンは諦めてここで隠居する気など毛頭ない。日々の鍛練や情報収集、暮らしぶりを見ていればハッサンが何を目指しているか予想がつく。

（遠い世界だ）

ハッサンの物憂げな横顔を眺め、ルイはつくづくそう思った。

この時ルイは、ハッサンが国に帰ったら自分もニルヴェルグの山に戻ろうと考えていた。いずれ起こる兄弟間の争いに自分が巻き込まれることなど、これっぽっちも思い浮かべることもなかった。

長い冬の間、レニーは前触れもなく現れてはハッサンに隣国の情報をもたらした。最近ハッサンはレニーに頼み込み、剣を所有するようになった。といってもレブラント女王が許可しなかったので、あくまでこっそりとだが、細身の剣がハッサンの手に渡った。

ハッサンは冬が終わると、さっそく『淵底の森』に狩りに出かけた。ルイと一緒でなければ迷ってしまうので、もちろんルイもつき添っている。『淵底の森』は不思議なことに時々地形が変わる。目の錯覚なのか、木々の位置もおかしい時がある。その証拠に木に目印の傷をつけても、まったく意味をなさない。けれど惑わせるのは人間だけなのか、獣たちは迷うことなく森に暮らしている。

ある日、森を進んだ時に、肌にざわつく何かを感じた。

森全体が怒っているというか、ひどく嫌な気を放っていた。ハッサンも少なからず何か感じたのか、油断なく辺りを窺《うかが》っている。

「どこか変だな」

ルイは帰還を促したが、ハッサンは違和感を覚えながらも狩りをすると言って歩き出した。不思議なことにその日は歩けども歩けども獣の気配すら感じなかった。森の違和感に気づいた獣たちがどこかに消えたとしか思えない。ルイは風の音を聞き、異質な匂いがまぎれていないか注意した。

「伏せろ！」

殺気を感じた瞬間、ハッサンの声と共にルイの身体が引っ張られた。地面になぎ倒され、目の前の茂みに転がり込む。続いて空気を切り裂く音がして、ルイたちが立っていた辺りの大木に矢が数本突き刺さった。どこからか狙い撃ちされている――ルイは茂みから矢が飛んできた方角に顔を向けた。

「敵は数人いる。気をつけろ」

ハッサンが耳元で囁《ささや》き、腰の剣を抜いた。木に突き刺さっている矢は上等なもので、ハッサンが作った手製の矢より殺傷能力が高かった。

「お前はここに隠れていろ」

敵のいる方角に顔を向けたまま、ハッサンが言い、身を屈《かが》めて走り出した。ハッサンの動きに合わせて奥の茂みがかすかに震え、再び矢が降ってきた。

ハッサンの動きは速かった。ルイが見ている前で、大きく奥の茂みが揺れたと思ったとたん「ぎゃあ！」という男の悲鳴が上がった。ハッサンが一人仕留めたのだろう、茂みから胸を刺された男が仰向《あおむ》けになって出てくる。すかさずルイは男に駆け寄り、その首に黒い珠がかかっているのを発見した。賊は『淵底の森』についてある程度知識があり、この森への許可証を持っている。

隠れていろと言われたが、ルイは茂み伝いに走り出し、ハッサンの後を追った。

ハッサンはかなり離れた場所まで動いていて、賊と剣を交えていた。二人の屈強な男相手に、剣を振りかざしている。視線を感じて顔を上げると、近くの木の上から見知らぬ男が弓矢でハッサンを狙っていた。その手が矢を放ったのを見て、ルイは駆け出した。

風のようにルイは地を駆けた。矢の速度と同じ速さで飛び込み、男が放った矢がハッサンの背中を討つ前に空気を裂いてその矢を手刀で跳ね返した。

「ルイ！」

剣を交えている闘いの場に舞い込んだルイに驚き、ハッサンが声を上げる。ルイはそれに応《こた》えず、驚くべき跳躍力で矢を放った男がいる木に飛び移った。男の姿を目で捉《とら》える。茶色い獣の皮を被《かぶ》った若い男で、顔に蛇の絵の刺青《いれずみ》をしていた。ルイはほとんどジャンプのみで枝から枝へと渡った。下から賊の悲鳴が辺りに響き渡る。ハッサンが一人やったらしい。

「ひい……っ」

人間の力とは思えない跳躍力で近づいたルイに、矢を放った男が青ざめて弓をこちらに向けてくる。ルイはその矢が放たれる前に男に飛びかかり、枝に手をかけながら左足で相手の腹部を蹴《け》った。

「うわああ……っ!!」

バランスを崩した男が地面に落下していく。ルイは枝にかけた手を離し、落下した男の後を追うように地面に飛び下りた。

派手《はで》な音をさせて弓矢の男が地面にバウンドして落ちた。落下の衝撃か、男は口から血を吐いている。それに動揺したのかハッサンと剣を交えていた男が顔を強張《こわば》らせ、じりじりと後退していく。

ルイは地面に落とした男の手から弓矢をもぎ取ろうとした。血を流している男はとっくに絶命していると油断していた。

屈み込んだルイは、男の目玉がぎょろりと動いてハッとした。

「シリ、ルー、スーベニール……」

男の口から低い呪文《じゅもん》が漏れてきて、ルイは身体が固まって動けなくなった。男が身体を捻《ね》じ曲げるようにして足を払う。ブーツの先に鋭利な刃物がくっついていて、男の動きと共にルイの腹部に痛みを伴った熱が生じた。ルイの血が飛び散り、その痛みのおかげで呪縛がとれて、後ろへ飛び退《すさ》ることができた。

「ルイ！」

ハッサンの怒鳴り声がして、ルイは腹を押さえてしゃがみ込んだ。ルイの脇をハッサンがすり抜け、弓矢の男の心臓に剣を突き刺す。呆気《あっけ》なく男は事切れ、辺りは静まり返った。ハッサンが剣を交えていた男は、とっくに背後で首を切られていた。

「ルイ、大丈夫か!?」

ハッサンが駆け寄ってきて、ルイの腹の傷を見る。思ったよりも深く切られた腹から出血がある。ルイは自力で立ち上がろうとしたが、ハッサンに止められた。ハッサンは腰布を引き抜いて、それを丸めるとルイの傷口に押し当てる。

「ここは危険だ。塔に戻る。傷口を強く押さえつけておけ」

ハッサンに指示され、ルイは白い顔をさらに青白くさせ、腰布で傷口を押さえた。ハッサンがルイを軽々と抱き上げる。ルイを抱き上げた瞬間、ハッサンが奇妙な顔をしたのが印象的だった。

ハッサンはまだ賊がいるかもしれないと思ったのだろう、辺りを警戒しながら塔への道を戻った。その顔に焦りが見える。突然の襲撃はハッサンにとっても予想外の出来事だったに違いない。

塔に戻ったハッサンは、ルイをハッサンの寝床に横たえ、傷口を確認した。

「医師が必要だ。レニーを呼んでくる、お前のネックレスを貸してくれ」

ハッサンは自分の力ではルイの怪我《けが》を治すのは無理だと思ったのか、ルイの首にかかっている黒い珠に指をかけた。ルイはベッドに横たわったまま、浅い息を吐いた。

「このままで。しばらくすれば治ります……」

ルイが首を横に振ると、ハッサンが険しい表情で黒い珠を引き千切った。『淵底の森』を抜けるには黒い珠が必要だ。ルイは渡すつもりはなかったが、ハッサンは勝手に奪って宮殿へ向かおうとしている。ハッサンの存在は極秘のもので、レニーからも固く『淵底の森』からの外出を禁じられている。

「顔を隠していく。安心しろ、そのままどこかへ消えたりはしない」

ハッサンはフードつきの黒いコートを身にまとい、鼻の辺りまでフードで隠して部屋を出て行った。ルイが頑なに拒んだのは、ハッサンが逃亡するからじゃないかと思ったようだった。そういうつもりで言ったわけではないのだが、誤解させてしまったかもしれない。

ルイは傷口を押さえたまま、鈍い痛みに耐えていた。頭の中には、弓矢の男が最後に放った呪文が響いている。まさかあの場で黒魔術をかけられるとは思ってもみなかった。完全に油断していた。サントリムの青の一族だけが用いるという黒魔術。それに彼らは皆顔や首筋に刺青を入れていた。賊はおそらく青の一族だろう。たいていの魔術は回避できるが、黒魔術だけは苦手だ。

賊は『淵底の森』を迷わずに歩ける黒い珠を持っていた。誰が誘導したのだろう？　目的はやはりハッサンだろうか？

いくつかの疑問が頭を駆け巡った。ルイはもともと痛みに強いが、血を流して少々貧血気味だった。横たわっているのにくらくらと目が回り、気づいたら意識を失っていた。

物音で目が覚めると、ベッドの傍にハッサンとレニーがいた。ルイの目が開いたことにハッサンは喜びを感じたらしく、大きく安堵の息をこぼした。怪我をしたことを思い出し腹部を見ると、手当てをした痕《あと》があった。意識を失っていた間に夜が来ていたのだろう。大きなテーブルの上に夕食が載っているのを見て、今日の仕事をこなせなかったと気づいた。

「申し訳ありません」

ルイが起き上がろうとすると、ハッサンが慌てたように制してくる。起きるのを禁じられ、ルイは困った顔でハッサンを見た。

「寝ていろ、まだ傷口はふさがっていない。隠れていろと言ったのに、どうして出てきた。……お前のおかげで助かったのも確かだが」

ハッサンは硬い顔つきでルイを叱《しか》る。

「お前の足の速さは俺の予測を超えていた。あの力は何だ？　それにお前の軽さ……。人間のものではない、鳥人なみの軽さだった。レニーにお前の正体を聞いても何も明かしてもらえない。お前は何者なんだ」

ハッサンは混乱しているようだった。ルイを見る目つきには怒りと焦り、安堵、疑惑といった感情が渦巻いている。ルイは黙ってハッサンを見返して、唇を開いた。

「賊の一人が黒い珠を持っていました」

ルイが報告すると、ハッサンが苦虫を嚙み潰したような顔で舌打ちする。

「お前、俺の話を聞いているのか？」

ハッサンのために報告したのに、機嫌を損ねたようだ。横でレニーがおかしそうにくっくと肩を揺らしている。

「遺体はこちらで確認しましたから大丈夫ですよ。どこの何者かはこれから調べましょう。さて黒い珠はごく一部の者しか用意できないはずです。私以外では王家の人間しか作れません。どうやらハッサンの存在を知り、生かしておけないと賊を手引きした者がいるようだ」

レニーが目を細めて腕を組む。

「弓矢の男は黒魔術を使いました」

ルイがレニーに言うと、すでに予測していたらしくレニーが困ったように微笑んだ。事情を知らぬハッサンが説明しろとレニーに急《せ》き立てた。

「黒魔術を使うのは青の一族だけです。賊の顔に刺青があったので、おおかた予想はしていました。青の一族は山奥に住む暗殺集団でしてね、王家の人間が時々使います。どうやらハッサン王子を殺そうとしたのは王家の人間と見て間違いないでしょう。やれやれ、厄介な状況だ。これから他人が入れないように、塔に結界を張ります。ハッサン王子、そういうわけでこれから塔を出ることを禁じます」

レニーはポケットから杖《つえ》をとり出し、部屋の四方の壁に向かってくるくると円を描《か》いた。『淵底の森』での狩りを楽しみにしていたハッサンにはがっかりする仕打ちだったに違いない。レニーは呪文を唱えながら天井にも杖を振りかざしていく。

「これで何か異変が起きたら私にも察知できるようにしておきました。さきほどのようにハッサン王子自ら宮殿に顔を出されては困りますからね。変事が起きた際には、ここで私の名を呼んでください。すぐに駆けつけます」

レニーは塔全体に魔術を施し、今日のところは帰ると言って戻っていった。

部屋にハッサンと二人きりになると、ルイはどうにか身体を起こしてベッドから出ようとした。

「動くなと言っているのに何故動く」

ルイのために夕食を運んできたハッサンが忌々しげに眉を寄せる。

「ここは俺の寝床ではありません」

ハッサンのベッドを使うわけにはいかないとルイが腰を浮かすと、ハッサンの手が無理やりルイをベッドに座らせた。

「お前の寝床は毛布一枚しかないじゃないか。いいから今日はここで寝ろ。ほら、食え」

ハッサンがスープを差し出して言う。食欲はぜんぜんなかった。ルイが黙ってスープを見ていると、焦《じ》れたようにハッサンがスプーンですくって差し出してきた。

「俺がこんなことをするなんて、二度とないぞ」

ハッサンに怖い顔で迫られて、ルイはしぶしぶ口を開けた。ルイの口にハッサンはスープを注ぎ込んでくる。三口ほど飲んだがもういいと断った。上半身を起こしたら腹が痛くてとても食べる気になれなかった。

「それじゃもう寝ろ。医師の話では今夜は熱が出るらしい。看《み》ていてやるから、早く寝ろ」

ハッサンが尖った声でルイを無理やり寝かしつける。ハッサンにそんな真似をさせるわけにはいかないと逆らってみたが、「うるさい！」と怒鳴られて仕方なくハッサンのベッドで寝る羽目になった。

それにしても今さらながらハッサンが無事でよかったと思う。世話係と言われた時はまさか賊まで来るとは思ってもみなかったが、これからは別の意味でも注意が必要だ。黒魔術に関して無防備だったのが失態の原因だろう。あの時男の目を見なければ、呪文を受けることもなかったのに。

うつらうつらとしながら、今日の失態の反省が頭から離れなかった。ひどく頭が痛い。熱が出ると言っていたが、そのせいだろう。痛さに唸《うな》り声を上げると、冷たい布が額にかけられた。冷やした布が額にかけられた時だけ苦しみが遠のく。けれどルイの熱のせいか、冷たい布はすぐに熱くなってしまう。冷たい布は何度もルイの額に載せられた。誰かの吐息が聞こえる。ルイはやがて深い眠りに入った。


朝起きると、だいぶ体調は回復していた。

額に手を当て、熱が下がったのを確認する。ハッサンの姿はなかったが、夜の間ずっとルイの額に冷たい布を当ててくれたのはハッサンだと思う。そんなことをするような人には見えなかったので驚いた。

(傷はふさがった)

ルイはベッドから下りて、腹部の傷を確認した。包帯を解けば、すでに傷口はふさがれて、痛みも我慢できる程度になっている。ルイは部屋の中を歩き回り、ハッサンの姿を捜した。塔から出られないのだからどこかにいるはずだ。

ハッサンはルイの寝床で寝ていた。苦悶《くもん》の表情を浮かべているのは、床がごつごつしているせいかもしれない。ハッサンのベッドは柔らかく上等な布を使っていた。

（俺のことは放っておいてもよかったのに）

苦しそうに寝ているハッサンを見ていると、じわじわと不思議な感情が湧いてきた。ハッサンの気持ちを有り難いと思い、何か役に立ちたいと考えた。あまり感情を表さないと言われるルイだが、人並みに感謝の心は持ち合わせている。そもそも昨日賊からハッサンを守ろうと思ったのは、ルイがハッサンに対して少なからず好意を持っていることに他ならない。

（昨日はさぼってしまって悪かったな）

役目を果たせなかったことが今さらながら重くのしかかってきた。ちゃんと仕事をしないとここから追い出されてしまうかもしれない。ハッサンが寝ているのを確認して、ルイはいつものように朝食をとりに行った。厨房では怪我をしたというのが伝わっていたのか、皆が心配してくれた。問題ないと告げ、ルイは二人分の食事を塔に運んだ。

戻ってきた時、ハッサンがひどく怒っていた。

「寝ていろと言ったのに、どうして勝手に動く！」

ハッサンのために食事を運んできたのに、震え上がるような声で叱られた。何が気に障ったのかよく分からず、ルイは食事が載ったトレイをテーブルに置いた。ハッサンは塔を出られないから、自分が食事を持ってくるのは当たり前なのに。

「申し訳ありません」

ルイが頭を下げて謝ると、ハッサンが苛立たしげに髪を掻きむしりルイの腕を引っ張った。

「怪我に障る。俺の食事などどうでもいいんだ」

無理やりベッドに戻されそうになり、ルイは急いで身をよじった。いつまでも寝ているわけにはいかない。

「傷は治りました。本当にもう大丈夫です」

ルイが腕に絡んだハッサンの手をやんわりと外そうとすると、機嫌の悪そうな顔で覗き込まれる。ハッサンの視線が睨みつけるようで怖い。

「嘘をつけ。見せてみろ」

ルイの腕を乱暴に放し、ハッサンが低い声で促す。ルイは戸惑いながらも腰ひもを解き、上衣をまくり上げた。腹部の縫合の痕は痛々しいが、傷口自体は癒着している。膝を折ってルイの腹部を観察したハッサンは、驚いたようにルイの傷を見る。

「信じられない、昨日の今日で怪我の治りが早すぎる」

ハッサンの指がルイの腹を撫でて、まじまじと凝視する。じっくり見られて恥ずかしさを感じたが、ハッサンを納得させるためには仕方なかった。

「お前は一体何者なんだ？　身体の軽さといい、速度といい、治癒能力も人のそれではない。いい加減はっきり教えろ」

ハッサンは立ち上がるなりルイを手近の椅子に座らせて、理由を聞くまで離さないとばかりに腕を組んで見下ろしてきた。ルイは怖い顔で迫るハッサンに困り果て、視線を床に落とした。

自分の正体を隠しているのは、自分が異質だと分かっているからだ。人間の中で暮らすのなら目立たず周囲に溶け込み、何も語らないのが一番だ。

「俺は口が固い」

ハッサンの指がうつむいているルイの顎を上げた。自然とハッサンと見つめ合う形になり、ルイは青いガラス珠にハッサンの顔を映した。

「それにお前に助けてもらったことは生涯忘れぬつ

もりだ。お前が秘密だと言うなら、拷問されても秘密は守ると誓おう。だから教えてくれ、お前の秘密を」

ハッサンは真摯《しんし》に囁き、曇りのない瞳でルイを見つめた。ハッサンが拷問されても言わないと言うならきっとそうなのだろう。一年と数カ月共に暮らして、ハッサンという男が少しは分かってきている。

「……俺には半分、獣の血が混じっています」

言うつもりのなかった言葉は、ハッサンを見ていたらするりと口から滑り出してきた。ハッサンになら話しても構わないと思ったせいだ。

「人と違って見えるならそのせいでしょう。それでご勘弁ください」

ルイがか細い声で訴えると、やっとハッサンが顎にかけた手を離してくれた。ルイの告白を聞き、ハッサンが目を見開き、なるほどと呟く。

「そういうことか。それならお前の異能も頷ける。何故隠す？　お前の能力は貴重なものだ、俺などの世話をするよりよほど高く買ってくれる奴がいるだろうに。ローレンとやらはお前をどう扱っていたんだ？」

ハッサンが膝を折って、ルイをまっすぐ見つめてくる。ハッサンの目にはルイについて知りたいという欲望があふれていた。他人にそれほど興味を持たれたことのないルイからすれば不思議な感覚だった。

「ローレンは何も……。ただ一緒に暮らしていただけです。ローレンは俺に何も求めませんでした」

正直に告げると、何故かハッサンが気に入らないといった顔つきになった。ローレンを疑っているのだろうか。ローレンは右も左も分からないルイに言葉を教え、人としてのふるまい、生活を学ばせてくれた。ローレンのために畑を耕したり井戸の水を汲んだりしたが、それは一緒に暮らす上で当たり前のことだった。

「ローレンはその能力がいかに貴重で役立つかは言わなかったようだな。お前は山で暮らすべきだった。こんな人里に降りてくるから、俺みたいなのと出会ってしまう」

ハッサンに山にいるべきだったと言われ、どきりとして鼓動が速まった。ハッサンが自分を疎んじているのだと思ったのだ。それでなくとも先ほどからハッサンの声がきつく聞こえる。ローレンはこの能力を人に見せるなとはっきりとは言わなかった。走るのが速いことや、身が軽いこと、怪我の治りが早いこと、どれも人と違うとは聞かされていたが、だからといって隠せとは言わなかった。けれど言われなくてもルイはローレンの態度や口ぶりで、それは見せてはいけないものだと気づいていた。だから今まで大人しくしていたのだ。

昨日躊躇なくハッサンを助けたのは、ハッサンへの好意もあるが目の前で誰かが死ぬのを見たくなかったからだった。ハッサンを世話してきて、彼が悪人ではないことはよく分かっている。口数が少なくて分かりづらいが、自分に対する好意めいたものを感じることもある。

そのハッサンから山にいるべきだったと言われて、ルイは自然と顔を強張らせた。

「ローレンはお前にとって何だ？　父親の代わりか？　それとも師匠か？　唯一無二の存在か？　ローレンが死んで、お前はどう思った？」

ハッサンの瞳が冷たい光を放っている。ローレンとは違いすぎる目だ。ローレンの目は優しくいつも穏やかだった。怒られたことなど一度もない。彼といるとゆっくり時が過ぎるのが好きだった。病気で少しずつ弱っていく彼を見るのは、身を切られる思いがした。もう二度とあんな思いはしたくない。

「ローレンは俺のすべてでした。彼について語りたくない。彼の遺言だから、ここへ来たんです」

突き上げるような衝動を感じ、ルイは珍しく尖った声を出した。ローレンに関して何か言いたくなかった。まだローレンの死を受け入れられない自分は、ローレンについて語ったら号泣してしまうだろう。傷は癒《い》えていない。ローレンのことを語って崩れる自分を誰かに見せたくはない。

ルイの気色ばんだ様子にハッサンがわずかに息を呑んだ。それから唇の端を吊り上げて、不敵な笑みを浮かべた。

「お前の頭が弱いと思ったのは、俺の勘違いだったようだな」

ハッサンは呟くように言って、いきなり手を伸ばしてきた。

「お前は不運な奴だ」

ルイの強張った頬に、ハッサンの手がかかる。いつの間にか目の前にハッサンの顔があって、視線を逸《そ》らすことを許さぬように見据えられる。

「俺はもうお前を見つけてしまった。お前は俺のために生きろ」

力強い声で命じられ、ルイは驚愕して身を硬くした。ハッサンが何を言っているのかよく分からなかった。何故自分があなたのために生きるのか――逆らいたかったが、言葉は上手く口から出てこなかった。むしろ命じられてどこか安堵している自分がいる。この男は危険な男だ。それが肌で感じられるのに、ルイは逃れる術を見出《みいだ》せず、ただ目の前の男を見つめることしかできなかった。

ハッサンを襲った賊の正体は分からぬまま日が過ぎた。黒幕が王家の人間である以上、調べもそう簡単にはいかないだろう。第一犯人が分かったからといって、罰を与えられるわけでもない。ハッサンもそれは重々承知しているようで、レニーに催促はしなかった。その分警戒は怠らず、常に身辺に気を遣っていた。

季節が移り替わった頃、事態が大きく動いた。

セントダイナではハッサンが生きているという噂が流れ、民の心を惑わせていた。レニーの報告によると、最近ますますトネル王の暴君ぶりが発揮され、民は不満を募らせているようだった。好色なトネル王は、目についた美しい女性は有無を言わさず城に連れ込み、情婦としているという。逆らう者には拷問が加えられ、セントダイナの民を恐怖によって支配しているようだった。

トネル王のせいではないのだろうが、天候が荒れ、ロップス川が氾濫《はんらん》して人々の家を襲ったそうだ。ロップス川は三年前もサントリムの第三王子のせいで氾濫したことがあり、まだ堤防の建設が追いついていなかった。家を流された者、作物を駄目にした者、疫病に苦しむ者、さまざまだった。問題はトネル王がこれらの被災者に何の手も打たなかったことだ。運が悪かっただけと切り捨て、トネル王はパン一つ恵まなかった。これに民は怒りを覚え、トネル王に対する反乱組織が旗を挙げた。当然トネル王は怒り狂い、直属の兵士である近衛兵たちに反乱組織を壊滅するよう命じた。

この混乱の最中に、ハッサンが生きていたという噂は人々の心に希望をもたらした。噂にはついでのようにヨーロピア島に流されたのは冤罪だったという話もついてくる。当時からハッサンを信じていた民が少なからずいて、噂は瞬く間に広がった。

問題はこの後だ。ハッサンが実はサントリムで保護されていたという話がどこからともなく流れ、国を揺るがしていた。ハッサンは賊に襲われた時からこのことを予想していたらしく、情報が流されても落ち着いていた。

「ハッサン王子、大変です」

　血相を変えて駆けつけてきたヒューイが最悪の知らせを持ってきた。

「トネル王が、ハッサン王子の身柄を渡せと母に書状で通告したそうです。それができない場合はサントリムを侵略すると……」

　ヒューイはこの事態に動揺していて、白い肌を青白くしていた。この王子は心根の優しい人なので、ハッサンのことを本気で心配しているのだろう。

「やれやれ。困りましたね。サントリムは無関係でいたかったのですが……」

　ヒューイと一緒に塔にやってきたレニーは、ちっとも困っていない顔つきで思案している。それから驚いたのが、その午後にレブラント女王が塔にやってきたことだ。

　女王はお忍びで塔に足を踏み入れた。おつきの者は数名だけ。上等な布に金糸が入ったきらびやかな服を着たレブラント女王は、傍にいるだけで圧倒されるような迫力のある女性だった。魔女――そんな言葉が頭を過《よ》ぎったほど、レブラント女王は恐ろしい女性に見えた。ルイは隣の小部屋に身を潜めていて、女王とハッサンの会見には立ち会わなかった。

「お久しぶりです、ハッサン王子。すでに聞き及んでいると思いますが、トネル王から通告が来ました。私はこれまであなたを保護し、その身柄を守ってきました。じゅうぶん礼は尽くしたと思います。トネル王は、あなたの身柄をお望みです。もちろん私はこれに逆らうような真似はいたしません。このような小国、セントダイナに踏み荒らされては生きていけません」

　レブラント女王は滔々と語った。あっさりとハッサンを切り捨てるつもりらしい。小部屋でルイは不安げに耳を傾けていた。身柄を渡せということは、トネル王はハッサンを処刑するつもりなのだろう。

「あなた様の立ち場は分かっております。これまで保護していただいて感謝こそすれ、逆らうつもりはありません」

女王に答えるハッサンの声はいつもと同じトーンだ。ルイはハッサンが女王に食ってかかるのではないかと思っていたので拍子抜けした。

「そ、そんな、ハッサン王子！　母上、ハッサン王子を見殺しにしないでください！」

ヒューイの慌てた声が響き渡る。レブラント女王は息子のすがるような声を無視し、軽やかに笑いだした。

「ほほほ、ハッサン王子、よい心がけです。ではあなたの処遇はレニーに任せましょう。レニー、ハッサン王子をセントダイナに届けるのですよ。くれぐれも粗相のないように」

レブラント女王は謎《なぞ》めいた微笑みでレニーに命じた。

「お任せを」

レニーが答える。レブラント女王は話はすんだとばかりにさっさと部屋から出て行った。女王と付き人が消えると、ルイは小部屋から顔を出した。案の定ハッサンとレニーは落ち着き払っているが、ヒューイ一人がこの事態にうろたえている。

「レニー!!　まさかハッサン王子を渡すつもりじゃないだろうね？　すぐに殺されるに決まっている、何のために苦労して俺たちが連れてきたと思ってるんだ！」

ヒューイがレニーの黒いマントを揺らして訴えている。ハッサンは苦笑して長椅子に腰を下ろし、ルイに顎をしゃくった。茶が飲みたいという合図だ。ルイは小部屋から出てきて皆の分の茶を淹れ始めた。

「お前のところの女王は、俺とトネルが争うのを望んでいる。そして国が弱体化するのを狙っている。だからそうやすやすとトネルに引き渡されては困るんだろう。魔女め」

ハッサンはこともなげに言う。レニーはルイが配ったお茶に口をつけた。その表情からはハッサンの辛らつな意見を肯定しているのが窺える。ルイが淹れたお茶は『淵底の森』で群生している薬草を調合して作った、気分を鎮める効果があるものだ。なかなかよくできているとレニーに褒め言葉をもらった。

「レブラント女王の意思はしっかりと受けとりました。ハッサン王子を国に戻して内乱を起こしてもらいましょうか。トネル王に引き渡す前のどこかで反乱組織にハッサン王子を奪われたというのが一番よいですね。そのためにはセントダイナの反乱組織か騎士団と連絡を密にとりたいものです」

レニーはどこか嬉しそうな言い方で、十本の指をくねくねと動かした。どうやらハッサンをどさくさにまぎれて隣国へ戻すつもりのようだ。とうとうハッサンは国に戻るのか——ルイは自分の役目が終わることを察知し、胸を痛めた。短い期間だったが、ローレン以外の人間と暮らすのはそれほど悪い気分ではなかった。ハッサンがいなくなったら、自分はどうなるのだろう。自分が死んだ後はレニーのところに行けというローレンの遺言は果たしたのだし、ニルヴェルグの山に戻ろうか。

「さて、それでは一足先にセントダイナに連絡係を送りこまねばなりません。誰か魔術を使えて信頼がおけるものを……」

「頼みがある」

レニーの言葉を遮り、ハッサンは怜悧《れいり》な顔をレニーに向けた。ハッサンは淹れたお茶を飲み干して、ちらりとルイを見る。

「その役目はこいつにやらせてくれないか」

ハッサンの目がルイに注がれ、思いがけない言葉が室内に響いた。まさかハッサンがそんなことを言うとは思っていなくて、ルイはびっくりして目を瞠《みは》った。ルイ以上にレニーとヒューイが驚き、まるで目の前の置物に今気づいたみたいにルイを見つめてきた。

　セントダイナに忍び込み、レニーとやりとりをするなんて、豊富な知識が必要な上に危険で重要な役割だ。そんな任務にセントダイナに行ったこともないルイを起用するのは無謀としかいいようがなかった。

「信頼できる者に任せたい」

　ハッサンが言葉の内容のわりに、そっけない口調で二人に言う。ルイがやる必要はないと思うが、ハッサンにとっては信頼できる連絡役が必要なのかもしれないとも思った。とはいえ重大な任務だ。とてもルイにできるものではない。

「おやまぁ。そこまでお気に入ったとは……。ハッサン王子、あなたの血は凍っていると思っていたのですが、意外にも人並みの感情が存在したようですね。しかし困りましたね。この子はたいして魔術も使えないし……。いや、鳥を使えば大丈夫か……。ふーむ、ルイ、お前はどうする？　できるのか？」

　レニーが確認するようにルイに優しく問いかけてくる。ルイは戸惑いつつハッサンを見た。ハッサンの目は否ということを許さないように光っている。

　セントダイナに行き、両国の連絡係になる――ルイはすんなり「行く」と言えなくて視線をさまよわせた。見知らぬ土地で重大な任務をこなせるとは到底思えない。もしハッサンが言ったのでなければ、はっきり無理だと断ったかもしれない。けれどハッサンと過ごして、この男がこれからどうなっていくのか見届けたい気持ちも存在していた。

　ハッサンは今幽閉の身だが、常にこのままでは終わらないという気概を抱いていた。その行く末がどうなるのか、確かめてみてもいいかもしれない。

「自信はありませんが、行けというなら行きます」

ルイは正直な気持ちを明かしてそう答えた。ルイの答えを聞いてハッサンがわずかに吐息をこぼしたのが視界に入った。それはホッとしているようにも見えるし、不遜《ふそん》な態度にも感じられた。どちらがハッサンの心中なのかルイには読みとれなかった。

「そうですか。では連絡係としてセントダイナに行きなさい。必要な連絡は紙に記すことにしましょう。お前の役目は渡された書状を目的の人間以外に絶対に渡さないこと、それだけです」

ルイの能力を知っているレニーは、簡潔にルイのするべきことを告げてきた。それなら自分にもできるだろう。ルイは大きく頷いた。

「それとお前の姿に手を加えなければね。お前の姿はセントダイナでは目立ちすぎる」

レニーはルイの髪をひとふさ摑み、しげしげと眺める。セントダイナでは銀色の髪の人間は老人しかいないそうだ。


「俺も一緒に行きたいけど……」

黙っていられなくなったのか、ヒューイが身を乗り出して口をはさんできた。だがこれはレニーに激しく止められた。王家の人間の言葉とは思えなくてルイも目を丸くした。

「とんでもない、王子の身で何をおっしゃるんです。あなたはこの国に残ってください。あなたが来ると話がややこしくなりますからね」

レニーは身震いして、ハッサンをいかにしてセントダイナに無事送り届けるかについて計画を練り始めた。

ルイは話し合いを続ける彼らの横にいて、一切口は挟まずに、ただ耳を傾けていた。自分が一人で見知らぬ国に行くなんてとても現実のこととは思えない。きっと楽な道中ではないし、連絡係などという任務が務まるのか不安でたまらない。もしルイが大切な書状を間違った人に渡してしまったら、ハッサンに危険が及ぶかもしれないのだ。今さらながらどうしてこんな大切な役目をたいして魔術も使えないルイに託したのか不思議でならない。ハッサンはルイの身体能力を買っていたから、連絡係として適任と思ったようだが、自分はセントダイナの人間に知り合いはいないし土地勘もない。本当に上手くやれるのだろうか。

不安は尽きなかったが、ハッサンから信頼されたという思いがルイの中で大きく膨らんでいた。俺のために生きろと言ったハッサン。彼のために働けば、その意味が少しは分かるだろうか。ルイは少しずつ自分がやる気に満ちていくのを不思議に感じていた。

ハッサンの話はサントリム国内でも知られることになり、町は騒がしくなっている。この国の人間は仲の悪いセントダイナの王子がまさか自分の国にいるとは夢にも思っていなかったに違いない。こぞってハッサンはどこにいるのかと騒ぎ立てるようになった。

宮殿で働く者の中には塔に謎の人物が住んでいることに気づいている者もいて、あれがハッサン王子ではないかという噂は瞬く間に広まった。食事を運ぶ際には厨房の者たちがこぞってルイにハッサンはどんな人かと興味津々で尋ねてくる。ルイとしては少々鬱陶しい。

サントリムにもセントダイナのトネル王の残虐ぶりは人の口を伝って届いている。中にはセントダイナと一戦交えるべきという強硬派もいて、国内にはさまざまな意見が飛び交っているものの、さっさとハッサンをセントダイナに戻すべきという意見が多数を占めた。女王がハッサンをセントダイナに返すことを宣言すると、民の意見は賛否両論だった。

民が浮足立っている中、着々とハッサンのセントダイナへの帰還準備が進められていた。

ルイはレニーに呼ばれ、銀色の髪に黒花の実から抽出した黒い液体を塗りたくられた。髪を染める液体だという。銀色の髪では目立ちすぎるので、黒髪にさせられた。髪を染めるのは気持ち悪くて嫌だったが、これも他国に侵入するためには仕方ない。

黒髪で塔に戻ると、ハッサンは珍しげにじろじろと見てルイの髪の匂いを嗅いだ。

「黒髪も意外に似合っているじゃないか。少し甘い香りがするが、これは消えるのか？」

ハッサンの鼻先が髪に吸いついてきて、ルイはくすぐったくて身をよじった。黒花の実はお菓子に使うこともあるくらいなので、今日一日は甘い匂いは消えないだろう。レニーの話ではセントダイナに出発する頃には消えているという。

ルイは出発までの間、ハッサンからセントダイナの地理や部族、城の様子などを頭に叩き込まれた。幸い言語はほぼ同じなのでその点は心配いらない。セントダイナの地方に住む部族の中にはルイの知らない言語を操る者もいると聞くが、セントダイナの民ですら分からない者も多いということで案じることはなかった。

「さて、明日の夜にはもう出立ですね」

髪を染めた夜、レニーが再び塔に現れ、ハッサンと三人でランプの明かりを中心に最後の確認をした。テーブルの上には蠟《ろう》で封をされた手紙が三通載っている。すべてハッサンが記したものだ。

「ルイ、お前が最初に会う相手は鳥人の長、アンドレだ。金髪で右目が青、左目が金色をしているからすぐに分かるだろう。彼とは鳥を使って連絡をとりあっていたからお前が行くことも伝えてある。彼にこの手紙を渡せば、騎士団のいる場所まで連れて行ってくれるはずだ」

ハッサンが一通の手紙を手にとって言った。ルイは今回難所といわれるキグーリ山を越えてセントダイナに入る。ふつうの人間ならば危険を伴う道だが、ルイの身体能力なら大丈夫だろうとハッサンが決めた。いわば抜け道らしい。海から行く場合、身分証や旅の目的などを国境の警備兵に伝えて許可を得なければならないので、ルイのような幼く見える者が意味もなく他国へ渡るのは不審をまねくと言われた。ルイも何か言われたら誤魔化《ごまか》せる自信がないので、抜け道のほうが安心だった。難所の山越えの国境を守っているのは鳥人らしい。ハッサンの連絡が届いていれば、捕らえられることもないだろう。

「次に騎士団の団長にそれぞれこの手紙を渡してほしい。俺がセントダイナに戻るには騎士団長の助けが必要不可欠だ。虎海は牢獄にいるらしいから、これは薔薇騎士団のギョクセンに、こっちはあざみ騎士団のケントリカだ。ギョクセンは気障《きざ》ったらしいニヤニヤした奴で、ケントリカは巨人族だからふつうの人間の二倍は大きい奴だ」

ハッサンはそれぞれの手紙を示して渡す相手の外見を説明する。二人とも特徴があるし、騎士団長という立場なら間違えることもないだろう。問題はいきなり押しかけて話を聞いてくれるかどうかだけだが、その不安はハッサンが払拭《ふっしょく》してくれた。

「これは祖母が最後に会った時に渡してくれた指輪だ。王族に伝わる大切なものだ。これをお前に託す。騎士団長に見せればお前を信用してくれるだろう」

ハッサンが首の中に手を入れ、ネックレスを抜き出した。鎖の先には金色の紋章入りの指輪が光っている。薔薇とあざみと黒百合の花が複雑に絡み合った凝った装飾だ。こんなものを持っているなんて知らなかった。一緒にいたルイが見たことがないくらいだから、よほど大切に隠していたのだろう。横にいたレニーが驚愕で目を見開いた。

「それは……まさか三位の指輪では？　ルイに渡すのは危険ではありませんか。万が一奪われたら、あなたはおしまいですよ」

レニーは一抹の不安を抱いたようで、ハッサンに意見している。ハッサンはネックレスをルイの首にかけ、持っていることを勘付かれるなと釘を刺した。

「他に俺の身分を示すものがない。いいんだ、もしルイがしくじるようなことがあれば、人を見る目の無かった俺の負けというだけだ」

ハッサンはさっぱりした口調でルイの衣服の中に指輪を隠す。軽いはずの指輪がやけにずっしりと感じられ、ルイは布越しに指輪のある場所を探った。三位の指輪がどういうものか分からないが、ルイにも大変な宝物だということくらいは分かる。

「命に代えても守ります」

ルイは自然とそう呟いていた。ハッサンの口元が弛み、「そうしろ」と肩を叩かれる。ルイとハッサンの会話を聞いていたレニーが何か言いたそうに半笑いの顔になった。

「さて、それでは手紙に魔術を施しましょうか」

レニーはそう言うなり、呪文を唱えながら三通の手紙にそれぞれ触れていった。どういう魔術か知らないがレニーが呪文を唱えるとそれらの手紙はみるみるうちに小さくなり、何の変哲もない石ころに変わった。

「渡す相手に会えたら、開封の呪文を唱えて手紙に戻しなさい。それくらいならできますね？　開封の呪文の後に、渡す相手の名前を言えば手紙に戻るはずです」

レニーに教えられ、ルイはローレンに教わった開封の呪文を思い返した。初歩で習う呪文なのでルイにも使うことはできる。

「石ころなら万が一見つかっても奪われることはありませんからね」

念には念を入れて、レニーは占いで使う石を詰めた小さな布袋の中に、かつて手紙だった石ころを混ぜた。ルイはそれを皮袋にしまおうとしたが、ハッサンに止められた。

「待て、一度やって見せろ。本当に戻るのか？」

うさんくさそうな顔でハッサンに問われ、ルイはレニーを振り返った。レニーが頷くので、杖をとり出して開封の呪文を唱え、最後にアンドレの名をつけ足す。すると一つの石ころの形が変わり、一通の手紙に戻る。

「もういい」

ハッサンが軽く手を振り、納得する。レニーは再び手紙に呪文をかけ、石ころに戻した。

「今のは私を試したのですか？　私があなた方を騙して窮地に陥れると？」

石ころの詰まった袋を皮袋にしまっていると、皮肉げな笑みを浮かべてレニーがハッサンに聞く。

「俺はお前を信用していない。お前は必要があればすぐに俺を裏切るだろうから」

ハッサンはこともなげに言い、レニーに辛らつな台詞《せりふ》を投げつける。傍で聞いていたルイは二人の殺伐とした空気に触れ、どうしていいか分からず黙っていた。レニーはハッサンから信頼を得られてない件に関しては何とも思ってないようで、ニヤニヤしている。

「ご安心を。今のところまだあなたが必要ですよ。このままトネル王が暴君のまま突き進まれては困りますからね」

レニーとハッサンは見えない刃《やいば》で斬《き》り合っているような恐ろしい会話を平気でしている。ハッサンはレニーを信頼していないのに、どうして自分は信用するのだろう。ルイにはハッサンの人の測り方が謎だった。

「連絡をとる方法は、鳥を使いましょう。洋蓮鳥《ようれんちょう》を一羽お前につき添わせます。手紙の返事を渡すように。お前が封印の呪文ができればもっと小さい鳥でもよかったのですが……」

レニーは気をとり直したようにルイに視線を向けて言った。洋蓮鳥は小動物を食べる獰猛《どうもう》な鳥だ。頭がかしこく、高度な魔術を使う魔術師は連絡役に洋蓮鳥を使うことが多い。今回ルイが封印の呪文を何度やっても失敗するので、レニーが仕方なく用意してくれた。

「反乱組織には連絡をとらなくてよいのですか？」

ハッサンとレニーが話がすんだとばかりの空気を醸し出したので、ルイは気になって聞いた。てっきり反乱組織と渡りをつけて行動するとばかり思っていたのだが。

「俺は反乱組織は信用していない」

ハッサンはにべもなく告げた。

「騎士団がそういった反体制派を煽《あお》るのは勝手だが、俺自身は危険な相手と交渉したくない。反体制派の中には裏切り者が出てくる。トネルは残虐な男だ。裏切りたくなくても裏切るように仕向けるのが奴の手なんだ」

何かを思い出したのかハッサンの表情が暗くなった。血の繋《つな》がった兄弟であるのに、これほど冷えた関係になるのは恐ろしい話だ。

「アンドレとギョクセン、ケントリカは信用できる。……俺と会わない間に何事も起こっていなければだが」

低い声でハッサンが呟き、軽く首を振った。

明日の出立の前にまた来ると言って、レニーが城に戻っていった。ルイは明日旅立つための支度をして、早々に眠ろうとした。

「ルイ」

横になろうとしたルイの小部屋にハッサンが姿を現す。ルイが立ち上がろうとする前にハッサンが膝を折り、じっと見つめてきた。ルイは服の中に指輪が隠れているのを確認して、ハッサンの揺れる瞳を見つめ返した。きっと自分のような不安要素の多い者に運命を託さなければいけないのを危惧《きぐ》しているのだろう。二つの冬を越しただけの相手だ。心配になって当たり前だ。

「お前にこんな役目を押しつけて悪かった」

必ずやり遂げろといった類《たぐい》の言葉をかけられると思っていたので、ハッサンに謝られてどきりとしてしまった。それでなくともハッサンが謝るのなんて初めて見たのだ。

「もし途中で嫌になったり逃げだしたくなったりしたら、好きにしていい」

重ねて信じられない発言がハッサンの口から出てきて、ルイは戸惑って目を瞬かせた。好きにしていいなんて、冗談でも言ってはいけない言葉だ。自分の命運がかかっているのに、ハッサンは何を考えているのだろう。命の次に大事な指輪を預けて、そのまま雲隠れしたらどうする気なのか。ルイのそんな感情が顔に滲《にじ》み出たのか、ハッサンが苦笑した。

「何故という顔をしているな。それを言うならお前もそうだろう。お前はこんな仕事をしなくてもよかったんだ。お前には何の利益もない。俺はお前が無事連絡係を務めたら、金銀財宝を与えるとでも言ったか？　いや何も言ってない。お前は俺の忠実なしもべでもなく、セントダイナの民ですらない。それなのに俺が頼んだらお前はやると言ってくれた」

ハッサンの手がぎこちなくルイの頭に触れた。節くれだった指がルイの髪を撫でていく。

「俺は、人は自分の利益がなければどんな行動もしないという信条を持っている。だがお前はそれに当てはまらない。それは多分、お前に獣の血が流れているからだな」

潜めた声で言われ、ルイはどういうわけか咽《のど》がひりついた。ハッサンの目は言葉以上に何かを伝えようとしている気がして、それを理解しようと必死だった。空気が張りつめた気がして、髪に触れているハッサンの手の熱さが伝わってくるようだった。

「お前は人であって人ではない。だから俺は信じられる」

それはどういう意味かと聞き返そうとした時、ハッサンの腕がルイの身体を抱きしめてきた。力強い腕がルイの背中に回っている。昔ローレンも時々こうしてルイを抱擁した。だがそれとはぜんぜん違うとルイは感じていた。ローレンとは違う若い男の匂い。ルイを抱く手の強さもまったく違う。何よりもハッサンの鼻先がこめかみの辺りに触れていて、それがたまらなく胸をざわめかせた。

身体をくっつけ合っていると、胸が高鳴ってひどく落ち着かない。互いの吐く息が気になるし、身じろぎひとつするのすら怖い。

「俺にこうされるのは嫌か？」

ハッサンの腕の中で大人しくしていると、耳元で囁かれた。

「嫌……ではありませんが、落ち着きません」

ルイが素直な気持ちを打ち明けると、ハッサンがかすかに笑った。

ハッサンはしばらくルイの体温を確かめるように身体を離さなかった。ハッサンの鼓動を聞くのは悪い気分ではなかった。密着していると、毛布に包まれるより暖かい。

静かな空気が流れた。ハッサンが抱きしめる腕を解いたので、もう解放されるのかと思いルイはハッサンの肩辺りにもたれていた顔を上げた。

「お前の目は綺麗だな」

後頭部を撫でていたハッサンの手が、ルイの前髪を掻き上げる。むき出しにされた額にハッサンの顔が近づいてきたので、ルイはハッとして身を固くした。柔らかな唇が額に触れて、ルイは痛みを感じると思い、歯を食いしばった。——ところが、ハッサンが唇を離しても、あるはずの痛みがない。

「……どうした？」

ぽかんとしているルイにハッサンがいぶかしげに聞いた。ルイは自分の額に手を当て、起こるはずの痛みがなかったことに戸惑った。

「痛くなかったので驚いているのです。……ここは以前怪我をした場所で」

ルイは自分の額に触れて呟いた。前に大怪我をして以来、額に触れられるのが嫌でたまらなかったのだが、いつの間にか治っていたのだろうか？　ハッサンの唇が触れても痛みは何もなかった。

「だから前も嫌がっていたのか？」

ハッサンに合点がいった様子で聞かれ、ルイは曖《あい》昧《まい》に頷いた。

「不思議だな、ここには何かの力が宿っているように俺には見える。怪我をしていたのか。傷跡はないようだが」

再び額に触れて、ハッサンがルイの髪をさらりと震わせた。もう一度触れられても痛くない。ルイは不思議な気分でハッサンを見つめた。ハッサンはルイの視線を受け止め、ふっと困ったように小さく笑った。ハッサンの顔が近づいてきたと思う間もなく、唇にハッサンの唇が重なった。ハッサンの熱が敏感な場所を通ってルイに流れてくる。

「……どうして口づけを？」

ルイはハッサンの行為の意味が分からなくて、首をかしげて聞いた。口づけは軽く触れただけでそれ以上は何もなかった。

「したくなったんだ。俺にもよく分からない」

ハッサンは熱い吐息をルイの頬にかけて、ゆっくりと身体を離した。どこか名残惜しげな表情だったので、ルイはまた落ち着かなくなった。

「明日は早い、もう寝ろ」

思いを断ち切るようにハッサンが立ち上がり、短く告げた。ルイは小部屋から去っていくハッサンの後ろ姿を見送った。まだ唇には特別な感触が残っている。ルイは毛布に身を丸めながら、しばらくここには戻らないのだということに初めて思い当った。明日から今までとはまったく違う日々が訪れる。未知の世界に飛び込むようで気持ちが高ぶり、ルイはなかなか寝つけずにいた。

■三　夜鳴き鳥

早朝のまだ一番鶏《どり》さえ鳴いてない時間にルイは起き、旅の支度をして皮袋を背負った。道中必要な食糧は皮袋の中だけではなく腰にくくりつけた袋の中にも入っている。ルイがこれから越える山は常に雪が残っているから、水の心配だけは必要なさそうだ。

レニーは洋蓮鳥を肩に載せて、ルイを迎えに塔まで来た。洋蓮鳥は茶色い羽毛に覆われた目つきの鋭い鳥で、頭の毛が赤く短いかぎ状のくちばしと尖った爪《つめ》を持っている。大きく羽を広げると子どもの腕くらいの長さがあるので迫力満点だ。

「無茶《むちゃ》はするなよ」

塔の一番下の階でハッサンとはお別れだ。真剣な眼差しで旅の無事を祈られ、ルイは恐縮して頷いた。

「できることしかしません」

「お前はできることが多すぎるんだ」

ハッサンには皮肉っぽく笑われたが、そんなことはないと思う。しばらく離れるので見納めにルイがじっとハッサンの顔を見ていると、大きな手がルイの頬を撫でた。ハッサンの手が意外に熱いので、触れられた部分が熱を持つ。

「次に会った時に、昨日の続きをしてもいいか?」

かすれた声で耳打ちされ、ルイは瞬きもせずにハッサンを見上げた。ハッサンの目が怖いくらい強く見つめてくるので、間違えたらまずいと思って聞いておく。

「続きってどんな?」

ルイが問い返すと、ハッサンがあからさまにがっかりした表情でルイの頭を小突いた。何故か後ろにいたレニーが潜めた声で笑っている。

「会った時に教える。さぁもう行け」

ハッサンはくわしくは語らずに、ルイを追いだした。

ハッサンを一人塔に残し、ルイはレニーに連れられ『淵底の森』を抜け、宮殿に立った。レニーはルイを厩舎《きゅうしゃ》へ連れて行った。大きな建物には毛並みのよい馬がたくさんいる。サントリムの馬は質がよく、他国にも献上されているという。

「お前が乗る馬を選ぶといい。どれも山越えのできる足腰の丈夫な馬を用意した」

レニーが合図すると、厩舎で馬の世話をしている背中の曲がった男が馬を三頭並べた。ルイが三頭の馬に顔を向けると、そのうちの一頭が急にいななき、男が持っていた手綱を振りほどいてルイの前に自分を選べとばかりに寄ってきた。真っ白な毛の若い牝《ひん》馬《ば》だ。

馬はブルルと鳴き、早く乗れというようにルイの

前に首を垂れる。

「驚いた、そいつは丈夫だけど誰も扱えない暴れ馬なのに」

ルイの前で大人しくしている白毛の馬を見て、背中の曲がった男が驚愕している。

「この子にします」

ルイは白馬の背中を撫でて、レニーに言った。

「では今日からその馬はお前のものです。道中気をつけて。方角が分からなくなったら、こいつに聞きなさい」

レニーは肩に乗っていた洋蓮鳥を空へ飛ばした。天高く舞い上がった洋蓮鳥は空で円を描き、セントダイナの方角に向かって飛んでいく。ルイは持っていく荷物を白馬に乗せ、自分もひらりと飛び乗った。

「あと一つ。あなただけでは少々心配なのでおせっかいかと思いましたが、護衛をつけます。少し用事があって遅れて行きますが、何かあった時には彼を頼るといい」

レニーが最後につけ足すように言ってきた。護衛なんて大げさだと思ったが、自分が託された任務や大切な指輪を考えればそのほうがいいかもしれない。

「行ってまいります」

ルイはレニーに挨拶《あいさつ》をして、馬を走らせた。白馬はルイの行くべき場所を分かっているかのように、軽やかに駆けていく。羽のように軽く走る馬だ。少し駆けていくと城壁が現れ、ルイの姿を確認して衛兵が道を開ける。城の外へ出るのは久しぶりだ。まだ日が昇り切ってないので、空全体に靄《もや》がかかっているように見える。城下町を抜けてホレン山脈に向かう。ここからでは山の姿は陽炎《かげろう》のようにぼんやりとしか分からない。

ルイは朝日が昇る方向に向かって、馬を走らせた。すがすがしい気分になっているのが、いっそ不思議でならなかった。

　二晩かけてルイは白馬と共にホレン山脈のふもとまで辿りついた。山が近づくにつれその高さに圧倒される。ルイが住んでいたニルヴェルグの山も険しい山だったが、ホレン山脈はそれ以上に人を寄せつけない死の山だった。かつてここを軽装備で越えていった猛者がいるというが本当だろうか。

　ルイは適当な大きさの洞窟《どうくつ》を見つけて火を焚き、馬を休ませて水と餌《えさ》を与えた。皮袋からパンをとり出し、ルイも食事をする。今夜はここで眠るつもりだ。明日から山登りが控えている。体力を温存しなければならない。

　拾ってきた枝木を火にくべていると、上空から黒い塊がすーっと下降してきた。洋蓮鳥が翼を広げて洞窟に入ってくる。洋蓮鳥は鋭い爪に小動物を捕まえていて、ルイが腰を下ろしている傍でその獲物を啄《ついば》み始めた。ルイになついているというわけではないが、旅の仲間だというのは向こうも分かっているみたいだ。食べるか？　みたいな顔で小動物の欠片を見せてきたので、いらないと首を振っておいた。

　こうして馬や鳥といると、ニルヴェルグ山での生活が戻ってきたようだった。ローレンが亡くなって、しばらくは気分が沈んで山で獣と一緒に暮らしていた。冬がやってきて、獣たちがどこかへ行ってしまったので一人になり、ルイは仕方なくローレンが亡くなる間際に託した手紙を持ってレニーを訪ねることにしたのだ。

　ローレン以外と暮らすなら山に一人でいるほうがいいと思ったのだが、山にいると自分が人間であることを思い知らされる。どんなにがんばっても獣と同じにはなれない。ルイはローレンと長く一緒にいすぎて、今さら獣には戻れないのだと悟った。

「私が死んだら、弟子のレニーを訪ねなさい。お前は私以外と交流を持って、人としての生き方を身につけなければ駄目だ」

病床のローレンに何度も言われた言葉だ。結局あれが遺言となってしまい、ルイはレニーのいる宮殿を訪れることにした。まさか隣国の王子の世話を任され、あまつさえ他国へ行かされるとは思いもしなかった。

ローレンがここまで見通してルイにあんな言葉を告げたのかは分からないが、以前からローレンが言っていた通り人生とは想像もしていなかったことが起こるものだと身をもって知った。今は少しだけローレンの気持ちも分かる。ローレンはルイが心配だったのだろう。どこにも属せないルイを、きちんと人間の中で暮らせるようにしたかったに違いない。

(俺はローレンといれるだけで満足だったのに)

ローレンとの優しくて穏やかな日々を思い返し、ルイは揺れる炎を見つめた。七つの時にニルヴェルグの山をさまよう羽目になったルイは、以前から山の中腹に住みついていたローレンの家の戸を叩き、保護してもらった。言葉もしゃべれないルイを、ローレンは根気強く導き、人として暮らせるようにしてくれた。ローレンは高名な魔術師で、ルイもいくつか魔術を習った。あまりそちらの才能はなかったのか、簡単な魔術を使えるだけだ。それでもローレンに何かを教わっているのは楽しい日々だった。

ローレンが死んだ時、ルイは進むべき道を見失った。

暗闇《くらやみ》に一人でとり残された子どものように、不安と絶望感でいっぱいだった。このまま死んでもいいとさえ思っていたくらいなのだ。

『俺のために生きろ』

ふいにハッサンの強い口調が耳に蘇って、ルイは吐息をこぼした。

ハッサンとは季節を二回繰り返した間しか一緒にいなかったのに、自分が死んでもいいと思っていたのを知っていたのだろうか？　そうでなければ生きろとなど言わない気がする。

（不思議だ……。ローレン以外の人のことを考えるなんて）

ローレンしかいなかったルイの頭の中に、ハッサンがいつの間にか住みついていた。ローレンとはまるで違う人間だ。正反対と言っていい。ローレンは温かくて、人柄が滲み出るような優しい目をして、いつも愛情たっぷりの言葉をかけてくれた。ハッサンはほとんど笑わず、優しい言葉など持ち合わせていなかったし、瞳には暗い影を覗かせた。最初に会った時からハッサンは冷たい空気をつねに身にまとっていた。何かを拒否しているような、何も信じていないというような頑なな心を感じた。

（俺と同じじゃないか）

ふと自分との共通点に気づき、ルイはくすりと笑った。

ハッサンも自分も他者を拒絶しているという点では同じだ。もしかして寄り添い合えたのはそのせいかもしれない。ルイは特別なことは何もしていないつもりだったが、いつの間にかハッサンと心を通い合わせていたのかもしれない。

ルイは衣服の下に隠していたネックレスをとり出した。

高価な指輪が鎖にかかっている。この指輪は騎士団と何か関係があるのかもしれない。黒百合とあざみ、薔薇の三つの花は、セントダイナを守る三つの騎士団の象徴だ。サントリムに暮らすルイがこの指輪を持っているなんて数奇な話だ。

がさりと音がしてルイは横に目をやった。

洋蓮鳥がルイの着ていたコートを寝床にして、頭を羽毛に突っ込んで寝ている。ルイは小さく微笑み、指輪を衣服の下に隠して火を絶やさないように枝木を足した。

翌日は日が昇らないうちから登山を開始した。太陽が真上に来る頃までは白馬に乗って斜面を登っていたが、次第に道が険しくなり馬から降りて手綱を引きつつの道のりとなった。その頃には山肌に薄く雪が見えた。もっと上はまだ溶けない雪が積もっていることだろう。雪に足をとられて、山を越えるのに時間がかかると、セントダイナに入る前に命を落としかねない。無理は禁物だとルイは己を戒めた。

ホレン山脈の一つ、ルイが登っているキグーリ山はめったに人が登らないと言われる山だけあって、道と呼べるものはほぼなかった。かろうじて獣が通ったと思われる足場を進み、頭上を見上げ洋蓮鳥の姿を確認して道に迷わないようにした。岩がごつごつとむき出しになっている場所を過ぎると、再びなだらかな場所になり白馬で移動する。日が暮れかけた頃、ルイは大事をとって木々が密集している場所で泊まることにした。

火を起こし、鍋に雪を入れて水に戻す。白馬に白湯《さゆ》を与え、ルイは干し芋をかじった。

山は静かだった。ルイの足元で爆ぜる火の音しか聞こえない。

(いや、静かすぎる?)

薄暗くなっていく周囲に目を配り、ルイは嫌な予感を覚えて身体を強張らせた。鳥の声や獣の気配、風の音さえやんだ気がする。

ルイが腰を浮かしかける一瞬前に、白馬の耳がぴくりと動いた。その耳がぐるりと後ろに向けられたのを見て、ルイは手近の木に瞬時に飛び乗った。間一髪、ルイが今まで腰を下ろしていた場所に、矢が突き刺さる。

白馬が飛んできた矢に驚いて、激しくいなないて前脚を高く掲げた。ルイは枝から枝へ伝い、矢を放ってきた相手を見極めようとした。

「……っ」

ルイが次に飛び移ろうとした枝に、再び矢が射られる。危うく落ちかけてルイは慌ててその下の枝を摑んだ。勢いをつけて枝を軸に一回転すると、枝の根元に足をかけ、矢を射てきた方向を見た。そこには弓矢を構えた男たちがいた。ルイがいる場所より少し上にある大岩の影だ。人数はおそらく三人か四人。黒っぽいフードつきのマントを着た男たちだ。

ルイは身を屈めて次々に放たれる矢を避けた。二人の男が岩陰から飛び出してルイのいる木に向かって駆けてきた。懐から何かとり出したのを見て、武器だと推測した。

（こいつら、あの時の？）

『淵底の森』で襲ってきた賊と雰囲気が似ている。だとしたら青の一族にほかならない。ルイは枝から跳躍して隣の木に移り、攻撃を逃れようとした。あの時はてっきりハッサンを狙ったと思っていたが、ここまで追ってくるとは狙いは自分だったのだろうか？　混乱する頭でルイは木々を揺らし、追手を撒《ま》こうとした。馬のいななきが響き渡る。時おり矢が葉の間を飛んでいく。

飛び移る木に間隔が空き、ルイは仕方なく地面に降り立った。すかさず前に走り出そうとしたが、一人が回り込んでいて、ナイフを振りかざしてきた。それを上半身を反らすことで避け、地面に手をついて右足で男のナイフを持つ手を蹴り上げる。

「ち……っ」

男の手からナイフが離れ、苛立った声がフードの下から漏れた。ルイは草むらに落ちたナイフを男より早く摑み、後方から来たもう一人の男に対峙《たいじ》した。

「シリ、ルー、スー……」

目の前に現れた男が低い呪文を唱え始める。危険を察知してとっさにルイは、足元の雪が混じった砂土を男の顔めがけて投げつけた。男はびっくりして呪文を中止する。ルイはその隙《すき》に木々を縫って疾走した。

ルイの速さは男たちより格段に上だったが、相手が複数というのが問題だった。じぐざぐに木々の間を走り抜け、少しでも男たちから距離を置こうとする。

「……っ!?」

斜面を駆け下りようとしたルイは、いきなり目の前の土が盛り上がって見えて驚いて立ち止まった。雪がところどころ残っている地面が、むくむくともたげて人の形を作っていく。これも黒魔術か、奇怪な技を使う。足を止めたとたん、後ろからも似たような人形が形作られ、右からも左からも同じようにルイを囲む。

「もう逃げられないぞ」

周囲が暗くなったと思う間もなく、地の底から這《は》いだしてきたような低い声が耳に届いた。ルイはナイフを構えて深呼吸すると、すっと目を閉じた。

息を整えて、気配がしたほうにナイフを振り回す。

「ぎゃあ!」

ナイフの先に肉の感触がして、ルイは自分が男のうち一人の首を切ったのを悟った。血がナイフに飛び散り、人形の土がぼろぼろと崩れていく。その隙間から飛び出そうとしたとたん、足首に何か紐状のものが絡みついてルイは転倒した。

「動くな!」

ルイの腕が、硬い靴底で踏みつけられ、ナイフを持っていた手を動かせなくなった。ルイの腕を地面に縫いとめている男が、直近から弓矢でルイの胸を狙う。地面に横たわった状態で身動きがとれずにいると、駆け込んできた男がルイの首を締めつけてきた。

「うぐ……っ」

息ができなくてルイは苦しげに呻《うめ》きながら身をよじった。ルイの首を絞めている男は、鼻から下を隠すように口布で覆っている。男は乱暴な動作で空いた手でルイの首を探り、ネックレスを引きずり出してくる。

「これか……」

ネックレスの先についていた指輪を確認して、男が興奮した声を上げる。ハッサンから渡された指輪が狙いだったのか――ルイはこれだけは奪われてはなるまいと、懸命の力で抵抗した。だが首を絞める男の手に力が入り、あまつさえネックレスを引きちぎるように盗《と》られてしまう。

「こいつは危険な奴だ、殺そう」

ネックレスを奪った男が、弓矢を構えている男に合図を送る。その時、すぐ近くから馬のいななきが聞こえたと思う間もなく、弓矢を構えていた男の手が弛み、悲鳴が上がった。朦朧《もうろう》とする意識の中、白馬が弓矢の男の腹を蹴り上げているのが見えた。

「うわ……っ」

ルイの首を絞めていた男の体勢も崩れ、とっさに馬の攻撃を避けようとする。キィイと洋蓮鳥の耳を押さえたくなるような甲高い鳴き声が響いた。ルイの真上を洋蓮鳥がすごい速さで通り抜けていく。

「あっ、クソ……ッ!!」

ルイの首を絞めていた男の動揺した気配が伝わってきた。ルイは首を押さえ、激しく咳《せ》き込んで上半身を起こした。ルイから男が奪ったネックレスを、洋蓮鳥がさらに奪い取り、空高く飛んで行ったのだ。嘴《くちばし》の先にきらりと光るものが見える。白馬はなおも男たちに襲い掛かるように後ろ足で蹴り上げようとしてきた。その混乱の最中、白馬の悲痛な鳴き声がしたと思う間もなく、どぅっと地面に白馬が倒れ込む。

「あの鳥を狙え！」

駆けつけてきた別の男が、剣を振りかざして怒声を飛ばす。白馬はこの男の剣によって腹の辺りを刺され、地面に転がって痙攣《けいれん》している。白馬の白い身体が血にまみれていくのを目の当たりにして、ルイは頭に血が上った。

ルイの首を絞めていた男は、ネックレスを奪った洋蓮鳥に意識が向けられていて、すっかり油断していた。

「うぎゃああ!!」

ルイは傍に落ちていたナイフで男の足首を切った。血が噴き出し、男ががくりと地面に膝を折った。

続けてルイは弓矢を構えている男の利き手に刃を突き立てた。男が射ようとした矢は、体勢を崩されて洋蓮鳥とは別の方向へと飛んでいく。もう一人の男が反撃に出たルイに剣を振り上げてきた。やられる、と思った刹那《せつな》、男の背中に派手な音を立てて矢が突き刺さった。

「ぐぁっ」

心臓を狙い撃ちされて、男はほぼ即死だった。身体に矢が突き刺さったまま、雪の上で息絶える。誰が矢を射たのかと思い、ルイはナイフを構えて飛びのいた。

金髪の背の高い男が木々が密集している場所に向かって、矢を構えていた。翡翠《ひすい》色の瞳に利発そうな顔立ちの青年だ。首に紫色の巻物をしていて、それが風になびいている。

「ひ……っ」

金髪の男は、逃げようとしている男の背中に真っ直《す》ぐに矢を射抜いた。かなりの距離があったが、恐るべき命中率だった。背中に矢を撃たれた男は雪の上に倒れて痙攣している。ルイを襲った賊は金髪の男によって、あっという間にすべて倒された。

「大丈夫ですか」

油断なくナイフを構えていたルイだが、金髪の男が弓矢を下げ、闘う意思がないことを示したので肩から力を抜いた。誰だか分からないがルイを助けてくれたのは確かだ。

「あなたは？」

近づいてきた金髪の男に、ルイは目を細めて尋ねた。

「俺の名前はグレッグ。レニー・グルテンに頼まれてあなたの護衛に来ました。ルイですね、セントダイナまでお供します」

グレッグと名乗った男は礼儀正しく一礼した。灰色のマントを着ているが、衣服の上からでも鍛え上げられた肉体を持っているのがよく分かった。顔つきを見るとまだ若い。おそらく二十代半ばだろう。

「あなたが……」

ルイは出立の際に言われたレニーの言葉を思い出した。遅れて護衛をつけると言っていたのは彼だったのか。

「あなたに万一のことがあったらいけないということで、宮殿警備の俺が頼まれたんです。以前『淵底の森』で青の一族に襲われたとか？」

グレッグは足首を切られて雪の上で呻いている男を見下ろし、確認するように男のフードを外した。グレッグは腕を切られて意識不明になっている者や、矢で仕留めた男のフードも外していく。ルイを襲ってきた男たちは皆、首筋やこめかみに入れ墨をしていた。青の一族である証拠だ。刺青はそれぞれの名を表す鳥や獣、花の模様が描かれている。

「やはり青の一族のようですね」

グレッグが確認したとたん、足首を切られた男が不敵に笑いだした。

「ヤム、ヤム、グリルゥーヴァ……」

男が苦しげな息の中、何かの呪文を唱え始める。ハッとしたようにグレッグが腰からナイフを引き抜き、男の心臓に突き刺した。男は呪文を唱え終えることなく絶命した。

「黒魔術を使う厄介な一族です」

グレッグはもう一人まだ息がある男に油断なく近づき、「目的は何だ?」と尋問した。けれどこちらの男も呪文を使おうとしたのでやむなく殺す羽目になった。ルイを狙った理由をはっきり賊の口から聞きたかったが、青の一族は強力な結束を誇る集団なので無理だろう。聞いた話ではどんな拷問にも耐える強固な意志と、敵に捕まったら自害する覚悟があるそうだ。四人の賊が死に、ルイはようやく張りつめていた気を弛め、自分を助けに来た白馬に駆け寄った。

白馬は苦しげにブルルと鳴き、雪の上に赤い血を垂らしている。その痛ましさにルイは唇を噛み、白馬の身体を撫でた。木に手綱をくくりつけてきたはずなのに、それを無理やり解いてまでルイを助けに来たのだろう。ほんのわずかな時間しか過ごしていなかったのに、自分に命を捧げた白馬にルイは礼を言った。

「ありがとう。もう大丈夫だよ」

ルイは白馬の耳元で囁き、苦しんでいる白馬にとどめを刺した。もっと楽に死なせてあげたかった。重苦しい気分でいっぱいになる。

周囲は一気に静けさをとり戻した。雪に点々と血の痕が残っている。ルイは改めて空を見上げた。すでに真っ暗闇に包まれていて、洋蓮鳥がどこへ行ったか分からない。

「何故青の一族はあなたの命を狙ったのですか?」

グレッグが不思議そうに尋ねてきた。

「指輪を……」

ルイは途方に暮れた表情で託された指輪を奪われ

たことを話した。彼らの狙いは三位の指輪ではないかと言うと、グレッグは驚いた顔になった。

「話には聞いたことがあります。セントダイナの王家に伝わる指輪ですね。それがなければハインデルの名は継げないと聞きました。だからトネル王はハインデル八世になれなかったのかな。鳥が持っていったということですが、あなたの道案内ならいずれ戻ってくるのでは？」

グレッグはあまり気落ちした様子もなく淡々と話す。確かに青の一族に奪われるよりよほどいいのだが、ルイはどうにも楽観する気になれなかった。現に賊が倒れても洋蓮鳥は戻ってこない。

「さて、どうします？　指輪がないので一度戻りますか？　それとも鳥が指輪を持ってくるのを期待して先に進みますか？　俺はあなたの護衛なので、どちらでも構いませんが」

グレッグにこれから先の道筋を聞かれ、ルイは暗闇の中、考え込んだ。ハッサンがセントダイナに送られるまであまり時間がない。ここで無駄な時間を費やすわけにはいかなかった。ルイは洋蓮鳥を信じてセントダイナに進むしかないと思った。

「セントダイナに行きます」

ルイは低い声で呟いた。グレッグは軽く頷いて、死んでいる男の背中から矢を引き抜いていく。

「正直あなたの身体能力を見て、何故護衛が必要なのか疑問に思っていたのですが、性格的な問題なのでしょうかね？」

武器を回収して、グレッグが気になった様子で質問してきた。

「あなたは賊を殺す機会があったのに、とどめは刺していない。青の一族は黒魔術を使う危険な輩ですよ。狙った相手は必ず殺すと言われる暗殺集団です。躊躇する必要はないと思うのですが」

グレッグに問われ、ルイは返答に窮して男から奪いとったナイフを倒れている男の鞘《さや》に戻した。ルイ自身は枝を切ったり木を削ったりする用途の細身のナイフしか持っていない。

「人を殺すのは師に禁じられています」

ルイはローレンに言われた約束を思い出して答えた。ローレンと初めて会った時に、極力人は殺さないという誓いを立てた。人間として生きるために、無益な殺生は禁じ、襲ってきた相手以外とは刃を交えないと約束したのだ。

「それだけすごい身体能力を持っているのに、もったいないことですね。まぁ背中は安心して任せてください。とはいえあなたの本気の速さには敵《かな》わないけど」

グレッグは笑みを浮かべながらルイを褒め称《たた》える。柔らかい雰囲気を持った明るい男だ。自分だってあの距離の敵を射抜くすごい力を持っているのに、偉ぶる様子は見せない。レニーが送ってくれた護衛はいい人のようだった。

グレッグと寝床になりそうな雪のない場所を探し、火を焚いて夜を過ごすことにした。それにしても洋蓮鳥はどこへ行ってしまったのか。このまま見つからないと大変なことになる。自分を信頼してくれたハッサンに申し訳ない。皮袋を枕《まくら》に横たわりつつ、ルイは気分が沈んでいくのを止められなかった。


白馬が死んでしまったので、徒歩でホレン山脈を越えるしかなかった。

朝日が昇り、ルイはグレッグと共に道なき道を進んだ。道案内をしてくれるはずの洋蓮鳥の姿は見当たらず、青い空には時々白い雲が流れていくだけだ。幸いにもグレッグが抜け道を教わっていたので道に迷うことはなかった。

「俺の父が昔この山を越えてセントダイナに逃げ込んだそうです。その頃は悪名高き魔女のアルジャーナがサントリムを支配していた時代でね。その後、平和になってようやく戻ってこられたと言っていました」

山の中腹で休憩をとっている時、グレッグが身内の話をしてくれた。セントダイナへの抜け道は父から聞かされたようだ。明日には最大の難所と呼ばれる道を通るらしい。グレッグの家族は父母と祖父、そして弟がいるらしい。

「ルイの家族は？」

グレッグは屈託なくルイに聞いてくる。腰を下ろせる岩場がある場所で、乾燥した葉を粉末にしたものをお湯で溶かして飲み物にしてくれる。栄養素の高い飲み物らしく、飲むと身体の芯《しん》まで温まった。

「家族はいません」

ルイがさらりと答えると、グレッグはまずいことを聞いたというように困った顔になった。気を遣わせているのを感じて、ルイはローレンの話をすることにした。

「ローレンという魔術師のもとで暮らしていたので、ローレンが家族と呼べるかもしれません」

「国一番の魔術師と呼ばれた方ですね」

グレッグはルイの口から出た名前に安堵した様子で頷いた。

「どこかの山奥にひっこんでいると聞きましたが……。噂では大変な気難しやで、偏屈な老人と言われていましたけど、ルイがそんな顔をするなら噂は間違いでいい人だったようですね。初めて柔らかい表情になった」

グレッグはにこにこしてルイに嬉しそうな顔を見せる。自分はローレンの話をする時、いつもと違う顔をしていたのだろうか。

「……ローレンは優しい人でした」

くる。

ルイが微笑むと、グレッグが目を細めて見つめて
ローレンが気難しやで偏屈だと噂されたのは、きっとわざとそうして見せたからだろう。ローレンは自分の能力を利用されるのを嫌って、人を遠ざけていた節がある。

「ローレンが亡くなって、一人になってしまったのですね。寂しくはないですか？　ハッサン王子の世話をしていたと聞きましたが、こんな危ない橋まで渡って……俺ならできませんよ。ルイはすごい」

グレッグは優しい声でルイを労《いた》わる。ルイは上手く答えられなくて、曖昧な笑みを浮かべるしかなかった。それにしてもグレッグは話し上手で聞き上手だ。こんなにたくさんローレン以外の人と話したのは初めてだ。ハッサンとだってもっと会話が少ない。思い返してみれば、塔にいた間、ルイもハッサンもほとんど口を利かなかった。それなのに何故ハッサンはルイを信用したのだろう。ふとハッサンの思慮に耽《ふけ》る横顔を思い出し、胸を痛めた。目の前にいれば指輪を失《な》くしてしまったことを謝れるのに。

「そろそろ行きましょうか」

グレッグが荷物を片づけ始めてルイに促した。皮袋に荷物を入れ、装備を整えて再び斜面を登り始めた。


四日をかけてホレン山脈の一つキグーリ山を攻略した。険しい道のりだった。キグーリ山は一年中雪が融《と》けない山で、普通に歩くことも叶《かな》わないほど道は凍り、時には雪崩を起こすことで知られている。セントダイナとの国境にもなっているのだが、サントリムで誰も警備していないのは、この道を通るのは死を招くと言われているからに他ならない。

　グレッグは抜け道を知っていたが、抜け道とはいえ過酷な道で、グレッグがいなければどうなっていたか分からない。現に一度切り立った岩壁を登っている際、ルイは足を踏み外して崖《がけ》下に落ちそうになった。

　幸いにも互いの身体に綱をくくりつけていて、落ちる前にグレッグが助けてくれた。グレッグは足場の悪い場所にも関わらずルイの腰に絡んでいる綱をぐっとつかむ。

「動かないで、引っ張り上げます」

　グレッグは片方の手を岩場の突き出た場所に置き、空いた左手でルイの身体を持ち上げた。命からがら元の位置に戻ると、汗ばんだ顔のグレッグに礼を言った。

「ありがとうございます……」

　命綱をつけていなければ確実に死んでいただろう。感謝の念を込めてルイはグレッグを見上げた。

「ルイが軽かったから助かった。でも……異様に軽すぎる。どうして？」

　グレッグが呆然とした様子で聞いてくる。あまり自分の重さについて考えたことがなかったので、上手い言い訳が出てこなかった。そういえばハッサンも鳥人並みだと言っていた。

「もしかして君は鳥人なのですか？　鳥人の中には人間と暮らすようになって、羽が退化した人がいると聞きました」

　ルイが黙っているとグレッグが勝手に勘違いして納得してくれた。本当は違うのだが、それが一番もっともらしいと思い、ルイは訂正しなかった。

「そうなんだ……びっくりした。でも助けられてよかった」

　グレッグは安堵した表情で笑い、先に進もうと促した。

　道中危ない場所は多々あったが、どうにか国境を越え、セントダイナに入ることができた。携帯していた食料は残り少なく、早めに山を下りたほうがいいだろう。国境を越えても道が険しいことには変わりなく、寒さは相変わらず続いている。

あれ以来洋蓮鳥は戻ってこなかった。姿すら見かけない。ひょっとしてまだ他にも賊がいて、洋蓮鳥を射殺してしまったかもしれない。焦りが募る。疲労感も頂点に達し、ルイにしては珍しく雪道に何度か足をとられて転倒することがあった。

「あれは……」

岩がむき出しになった足場の悪い下り坂で、グレッグが空を見上げて呟いた。つられてルイも空を見上げると、青い空に鳥が飛んでいるのが見えた。やけに大きな鳥だ。そう思っていたら、それがどんどん下降してきて、人の姿が空を舞っているのが見えた。

「わ……」

ルイは初めて見る鳥人に驚いて声を上げた。人の姿をしているのに、背中に羽が生えている。大きな白い羽を大きく広げ、風を上手く利用しながら飛んでいる。鳥人は一度すーっと下りてきて、ルイとグレッグの顔を確認した。そしてまた空高く飛んでいく。

「行ってしまいましたね」

グレッグが小さくなっていく鳥人を見て言う。少しなだらかになった場所まで来ると、ルイはグレッグと肩を並べて歩き出した。この辺りはもう残雪は少なく、気温も暖かくなっている。

太陽の角度が変わった頃、再び空に鳥人が現れた。今度は四人で飛んできて、ルイたちのいる場所まで下りてくる。

「そこで止まれ！　何者だ!?」

大きな羽をはばたかせて、ルイたちの前方にある木の上に鳥人が止まり、大声を上げた。三人の鳥人は皆弓矢を構えて、ルイたちを威嚇《いかく》している。ルイは敵意がないのを示すために、両手を上げた。

「ハッサン王子の使いの者でルイと言います。鳥人の長であるアンドレさんに会いに来ました」

ルイが声を張り上げて言うと、鳥人たちが戸惑ったように顔を見合わせた。木の上でしばらく協議すると、一人の男が降りてきて、ルイたちを見据える。

「武器と荷物をすべて出せ。こちらで預かる」

えらの張った、神経質そうな顔をした男が、ルイとグレッグに要求する。羽が生えていること以外はふつうの人間に見えた。ルイたちは大人しく荷物を差し出した。グレッグは肩にかけていた弓矢も渡す。

「そっちは？」

「俺はルイの護衛です」

男に素性を聞かれ、グレッグが愛想よく答える。武器と荷物はすべて奪われ、次々に下りてきた男たちの手に渡った。

「よし、これから連れて行く」

四人の鳥人の中の背の高い二人が、ルイとグレッグの背後に回った。脇の下に手を入れられたと思う間もなく、空中に浮遊する。

「うわっ、飛んでる！」

隣ではグレッグが上空に連れて行かれ、焦った声を出している。

「お前、軽いな」

ルイを抱えて飛び立った鳥人が、不審げに呟いた。ルイたちは空高く上げられ、鳥人の手によって移動させられた。もしルイたちが危険人物でもこんなふうに空高く運ばれては手も足も出せない。鳥人が手を離したら、普通の人間なら即死だろう。現にグレッグは少し怖がっているようで、しきりに「手を離さないでくれよ！」と訴えている。

ルイは初めての空の散歩を楽しんだ。風が心地よく、景色が一望できるのが素晴《すば》らしい。木々よりさらに高く舞い上がり、遠くの地形まで見渡せた。それに少しずつ山から遠ざかるにつれ、気温が上がっていき、緑が増えていくのが如実に感じられた。

「花が……」

ルイは森に色とりどりの花が咲いているのを見て、感嘆した声を出した。異国に来たのを実感した。平地になると、一気に草木が多くなり、サントリムにも花は咲くが、ごくわずかな期間だけだし、色合いも地味なものが多い。

「あ……っ」

遠目に青い水底が見えて、ルイはびっくりして声をこぼした。あれが噂に聞く海だろうか。ちらりと見えただけだが、きらきらと光っていた。

当然獣の姿も見えるようになり、四足の群れる動物が木々の間を駆けていくのも分かった。セントダイナは緑の多い土地なのだ。サントリムの地しか知らないルイからすれば、地上の楽園のようだった。

「お前、セントダイナに初めて来たのか?」

景色を見て驚いているルイがおかしかったのか、ルイを運んでいる男が笑いながら言った。

「はい……」

「サントリムは極寒の地だと聞いたぞ。お前も帰る気を失うかもな」

男がどこか勝ち誇ったような声で告げる。極寒の地とは言いすぎのような気もするが、この豊かな自然を見た後では反論する気を失う。

鳥人の長、アンドレとはどのような人だろう。ルイは緊張してきて、本当に大丈夫だろうかと不安になった。口の達者じゃないルイにはかなりの重荷だ。

鳥人の住む居住区が近づき、ルイは乾いた唇をぎゅっと噛みしめた。

■四　鳥人

日が暮れる頃、ルイたちは鳥人の居住区へ連れてこられた。近くの森で下ろされ、そこからは徒歩で行く。下りる前にちらりと畑や果樹園が見えたから、きっと見知らぬ怪しい人間に情報を与えたくないのだろうと思った。

大きな洞窟の前にある平地に、武器を携えた鳥人が集まっていた。当たり前だが、誰もが羽を持っている。背中の空いた白い衣服を着ていて、気温が高いのか肌を露出している者が多かった。

ルイたちは槍《やり》を構えた男たちのいる場所で待たされた。荷物はすべて持っていかれた。

やがて洞窟から一人の男が顔を出した。見事な金髪の、両の目の色が違う若い綺麗な顔立ちの男だ。これがハッサンの言っていた鳥人の長アンドレだろう。長というからてっきり歳を召した者だと思っていたので、アンドレが若くて驚いた。そういえば鳥人は皆若く、年寄りがいない。

「どっちがルイだ」

アンドレはルイとグレッグの両方を、確認するように見て回った。右目が青く、左目が金色をしている。さらさらの金髪が風になびき、アンドレの美しい顔がルイに注がれた。神話に出てくるような美しい青年だ。ルイは胸に手を当てて口を開いた。

「俺です」

ルイが自分を示すと、アンドレがじろじろと上から下まで眺めてくる。

「お前……」

アンドレはいぶかしそうにルイに近づき、鼻をくんくんとした。

「何か甘い香りがするな……。それに……」

アンドレは何か言いたげにルイの顔を見て、考え込む。他の鳥人がルイに注目し、不審な点があればすぐ殺すと言いたげに身構えた。

「髪を染めているので……」

ルイが疑惑を晴らそうと思い答えると、アンドレはいきなりルイの背後に回り、背中に手を這わせてきた。びっくりして背筋を伸ばし、振り返る。アンドレは躊躇なくルイの首筋から衣服の中に手を突っ込み、背中に触れる。

「鳥人じゃないのか……。おかしいな、お前から人じゃない者の匂いがしたんだが……」

ルイの背中にじかに触れたアンドレが、首をひねりながら呟く。アンドレの様子を見て、ルイを運んできた男が報告した。

「長、確かに彼は軽すぎる。人間とはとても思えません」

「そんなにか」

アンドレが目を光らせ、ルイの身体を持ち上げる。小柄なルイは、アンドレにとって異様な軽さだったようで、顔つきが変わる。ルイがどうしていいか分からずおろおろしていると、アンドレは目を細めてルイの顔を見た。

「確かにこれはふつうじゃない。お前、何者だ？」

疑われているのを感じ、ルイはどう返答すればいいか分からず抱き上げられたままアンドレを見つめた。横にいたグレッグが耐えかねたように一歩乗り出してくるのが見える。グレッグまで疑われるわけにはいかなかったので、ルイは急いで要件を告げた。

「皮袋の中に手紙が……」

ルイの声に改めて気づいたように、ルイの荷物が持ってこられた。やっと地面に下ろされて、ハッサンからの手紙が皮袋に入っているのを教える。皮袋を調べた鳥人がいぶかしげに首を振る。

「石しかありませんが」

「その石に魔法がかかっています。貸してください」

ルイは何気ない調子で皮袋に向かって手を伸ばした。ところが魔法と言ったとたん、アンドレが気色ばみ、鳥人たちに緊張が走る。どうやらまずいことを言ったみたいだ。

「これを渡したら、大変なことになるんじゃないだろうな？」

皮袋に入っていた紫色の袋をとり出し、アンドレが鋭い視線を向けて言う。

「ルイはそんな子じゃないですよ」

耐えかねたのかグレッグが横からルイを庇《かば》う。ルイはレニーから手紙を奪われないために魔術をかけてもらったという話をして、開封の呪文を使いたいと訴えた。

「レニー……。覚えているぞ、あの悪魔だな。忌々しい、思い出しただけで身震いがするわ」

アンドレはレニーを嫌悪しているらしく、憎々しげに吐き捨てた。レニーの名前を出したのは間違いだったかと青ざめていると、石の入った袋をぽいと投げられた。

「分かった、開封してみろ」

アンドレの許可が下りて、ルイは皮袋に入っている杖を手渡してもらった。杖がないと魔術が使えないと言うと、アンドレは少し安堵したようだ。いざとなったら杖を奪えばいいと思ったのだろう。

ルイは杖で紫の袋を撫でて、開封の呪文を唱えた。最後にアンドレの名前を言うと、軽い蒸気が出て、そこに手紙が現れる。ルイは手紙をアンドレに渡した。

アンドレは封がされた手紙に目を通す。

「確かにハッサンの字だ」

アンドレは一通り読み終えると、手紙を懐にしまった。

「そいつらの素性は分かった。客人として出迎えよ」

アンドレがルイとグレッグに顎をしゃくり、武器を構えていた鳥人たちがいっせいに武器を下げた。信用されたのが分かり、ルイは胸を撫で下ろした。

ルイたちは持っていた荷物を戻され、鳥人が住む洞窟の中に案内された。洞窟はいくつも分かれた道があり、松明《たいまつ》が点々と焚かれているので暗くはなかった。声がふつうより響く気がするのは、この洞窟内の形のせいだろうか？

「腹が減っただろう、食事を用意しよう」

アンドレに来いと促されて、曲がりくねった道を辿った。湿ってひんやりとした内部には、鳥人の女や子どもがたくさんいた。皆ルイとグレッグを物珍しそうに眺めている。洞窟が人工で造られたものなのか、それとも自然にあるものなのか分からないが、見た目より奥行きのある広いものだというのは分かった。

「山越えをしたんだ。食事をしたら寝ろ、疲れているはずだ」

ルイとグレッグは小さな穴のような場所に通された。アンドレの言った通り、すぐに他の鳥人が果物やパンといった食べ物を運んできてくれた。ござが敷いてあったので、食事を終えるとすぐに眠気を感じたルイは、グレッグと肩を並べて寝ることにした。

とにかく第一段階のアンドレへの手紙を渡すという仕事は無事終わったのだ。ルイは安心して深い眠りについた。


与えられた部屋が暗かったのもあって、長い時間寝こけてしまった。目覚めて自分が鳥人の居住区に招かれたのを思い出し、起き上がって辺りを見渡した。グレッグの姿がない。部屋の外で立っていた鳥人に聞くと、とっくに起きて外に出ていると言われる。

「長がお待ちです」

　鳥人に案内され、アンドレが待つ森へと案内された。外は眩《まぶ》しいほどの光にあふれている。空は青く澄み渡り、風が心地よい。ルイの着こんでいる服装では暑いほど、セントダイナは気温が高い。

「起きたか」

　アンドレは近くの森に数人の鳥人とグレッグと出かけていた。グレッグが弓の名手というので、競い合っていたらしい。アンドレはあまり弓が得意ではないという話だが、かなり遠くにある実も矢で落としていたし、グレッグが謙遜ではないかと笑った。鳥人は基本的に弓矢を使うらしく、できて当たり前なのだそうだ。

　鳥人と競い合うグレッグの腕もなかなかのものだった。試合をして最後には鳥人の弓矢の名手に負けていたが、アンドレに「手を抜いたな」と肘《ひじ》で小突かれていたのをルイは見逃さなかった。

「ハッサンも弓の名手なんだがな」

　何気ない調子でアンドレが言ったので、ルイは『淵底の森』でハッサンが自前の弓矢で獲物を仕留めていたという話をした。

「あいつは意外とたくましいからな。王子のわりにどこでも生きていける性格だ」

　アンドレは楽しげにルイの話を笑って聞く。ハッサンとは良き友だったのかもしれない。

「さて、これからについて話すか」

　熟した赤い実を渡され、アンドレに連れられて森の小道を歩き出した。アンドレとルイ、それに鳥人のナギ、グレッグの四人で赤い実を齧《かじ》りながら人気のない近くの川に出向く。開けた下流には見渡す限り岩場しかないので、誰かに聞かれる心配もなさそうだった。

「トネル王の暴君ぶりは日に日にひどくなっていてな、このままではいつ暴動が起こるか分からない。トネル王は我々にも戦に加担しろと迫っている。どうやら次はケッセーナの国を乗っとりたいようで、今大量の鉄を仕入れているそうだ。そのせいで民には重税が課せられて貧富の差が激しくなっている」

アンドレは難しい顔つきで遠くに目をやり、セントダイナの状況を語った。

「ケッセーナの国を？　島国ですよ、鉄で動く船をたくさん持っていると聞きました。確かあそこの姫君を殺してしまったんじゃなかったんでしたっけ？」

グレッグがアンドレの情報を聞き、目を丸くしている。

「ハッサンが殺したという話になっているが、おそらくトネルの仕業だ。ハッサンは無実の罪を着せられて島流しの刑に遭ったんだ。それが今やサントリムの人質だ。ケッセーナとはあまりいい関係ではない。姫君を喪《うしな》った問題が尾を引いていてな」

嘆かわしげにアンドレが首を振る。グレッグはなるほどと頷いた。

「度重なる戦に、民も疲弊している。ケッセーナに攻め入る時は我々鳥人は空からの攻撃をと頼まれた。だがケッセーナと戦になれば、我々にも死者が多く出る。ケッセーナの鉄の船には、遠くまで爆薬が届く大砲というものがあるそうなんだ。そもそも我々はあくまで防御において力を貸すだけで、わざわざ好き好んで戦を仕掛ける際には関与したくないという思いがある。代々セントダイナの王とはそういう取り決めをしているんだ。だがトネルは、逆らえば鳥人の居住区も占拠すると脅してくる。卑劣な男だ」

アンドレは憤慨したように鳥人の事情を語った。ルイは各国の情勢に詳しくないからよく分からないが、トネル王がケッセーナを自分の陣地にしたいというのは理解した。トネル王はどうやら戦が大の好物らしい。

「ハッサンが生きているという話は、俺が思う以上に民が熱望していたらしく、あっという間に広まった。サントリムに匿われて王位奪還を狙っているというもっぱらの噂だ。トネルは面白くないだろうな、すぐさまサントリムに返せと言ったくらいだから」

愉快そうにアンドレが笑う。

「ハッサンの話では、騎士団に助けを求めているようだが……」

アンドレに顎をしゃくられ、ルイはこくりと頷いた。

「手紙を託されました。ギョクセンとケントリカという騎士団長に渡してほしいと。どうか案内してもらえませんか？　実は三位の指輪というのを預かったのですが、途中賊に襲われて洋蓮鳥が持っていってしまったまま帰ってきません。身元を証明するものがないので、鳥人の長であるアンドレさんに紹介してもらえればと思うのですが」

ルイが必死な顔つきで頼み込むと、驚いた様子でアンドレが見つめ返してきた。あれから洋蓮鳥がみつからないせいで、レニーと連絡をとりあえないのも大問題だった。本来ならアンドレに会えたという報告もしなければならないのに。

「三位の指輪？　それは……かなり重要な指輪ではないか？」

アンドレは深い記憶を探るように目を細める。足元に流れる清き水が、アンドレの金糸とあいまって光って見えた。アンドレも三位の指輪について知っているらしく、かなり呆然としている。

「お前に指輪を託したということは、あのハッサンがお前のことをそれほど信用したということか。何も信じない男だと思ったが……」

改めて気になったようにアンドレがルイをじろじろと見る。

「そういうことなら協力しよう。洋蓮鳥が持っていったと言ったな？　そっちも仲間に話し、見つけたら捕獲するよう言っておこう」

「ありがとうございます」

　アンドレの協力を得られることになり、ルイはホッとして表情を弛めた。とにかく託された任務を果たさなければならない。ハッサンがセントダイナに戻される日は刻々と迫っている。早く騎士団長と会い、ハッサンをトネルの手に渡らないよう手を打たなければならない。

「では今夜中に出発しよう。お前たちに馬を用意する」

　アンドレがそれまで黙って立っていたナギに、旅の準備を頼んだ。ナギは即座に頷いて馬を選ばせるためにグレッグを抱えて居住区のほうに飛んで行った。ルイもアンドレに抱えられてすぐ飛び立つと思ったのだが、何故か川面を眺めアンドレは動かない。

「ルイ。あの男は何者だ？　王家の者か？　それとも貴族の？」

　アンドレが振り返り、ナギが抱えるグレッグを指差した。二人はすでに遠くの小さな塊になっている。

「グレッグは宮殿警備の者だと聞きました。レニーが俺のために用意した護衛の者らしいですが……」

　王家の者かと聞かれ、ルイは首をかしげて答えた。

「宮殿警備……。物腰が優雅というか気品があるというか、庶民には見えなかったのだがな」

　アンドレの呟きを耳にし、ルイは急に気になってグレッグが消えた方角に目をやった。王家の者かと聞かれてもルイはサントリムの王族はヒューイしか知らないから、何も答えられない。そういえば同じ金髪をしているが……。

「サントリムの第一王子があれくらいの年齢だった気がするが……まさかな」

　アンドレは自分の考えを一笑に付して、ルイの背後に回り、大きく羽を広げて地面から離れた。サントリムの第一王子であるはずがない。王子だったら他国にお忍びで、しかも命の危険にさらされるような旅の供をするわけがない。

アンドレの想像を頭で打ち消して、ルイはこれから会う騎士団長について思いを馳《は》せた。アンドレの語るグレッグに関しての疑惑は、それきり忘れ去ってしまった。

■五　騎士団長

鳥人の居住区を夜に出て、ジーニナ村のある南ナラニカナを目指した。与えられた馬は栗毛《くりげ》の引き締まった体をした牡馬《ぼば》で、ルイによくなつき、飛ぶように駆けてくれた。アンドレとナギが同行してくれたのだが、彼らは羽を使っての移動だ。

朝日が昇る頃、アフリ族が住むというジーニナ村についいた。ここで馬の休息と食事をもらうことにした。鳥人はアフリ族と交友があって、少数民族同士ということで仲良くしているらしい。

「アンドレ様だ」

村の境にある柵《さく》の前で見張り番をしていた男たちは、アンドレの姿を見てすぐに門を開けた。アフリ族は肌が褐色で、黒髪が多い。男たちは屈強な肉体をしている者ばかりで、黒百合騎士団の団長はこの村出身の者が多いそうだ。その中にあって金髪、白い肌と白い羽、オッドアイという姿のアンドレは目立っていたが、それだけではなく村人がアンドレを崇拝しているように見えて気になった。

「アフリ族の崇《あが》めている神に似ているそうですよ」

不思議そうな顔をしていたせいか、ナギがこっそり教えてくれた。

「鳥人よ、ようこそ。長がお待ちです」

村の中に入ると、アンドレが奥に招かれ、ルイたちも一緒に長の暮らす一番大きい住処《すみか》に連れて行かれた。

「よく立ち寄ってくれました」

風通しの良い木の香りがする板張りの部屋から、穏やかな声が聞こえてくる。ルイたちが中に進むと、浅黒い肌に白髪をした彫りの深い顔立ちをした老人があぐらを掻いて座っているのが見えた。痩《や》せているが、鋭く見据えるような瞳を持っていて、ルイは自然と背筋を伸ばした。

「狼炎。伏せていたと聞いたが、大丈夫なのか？」

アフリ族の長である狼炎にアンドレが心配そうに尋ねる。ルイたちは狼炎の前に置かれた竹でできた敷物の上に腰を下ろした。狼炎はルイたちを順に見やり、何故かグレッグのところだけ長々と顔を動かさなかった。

「病には勝てぬということですかな。長く生きすぎたので、もう充分です。それよりそちらの二人はサントリムの人間のようだ。あなたが動くということは、ひょっとして……」

狼炎は深い含蓄のある瞳でアンドレを見据えた。

「そうだ、ハッサンを助けるために動いている。お前にも一役買ってもらいたい」

アンドレは物おじした様子もなく狼炎に突きつけ

る。ナギの説明で、狼炎がかつて黒百合騎士団の団長をしていたことが分かった。

「老骨ながら、ハッサン王子に戻ってきてもらうため、我らも力を貸しましょう。しかしそのためには、捕らえられている虎海を助け出してもらうことが先決です。お分かりですな？」

　苦々しい顔つきで狼炎が言う。

「トネル王子のやり方を見過ごすことができなかった虎海は、愚直にも真正面からぶつかってしまった。若いせいです。我らの部族は虎海が囚われてから、トネル王に対する不信が高まっております。先日もトネル王の近衛兵が、村の貯蔵していた食料を根こそぎ持っていってしまった。逆らえば我らの部族を殲滅《せんめつ》すると……。もしハッサン王子が立ち上がったら、我らは間違いなくハッサン王子につくでしょう。それは確約いたします」

「ありがたい」

　狼炎の確約を得て、アンドレが満足げに笑った。おそらくハッサンからの手紙を受け、アンドレは根回しをしているのだろう。国の王を倒すなら、できる限り味方をつける必要がある。

「トンニ村、ラッカー村には我らから話し、ハッサン王子の下に集まるよう促します。今はどこの村もトネル王の圧政に苦しんでいるので、耳を傾けるでしょう。しかし問題は、鉄の棒という武器です」

　狼炎が話している間に、髪に花飾りをした女性がルイたちのために冷たい飲み物を運んでくれた。プラムの実を搾り、甘さを加えた果実酒だ。飲むと顔が火照るので、全部飲めなかった。

「鉄の棒……。話には聞いたことがあります。鉄の棒の先から何か飛び出るとか？」

　気になったそぶりでグレッグが口を挟んできた。狼炎が頷く。

「ええ、ケッセーナの国で開発された殺傷能力の高い武器のようです。かなり遠くの相手も仕留めることができるとか……。弓矢とは違い、火を噴くそうです。トネル王はケッセーナの商人からひそかにこの武器を仕入れて、活用しているようですね。先日の戦でもかなり活躍したらしく、トネル王はそれもあってケッセーナを我が物にしたいのでしょう」

「少し前に反乱組織が大勢殺されたと聞きました。その武器が……？」

ナギが険しい表情で身を乗り出す。

「おそらく。……セントフレッチ広場が血に染められたと聞きました」

狼炎が痛ましい顔で呟く。ルイにはどういう武器か想像できないが、おそろしい武器だというのは理解できた。

「狼炎、お前も一緒に来てくれないか？　騎士団長のケントリカとギョクセンに会い、味方につけたい。お前がいれば二人も頷くだろう」

アンドレが真っ直ぐに狼炎を見つめ、頼み込んだ。それに対しての狼炎の返事は否だった。

「申し訳ない、私はトネル王からこの村から動くなという命令を受けているのです。私がジーニナ村から一歩でも出たら、この村の女をすべて焼き殺すと……」

「卑劣な……」

狼炎の告白にアンドレが白い肌を怒りで染める。トネル王がどんな男か知らないが、ハッサンの兄であるはずだ。それなのにどうしてこうも非道な真似ができるのか。

「私は幼い頃二人の剣の指導をしました。トネル王は第一王子というのもあって、甘やかされて育ち、自分のやりたいことはすべて叶えられてきた。そのせいか、自分のやることに反対されたり、自分より目立つ人間がいたりすると、我慢ができないようだ」

過去を振り返り、狼炎がため息をこぼす。

「話が過ぎましたな。十分に休息して出発されるといい。お急ぎなら別の馬を貸しましょう」

狼炎の申し出を有り難く受けとり、軽く睡眠をとったのちに、ジーニナ村の黒馬を二頭借りて、先を急ぐことにした。ここでお別れとなった栗毛の牡馬は、何故か去り際に置いていくなと言わんばかりにずっといななないていた。

ここからゴスク川を遡《さかのぼ》っていくと、カルバナ地方に入る。ナーガ川を越えれば一気に国の中心に近づく。

馬を走らせながらルイは上空にいるアンドレを頼もしげに見上げた。アンドレがいれば事は上手く運びそうだ。洋蓮鳥が見つからない今、アンドレだけが頼りだ。ルイは空に洋蓮鳥の目印である長い尾が見えないか探しながら馬に鞭《むち》を入れた。


二日かけてカルバナ地方に入り、ナーガ川に辿りつくと、景色が一変した。

それまでののどかな山村風景から、石造りの家々と整備された道が現れたのだ。最初は綺麗な街並みだと感心したものだが、馬を進めていくうちに妙な空気が流れているのに気づいて眉を顰《ひそ》めた。

子どもが外を駆けまわっていない。明るい日射しが降り注いでいるというのに、田畑には枯れた野菜と腐った穀物が転がっているだけだ。

「水害が起きたのです。三年前のロップス川の氾濫に続き、少し前に降り続いた雨でナーガ川の水位が堰を越えて辺り一帯水浸しになったそうです。疫病が蔓延《まんえん》したそうですから、ここは早めに通り過ぎたほうがいいかと」

ナギに忠告され、ルイとグレッグは顔を布で覆い隠し、馬を駆けた。布で顔を覆っても異臭がして顔を歪めると、街道に蝿《はえ》がたかった遺体が積み重ねられていて、ルイが止めなくても馬が勝手に脚を止めてしまった。

馬を落ち着かせようと宥《なだ》めていると、村の男が数人、布で顔を隠した状態で近づいてきた。

「あんたら、もうすぐ火をつけるから、早く離れなさい」

たくさんの藁《わら》を抱えた男たちに言われ、ルイは積み重ねられた遺体に藁が放り投げられるのを見た。

「これは……?」

思わずルイが馬上から尋ねると、藁を投げていた男たちが悲しげに目を伏せる。

「病気のもとになるから、焼くしかないんだ」

遺体に藁を被せ、男たちが口惜《くや》しげに言う。ルイの住むサントリムだけでなくこの国でも基本的に遺体は土葬と決まっているが、疫病が流行《はや》ったと聞くし、火葬は仕方ないことなのだろう。ルイとグレッグは顔を見合わせ、沈痛な思いで馬を再び誘導して走らせた。背後から火が上がり、もくもくと煙が空に吸い込まれていく。

よく見るとあちこちで煙が上がっている。青々とした空に黒煙が立ち昇る光景は異様なものがあった。今日は風がないので煙は真っ直ぐに天へと上がり、まるで煙の柱が立っているように見えた。

道沿いの田畑にはまともな芽が出ていない。葉野菜は泥にまみれ腐り、長く伸びた実をつける野菜はほとんど倒れて実が落ちている。そういえばセントダイナは今年の夏、冷害がひどいとレニーが報告していた気がする。

ルイは自分が他国にいるのをひしひしと感じ、ひたすら馬を急がせた。

ナーガ川を越えた頃には、ルイたちは精神的にも肉体的にも疲労していた。

城から離れた場所に鳥人が利用する屋敷があり、ルイたちはそこで寝泊まりすることにした。馬は走り続けてぐったりしていて、しばらく休息が必要だろう。屋敷には鳥人の仲間がいて、ルイたちに食事と柔らかい寝床を用意してくれた。

「騎士団長のギョクセンと会合できるよう封書を送った。俺が表立って城を訪れるわけにはいかない。今は城に行くとすぐにトネルの奴に連絡がいくからな。王の許可なく騎士団長と会見の場を持ってはならないというのが最近できたお触れだ。騎士団は今微妙な立場にいる。反乱組織に対し鎮圧に当たるようトネルから命じられているが、民に武器は向けないという騎士団の掟《おきて》があるから現在の状況を静観しているのだ」

テーブルに出された食事を食べながらアンドレが教えてくれた。反乱組織の鎮圧に当たっているのは王直属の近衛兵らしい。ルイは焼きたてのパンを齧り、騎士団長とどうやって会えばいいのだろうと悩んだ。

「とりあえず封書にはどうにか理由をつけて明日セントフレッチ広場に来てくれとだけ書いてある。幸いお前はどう見ても兵士には見えない。小さな子どもと騎士団長がしゃべっても、咎《とが》める者はいないだろう」

アンドレに小さな子どもと言われ、そんなに自分は小さいのかと気になった。小柄だとは思うが、子どもと言われるとがっかりしてしまう。

「ルイはしっかりしているよ。元気出して」

横にいたグレッグが落ち込んでいるルイに気づいて耳打ちする。子どもに見えない、ではなくしっかりしている、なのか。

「今日は飯を食ったら寝ろ。明日上手く会えるよう祈ってな」

食事がすんだ後アンドレに肩を叩かれ、ルイはベッドが並んでいる部屋で睡眠をとった。

グレッグと隣同士でベッドに横たわった時だ。コツコツとガラス窓に何かが当たる音が聞こえた。起き上がって出窓を見ると、洋蓮鳥が羽をばたつかせて窓ガラスに嘴をぶつけている。ルイは目を見開いて、出窓に駆け寄り、窓を開けた。

「ルイ？」

横になっていたグレッグも起き上がり、何事かと眠そうな目を擦る。開いた窓から洋蓮鳥が入ってきて天井をぐるりと回ってルイの肩に下りてきた。

「お前、指輪は？」

ルイは洋蓮鳥を捕まえて、奪った指輪がないか必死に探した。洋蓮鳥は急に押さえつけられて、キーキー暴れている。見たところどこにも指輪はない。ショックを受けていると、洋蓮鳥の脚に手紙がくくりつけられているのを発見した。

「何事だ」

騒ぎを聞きつけてアンドレとナギが入ってくる。鳥人の寝床は隣の部屋だったのだ。

「手紙が……」

洋蓮鳥の脚についていた手紙をとり、開封の呪文で元に戻す。

一枚の紙に達筆な文字で重要な報告が書かれていた。

「……ハッサン王子が三日後、セントダイナに引き渡すための船に乗るそうです。セントダイナのジュール港に着くのは十日の太陽が真上にきた頃……」

ルイは青ざめてアンドレに手紙を渡した。三日後と書いてあるが、手紙の日づけからもうハッサンが船に乗った頃だというのが分かった。洋蓮鳥も頑張って届けてくれたのだろうが、日が経ってしまったのだろう。今日が七日だから、十日まであとわずかな日数しかない。ルイは焦りを感じて顔を強張らせた。

「寝ている暇はないな。ハッサンは気に食わないだろうが、反乱組織をけしかけるしかない。俺は反乱組織の知り合いのところに行く。昼間より夜のほうがまだ目立たないだろう」

アンドレはマントをとり出して出かける準備をしている。慌てたようにナギが止めた。

「長、おやめください。あなたの姿は目立ちすぎる。もし反乱組織と会っていたのがばれたら、大変なことになります。どこで密告されるか分かりません」

「そんなことを言っている場合か。ハッサンが殺されたら終わりだぞ。トネルの野郎に好き勝手されるのは我慢ならない」

アンドレとナギが言い争っていると、奥から屋敷に常駐していたユリウスという男がやってきた。体《たい》躯《く》のしっかりした青年で、元は鳥人だったのだが、羽が退化して服に隠れるくらい小さい。

「長、俺が行きます。俺なら農民の格好をすれば目立ちませんし」

「ユリウス、お前が行ってくれるか？」

鳥人たちの間で話し合いが行われ、ユリウスが反乱組織に会いに行くことになった。ルイがいければいいのだが、セントダイナの地理に詳しくない上に、ハッサンが反乱組織に助けを求めるのを良しとしなかったのを思い出し躊躇していた。

「頼んだぞ、ユリウス」

鳥人たちに託され、ユリウスが夜の闇と共に町に消えて行った。ルイは現在の状況を手紙に書き、洋蓮鳥の脚にくくりつけた。ルイは手紙を小さくする魔術が使えないので、なるべく簡潔に小さい文字で書くことで補った。洋蓮鳥は脚に手紙をつけると、すぐさま窓から飛んで行った。ルイは不安な気持ちで小さくなっていく尾を見つめていた。

指輪はどこへ行ってしまったのだろう？

大切な指輪を失くしてしまった罪悪感に苛《さいな》まれ、ルイは顔を曇らせた。


次の日ルイはパンを一切れ食べると、ぶかぶかの服を着て、徒歩で町に向かった。鳥人が一緒では目立つということで、グレッグが一緒につき添ってくれた。グレッグもセントダイナの町は初めてなので、簡単に書かれた地図をもとに町に向かった。

ナーガ川付近のような枯れた土地はなくなったが、町に入ると今度は別の異様な雰囲気が立ち込めていた。ほとんどの家や店は石造りの立派なものなのに、活気がまるでないのだ。歩いている民はうつむいて速足で早く家に逃げ帰ろうとでもいうように急いでいる。店先には商品が並んでいるが、物は少なく、店主も惰性で座っているような感じだ。

ひっそりと静まり返った町――それがぴったりくる。

「ずいぶん静かですね」

通りゆく人が皆暗い面持ちをしているのが気になったのか、グレッグがルイに囁いた。

「噂ではここは繁華街のはずだったんですが」

きょろきょろと町を見渡し、グレッグが嘆く。地図ではこの先のセントフレッチ広場でギョクセンと落ち合うことになっている。

「どこか周囲を見渡せる場所は、ないでしょうか」

ルイは困り果てて呟いた。こんなに人通りが少ない町では、意味もなく立っているだけで目立ってしまう。たとえ騎士団長が来たとしても、自然に話しかけることなど不可能だ。アンドレたちの話では、町で暮らす民の中にも不審な者を見かけると近衛兵に密告する者がいるらしい。誰が敵だか分からないこの状況で、どう振る舞うのがいいのかさっぱり見当もつかなかった。

「ああ、そこに宿がある。二階の窓から騎士団長が来るのを待ちましょう」

セントフレッチ広場に来ると、放射状に延びている道があり、その一角に、一階が酒場、二階が宿になっている建物があった。グレッグと一緒に入り、カウンターでグラスを拭いている主人に声をかける。

「すみません、宿をお借りしたいんですが」

グレッグが交渉している間店内を見ていると、テーブルの上にカードを並べて遊んでいる中年男性が三人、端の席で昼間から酒を飲み酔っぱらっている男が二人いる。酒場の中は笑い声もあって、少しホッとした。

「ルイ、大丈夫だって」

グレッグが窓のある宿をとってくれて、二人で階段を使って部屋に行った。小さい部屋にベッドが二つ。こじんまりしているが清潔な部屋だ。

「さて、ここで騎士団長殿を待とうか」

グレッグはこの状況を楽しんでいるようで、窓から通りを眺めてにやりとする。交代で見張ることにして、ルイはベッドの上で一息ついた。

「護衛が仕事なのに、すみません……」

嬉々《きき》として働いているグレッグに申し訳なくて、ルイは小声で謝った。グレッグは通りを見ながら肩をすくめる。

「いいよ。気にしないで。いろんな人に会えて楽しいし、こういうの面白い」

グレッグはいい人だ。明るい顔でルイの心を軽くしてくれる。

交代の時間になり、ルイが窓に寄り添って通りを見張ることにした。騎士団長は姿を現さず、通行人も少ない。ルイがじりじりしながら通りを眺めていると、いつの間にかグレッグが消えていて、ドアが開いた音で帰ってきたのを知った。

「お待たせ。ねぇ、これなんかどうかな。君、フードを深く被れば女に見えるし」

グレッグが持ち帰ってきたのは女物の衣服だった。ルイが呆気にとられていると、グレッグが女物の衣装をルイの身体に押しつけて「着替えてみて」と急かす。何だか分からないまま女物の衣装を着ると、赤いフードつきのマントをかけられた。

「ほら、ちょっと顔を隠して目だけ見せれば十分女性に見える。小柄だからね、騎士団長も困った女性がいたら手助けしてくれるだろ」

グレッグの提案で、ルイは女装して騎士団長に近づくことになった。スカートは足がむき出しで心もとないが、グレッグが大丈夫だと太鼓判を押すなら試す価値はある。

「女性用のウイッグがあれば完璧《かんぺき》だったんだけどな」

グレッグはにこにこして女装したルイを見ている。ひょっとして本当にこの状況を楽しんでいるのかもしれない。ルイは顔を引き攣らせてスカートを持ち上げた。

「本当に来るのかな……」

グレッグと交代で日が暮れるまでサンフレッチ広場を見張った。騎士団長はなかなか姿を見せない。封書が届いていないのではないか、何か起きて来られないのではないか、そもそも来る意志はないのではないか、と色々と嫌な考えが浮かんだ頃、遠くから馬が走ってくるのが見えた。

馬は二頭、薔薇騎士団のマントをなびかせている。顔が肉眼で分かるくらいの距離まで来ると、二人の騎士は馬の歩調を弛めて何か話しながら近づいてくる。ルイは彼らに接近しなければという気持ちが高ぶり、つい窓を開けて身を乗り出してしまった。

「ルイ!?」

グレッグの驚く声が聞こえていたが、ルイはいつものように二階の窓から飛び降りた。ちょうど騎士たちの馬が酒場の前に来た時だったので、ルイが落ちてきて二人がびっくりして手綱を引く。馬のいなきが響き渡り、ルイは自分が女装していたのを思い出して広がったスカートを押さえた。

「お嬢さん、大丈夫？」

馬に上等な鞍《くら》をつけていた騎士がびっくりしたように声をかけてくる。ルイが顔を上げて見つめると、微笑みを浮かべて騎士が馬から下りる。すらりとした身体つきの甘い顔立ちをした男だ。

「窓から落ちてくるとは、俺の運命のお相手かな？　怪我はない？　さぁ摑まって。俺は怪しいものじゃないよ、薔薇騎士団の団長ギョクセンだ」

微笑みを絶やさずにギョクセンと名乗った男はルイに手を差し出してくる。上手い正体の明かし方だ。ルイはギョクセンの手に摑まり、よろけるように立ち上がって身を寄せた。

「ルイと言います。手紙を預かっております」

ルイが男の胸に倒れ込み潜めた声で問いかけると、ギョクセンがルイの身体を抱き上げる。

「足をくじいてしまったのかな。このままにはしておけないね。この近くに懇意にしている宿屋があるからそこで手当てをしよう」

ギョクセンはルイの言葉が耳に入らなかった様子でルイを馬に乗せた。もう一頭の馬に乗っていた男が、やれやれといった顔で見ている。おそらくこういうことはよくあるらしい。

道を一本違えたところに、壁に薔薇の絵が描かれた宿があった。ギョクセンは馬から下りようとするルイを抱き上げて運び、宿の中に入っていく。

「二階を使わせてもらうよ」

ルイの顔をフードで隠すようにしてギョクセンが階段を上がっていく。一階は酒場になっていて、酔った男たちが大勢いた。「またですか、団長」「まったく悪い人だ」というやじが酒を飲んでいる男たちから上がったので、女性を連れ込むのは初めてではないらしい。ギョクセンの腕の中で鼓動を震わせ、ルイは二階の一室に運び込まれた。

「……君が使いの者？」

部屋のドアを閉めるなり、ギョクセンが真面目《まじめ》な顔になって聞く。ベッドに下ろされたルイは、こくりと頷いてフードを外した。

「ルイです」

「ああ、やっぱり男か。胸がないと思った。改めまして、俺が薔薇騎士団の団長のギョクセンだ」

ルイの顔を見てがっかりしたように肩をすくめ、ギョクセンが笑う。

ギョクセンと無事会えたことに安堵し、ルイは急いで腰に巻きつけていた小さな袋をとり出した。杖を袖《そで》から抜いて、石に開封の呪文とギョクセンの名前を唱える。一通の手紙が出てきて、ギョクセンが目を丸くした。

「ハッサン王子からの手紙を渡すよう頼まれました」

ルイが手紙を差し出すと、ギョクセンが口笛を吹いた。

「何それ。魔術？」

ギョクセンは気楽な調子で言い、手紙の封を開ける。内容に目を通したギョクセンは、しばらく黙り込んで大きなため息を吐いた。

「これは俺にだけ？」

ギョクセンに手紙をひらひらさせて聞かれ、ルイはもう一つの石を手に握った。

「団長のケントリカにも渡すよう頼まれました。虎海という方は捕らえられていると聞きましたので、ハッサン王子はお二人にと」

「そうか……」

ルイの返事にギョクセンは浮かない顔つきで手紙を見つめる。

「ハッサン王子を乗せた船はもうサントリムを出発しています。到着は十日の予定だそうです」

「ああ、それは知っている」

すでに情報は通っていたようで、ギョクセンは即座に頷いた。考え込むようにギョクセンは顎に手をかけ、顔を顰《しか》める。

「アンドレはどう動いている？」

ベッドに腰を下ろし、ギョクセンが鋭い声で尋ねる。一見女たらしふうに見えるが、ギョクセンが切れ者だというのは空気で感じられた。仮にも騎士団を束ねる者だからか、考えて物事をしゃべっているし、やはり真面目な顔つきになるととたんに部屋の空気が張り詰めたようになる。

「反乱組織をけしかけるようです。ハッサン王子は反乱組織には助けを求めたくないと言っていましたが……」

現在の状況を告げると、ギョクセンは皮肉げに笑った。

「まぁそうだろうね。俺も反乱組織を利用するのは賛成できない。でも混乱を生むためには必要か……。ルイ、アンドレに伝えてくれ。俺たちは表立って動けない。すでにハッサン王子が引き渡された際の警護を頼まれている。反乱組織に奪われないようにとね。もしハッサン王子を取り逃がすようなことがあったら、俺たちは処罰されるだろう」

「そんな……。じゃあ助けてもらえないのですか？」

頼みに思っていた騎士団長から冷たい返事が戻り、ルイはハッサンの嘆きを想像した。

「表立ってはね。ケントリカも同じだ。今のところハッサンの身柄を薔薇騎士団とあざみ騎士団が城まで運ぶ。反乱組織に手出しされないよう厳重に守るべしと通達されたんだ」

表立って、と言うが、そんな状態ならハッサンを助け出すのは不可能ではないかと思った。もしハッサンを逃がしたら、目の前の男は虎海のように捕らえられるのかもしれない。むしろこの情報を持ち帰ってばらす可能性だってある。ルイのそんな邪推が顔に出たのか、ギョクセンは苦笑した。

「心配しなくても、俺たちだってハッサン王子に戻ってもらいたいんだ。幸い俺たちには自国民に剣は向けられないという大義名分がある。さてどこでハッサン王子を逃がすべきか……。引き渡しがすまないうちにハッサン王子を奪われたらサントリムにも迷惑がかかるしね」

　悩ましげに呟き、ギョクセンはベッドに横になった。

「ところでケントリカへの手紙は俺が渡そうか？」

　思い出したようにギョクセンに聞かれたが、ルイは躊躇して首を振った。有り難い申し出だが、これはルイが頼まれた仕事なので自分でやりとげたかった。

「警戒心が強いな。ハッサン王子の信頼を得ているのだね。ケントリカは巨人で目立つからここに来られなかったんだ。もし明日時間があるなら女の子の格好をして城に来るといい。そうだな、花売りの格好はどうかな。トネル王の妻に贈る花だとでも言えばいい。薔薇騎士団のギョクセンに面会を請えば、俺に会える。俺がケントリカを紹介しよう」

　ギョクセンが城への地図を簡単に書いて渡してくれた。ルイはケントリカへの手紙を渡せるとあって、目を輝かせた。

「ありがとうございます」

　ルイは礼を言って部屋から出ようとした。ところがギョクセンに笑って止められ、夜がふけるまではここにいるか、もしくは裏口から出ろと指示された。

「こんなに早く女性を帰すなんて、下の男たちに疑われるからね」

　ルイには分からない話をギョクセンはおかしそう

に語る。男女が部屋にこもるとそういうものなのかと感心し、ルイは裏口からそっと出て行った。

人に見られないようにグレッグの待つ宿に戻り、人気のない道を選んでアンドレたちがいる屋敷に戻った。

待ち構えていたアンドレたちにギョクセンと交わした会話を報告すると、案の定皆の顔が曇った。

「騎士団は何をまだるっこしいことを言っているんだ。このままトネルが王位にいれば、どんな未来が待っているか分かっているのか？」

アンドレは苛々した様子で背中の羽を揺らしている。大きなテーブルが置かれた部屋にはルイとグレッグのためにパンとスープ、ジャンピーの卵が用意されていた。グレッグは腹が減っていたようで、用意された食事に嬉々として席に着く。アンドレは竹で編まれた背もたれのない長椅子に腰を下ろし、怒って羽を震わせている。

「処刑されるとあっては、軽々しく動けませんよ。すでに騎士団長たちのお気持ちもお察しください。すでに虎海様が牢に閉じ込められているのですから」

ナギは冷静な口調でアンドレを諌《いさ》める。

「我々だって当日は迂闊に動けないのですよ。我々の姿は目立ちすぎる。もしハッサン王子を逃がしたのに加担したとばれたら、我々の部族も殲滅されるやもしれません」

「分かっている！」

ナギの宥めるような言い方に苛立ちを募らせ、アンドレが長い足で傍らに立っているナギのすねを軽く蹴った。アンドレはナギにじろりと睨まれている。

「反乱組織のほうは、どうなのですか？」

ルイが尋ねると、まだユリウスは戻ってきていないという返事がきた。アンドレはそれもあって落ち着かないらしい。

「冬が来る前にトネルをどうにかしないと……」

竹の椅子を揺さぶって、アンドレが低く呟く。どういう意味かと思いナギに目をやると、ため息をこぼして説明してくれた。

「トネル王は鳥人の女を傍に置きたいと言っているのです。以前無理やり連れて行ったのですが、鳥人は発情期以外その気になれませんから、トネル王は面白くなかったのでしょうね。その女性はトネル王にひどい目に遭わされ、今も寝込んでおります。それだけでも我々にとっては怒り心頭なのですが、また新たに召したいと……。しかもどこから聞きつけてきたのか、発情期が来る冬の前に選びに来るそうです」

ルイは食事をしながら目を丸くしてアンドレとナギを見た。二人とも腹に据えかねるといった面持ちだ。

「女どもはトネルに好き勝手にされるくらいなら自害すると騒いでいる。鳥人にとって人間と性交するなどありえないからな。はっきり断れればいいが、そうもいかないかもしれない。何しろ相手はセントダイナの王だ。最悪の場合、この国を捨て、どこかに民族大移動だな」

本気か冗談か分からないような口調でアンドレが流麗な眉を顰めた。

「トネル王は大の女好きと聞いていますからね。しかも少々残虐な趣味があるとか？」

グレッグが出された食事を平らげて、ルイに教えてくれた。権力を盾に女性をわがものにしているのか。

「長、ユリウスが戻りました！」

部屋に鳥人の男が駆け込んできて、反乱組織と話をつけにいったユリウスが戻ってきたのを告げた。

アンドレが立ち上がり、遅れて入ってきたユリウスの肩を抱く。

「どうだった？　彼らは話を聞いてくれたか？」

急いたようにアンドレが言うと、ユリウスは疲れた様子で頭を縦に振った。

「最初は疑われましたが、鳥人であることを明かして信用してもらえました。ハッサン王子が十日に港経由で運ばれると知り、驚いていました。彼らが得た情報ではもっと遅いはずだと。混乱していましたが、どこかで護衛を襲ってハッサン王子を奪うようです。はっきりした計画は教えられないと言われました」

「そうか。情報が錯綜《さくそう》しているのかもしれないな」

アンドレが思慮深げに頷く。

「反乱組織には場を混乱させてもらうのが一番いいが、死者が出ないのが望ましいな……」

「そう上手くいくかどうか……」


アンドレたちが額を突き合わせて話し合っている。実際動けるわけではないので、アンドレたちはもどかしそうだ。あれこれ話し合っているうちに夜が更け、ひとまず休むことになった。ルイは明日城に足を運ぶ。ケントリカとちゃんと会えるといいのだが、少し不安だ。城に行く前にナギがセントダイナのジュール港を案内すると言ってくれた。ジュール港はハッサンを乗せた船がつく港だ。ハッサンがやってくるまであまり時間がない。無事逃がすことができるかどうか、ルイは数日先に思いを馳せて時間をやり過ごすしかなかった。

翌朝は肌寒い朝を迎えた。ルイは屋敷の者からゆったりしたデザインの衣服を借り、赤いケープを羽織って外に出た。グレッグとナギが一緒だ。馬が二頭用意され、一頭にルイとナギが乗ってもう一頭にグレッグが乗る。ナギは若草色のフードつきのマントをしていて、羽を上手に隠していた。馬に乗ることで鳥人だと思われないようにしたいらしい。

ナギの指示で昨日訪れた町ではなく、アサッド川下流近くにある市場に馬を駆った。ジュール港はこの先だ。ナギは馬を適当な宿舎に預けると、通りを闊歩《かっぽ》する。昨日の城下町も大きいと思ったが、それ以上にこちらのほうが賑《にぎ》わいがあった。セントダイナの民がそれぞれ威勢よく客を呼び込んだり、買い物をしたりして活気がある。

ナギの後ろについて歩いていると、突然向こうから叱責《しっせき》する声と金属が触れ合う音が聞こえてきた。

「あれは……？」

思わずルイが目を瞠ってナギに聞くと、黙っていろと言わんばかりに首を振る。

通りの向こうからボロ布をまとった人間が列をなして歩いていた。男女や子ども、さまざまな年齢や性別の者が一様にうつむいている。よく見ると、皆足枷《あしかせ》をしていて、手首にも縄が頑丈に巻かれていた。列をなす男女の前と後ろには太って裕福そうな格好をした男たちが、手に鞭を持って歩いている。

「さっさと歩け！」

少しでも列が乱れると、男たちの鞭が飛んで手足の自由を奪われた者たちが悲鳴を上げた。

「奴隷ですよ。トネル王の世になってから、奴隷制度が復活しました。捕虜になった者とかね……」

ナギが奴隷の列から離れ、ルイに耳打ちする。奴隷――ルイはあまりのことにびっくりして、よろよろと列を作る男女の姿に目が釘付けになった。百年くらい前は奴隷というのが存在して、人々の身分がはっきり分かれていたと聞いたことがある。尊厳も誇りもなく、家畜のように扱われる人間――それを目の当たりにしてルイは言葉を失った。

「トネル王は侵略した国の人間は奴隷にしていいとお触れを出したので、ああやって人買いをする者が現れるようになったのです。まだ人々の中には嫌悪を抱く者も残っている。だがこの治世があと十年も続けば奴隷制度は完全に根づいてトネル王を排除するのは難しくなるでしょう」

ナギの見解を聞き、ルイは恐ろしくなってグレッグを振り返った。グレッグも手足を拘束されている人々を見て眉を顰めている。

「自分の身分が上だと思った人間は、なかなかその地位を手放せないものですしね……。セントダイナの民は戦に勝っているうちはトネル王に傾倒するようになるでしょう。自分より下の者がいると思えば、彼らは多少理不尽なことがあってもやり過ごせてしまう」

グレッグが目を細めて呟いた。ルイには人々の心情までは理解できなかったが、この状況が大変なのはよく分かる。もしセントダイナと戦になってサントリムが負けたら、サントリムの者も奴隷にされるのだろうか。ぞっとしてルイは肩を抱いた。

「同じセントダイナの民でも、少数民族の者は戦々恐々でしょうね。他国に意識が向かっているうちはいいが、いつか少数民族の者が奴隷にされるようなことがあったら……」

グレッグの不気味な予想にナギは強張った顔で返事をしなかった。その顔を見て、ナギたちはとっくにその恐れを抱いているのを知った。

「行きましょうか。関わり合いにならないほうがいい」

ナギに促され、ルイとグレッグは道の脇に避けて鎖で繋がれた人々とすれ違った。若い女性や小さな子どもはどういった扱いを受けるのだろう。考えても詮無いことを想像してしまい憂鬱な気分になった。

その答えはしばらく先に行くとあった。屋根のある店に人だかりができていて、人々の声が飛び交っている。手足に枷をはめられた女性が台の上に並べられて、怯《おび》えた様子で立ちすくんでいる。

「ではこの子はモンド家の所有物に」

裕福そうな身なりをした男が懐から金貨をとり出して、髭面《ひげづら》の男に渡す。髭面の男は下卑《げび》た笑みを浮かべ、一人の細身の女性を台の上から引きずりおろした。

「いやああ……っ!!」

泣き叫んで男の手から逃れようとするが、数人がかりで押さえられ、右端に連れて行かれた。その直後、この世のものとも思えない「ぎゃあああ!!」という悲鳴が上がる。あまりにもすごい声だったので、ルイは立ち止まってしまった。

「買った家の紋を焼印されているのです。奴隷が逃げないように」

ルイの腕を優しく引きながら、ナギが説明した。

押さえ込んでいた男たちの壁が解かれ、肩に焼けただれた烙印《らくいん》の痕がある女性が床に倒れ込んだ。女性は火傷《やけど》の痕を処置してもらえるわけでもなく、人買いの手から所有者の手に渡る。

ここは自分の国ではなく、あの女性に対する義理人情などルイにはない。それでも非人道的な行いに吐き気が起こり、歩く足がふらついた。

「この国の人間がこの状況に馴染《なじ》んでしまう前にハッサン王子に戻ってきて、王位を継いでほしい……それが私たちの願いです」

ルイの腕を支えていたナギが、低い声で耳打ちした。ナギの言うとおり、今は眉を顰めている者も、これがずっと続けばこの状態が当たり前だと思って疑問を持たずに奴隷を持つようになるだろう。人は環境によって良くも悪くもなることをルイは知っている。富めるセントダイナが堕落するのはきっと一瞬だ。

ルイは気分の悪くなった胸をさすり、自分で歩けるからとナギの手をそっと叩いた。

「大丈夫です。行きましょう」

淡々とした声でルイは囁き、一人で歩き出した。グレッグが心配そうな視線を送ってくるが、今はこの辺りの地理を覚えるのが大事だと思い、ルイは港までの道を記憶した。


周囲の道をあらかた覚えたところで、ルイは一度屋敷に戻り、女性の服に着替えて変装した。今回は屋敷の者がウイッグを手配してくれて、遠目からならフードを被らなくても女性に見えるようにしてくれた。花売りの籠を持たされる。

城の近くまでグレッグに馬で送ってもらい、そこからは歩いて行くことにした。


「戻ってくるのがあまりに遅かったら、捜しに行くよ」

グレッグにそう言われ、ルイは礼を言って城に向かった。セントダイナの城は切り立った山を背にして、周囲より高い場所に位置している。城の周りには高い壁が覆っていて、中の様子は窺えない。かなりの広さなので、丘を登っている最中も全貌《ぜんぼう》は分からなかった。徐々に近づいてみると、門の前に数人の老婦や子どもがいるのが見えた。門番に追い払われながら、必死に中を覗いている。

正門には黒いマントを着て甲冑《かっちゅう》を装備している門番が数人いた。怖い形相で、中に入りたがろうとする人々の行く手を遮っている。マントには黒地に白い百合の刺繍《ししゅう》が入っているから、おそらく黒百合騎士団の騎士たちだろう。ルイがそのうちの一人の騎士に名前を名乗り「ギョクセン様にお目通り願いたいのですが」と言うと、すでに話が通っていたのか、ここで少し待てと言われた。

一人の騎士が城の中へと消え、しばらく戻ってこなかった。残った騎士はルイを見てニヤニヤと笑い、肘を突き合っている。

「やぁ、お嬢さん。お待たせしてすまなかったね」

ようやくギョクセンがやってきたのが半時もした頃だ。緑地に赤い薔薇の刺繍がふんだんに施されたマントを着込んだ薔薇騎士団の制服を着た男がやってくる。昨夜会った男――ギョクセンは、ルイの顔を見て優雅に礼をする。

「彼女は俺の大切な客なんだ。通してもらうよ。王妃のために花を持ってきてくれたんだ」

ギョクセンはルイの前に立ち、馴れ馴れしく肩を抱いて門を越えさせた。兵たちはギョクセンに逆らえないのか敬礼して通らせてくれる。すると薔薇騎士団の団長と分かったのか、門の近くをうろついていた人々がいっせいにギョクセン目がけて駆け寄ってきた。

「ギョクセン様！　アタシの息子が連れていかれたまま帰ってこないんだよ、無事なのか教えておくれよ」

「ギョクセン様、私の娘がトネル王に無理やり連れていかれて……っ」

次々に心情を訴える人々に囲まれ、ギョクセンは困ったようにルイを城の中に押した。門番の騎士たちはギョクセンに詰め寄る人々を槍で追い払おうとする。ギョクセンはそれを手で制し、涙ながらに訴える人々を宥めた。

「よく聞け。今のところ捕まった人間で殺された者はいない」

ギョクセンの言葉に集まった人々が安堵の息を漏らす。

「今はトネル王が城にいない。捕らえられた人々の処遇に関しては、トネル王以外は下せないことになっている。今日はもう帰りなさい。ここで待っていても、体力を無駄に浪費するだけだ」

諭すようにギョクセンが言うと、人々が落胆した表情で顔を見合わせる。

「私の息子は反乱組織なんかじゃないんですよ、ただちょっと政治に関してしゃべっていただけで……っ」

中年男性が涙ぐんで憤っている。

「トネル王は何を考えているのですか!? こんなの……っ、前の王の時は考えられなかった、息苦しくて死にそうだっ!!」

隣の男も腹立たしげに怒鳴り、やり場のない怒りをぶち撒けそうになる。すぐにギョクセンが男を止めに入り、辺りを窺った。

「めったなことを言うものではない、近衛兵に見つかったらどうなるか……。皆、もう帰るんだ。小半時もすれば近衛兵が戻ってくる」

厳しい言い方でギョクセンが宥め、集まっていた人々を散らばせた。人々はしぶしぶギョクセンの指示に従い、丘を下っていく。ギョクセンがため息を一つこぼしてルイのほうに戻ってきた。

「すまなかったね、さぁ行こう」

気をとり直したようにギョクセンが微笑み、先を促す。ああやって毎日捕らえられた人を助けてくれと民がやってくるそうだ。

城の内部に入ると、広々とした敷地が目に入った。門からはかなり距離があるが、一番奥に荘厳な造りの城がそびえている。ナギから聞いた話によると、城を中心に南、西、北にそれぞれの騎士団の宿舎があるらしい。切り出した石の建物があるから、きっとあれがそうだろう。大きな厩舎がいくつもあって、たくさんの馬が繋がれている。ギョクセンに連れられて南にある薔薇騎士団の宿舎へと向かった。

ふと横を振り返ると西のほうに塔が見える。サントリムの宮殿にある塔に似ていて、ルイは驚いた。

「あの塔は……」

気になってギョクセンに尋ねると、ちらりと塔を見て口を開く。

「あかつきの塔だ。いわくつきの塔でね」

「塔の横にあるのは？」

塔の近くに窓のない変わった建物があって、ルイは疑問を抱いて尋ねた。白壁の最近造られた建物のようだ。

「……王の娯楽室……といったところかな」

聞かれたギョクセンが何故か苦々しげに呟き、ルイから建物を隠すように身体の位置を変えた。娯楽室とは何だろう。

「それよりケントリカは俺の執務室にいるから、手紙を渡すといい。今日は王が狩りに出かけていて留守なんだ。君、運がいいよ。トネル王にみつかったら危険かもしれない。君はとてもトネル王の興味を引いてしまうだろうから」

ギョクセンが苦笑しながら言う。風が吹いてギョクセンのさらさらした髪が揺れた。

「どういう意味ですか？」

「トネル王は君みたいな小柄な子が好きなんだ。細い折れそうな腕とかね」

ギョクセンがルイの手首を持ち上げて笑う。笑っているがギョクセンの目はひどく冷たくて、彼の王への気持ちを覗かせるようだった。

「ところで君、どうしてあんなに軽いの？　鳥人なのかな？」

昨夜のことを思い出したようにギョクセンが尋ねてきた。説明が面倒だったので、似たようなものですと答え、ギョクセンの手を払った。

ちょうど薔薇騎士団の宿舎から十人程度の騎士たちが出てきて、ギョクセンを見てサッと敬礼する。ルイはフードを深く被り、ギョクセンの背中に隠れた。

「団長、また女性を連れ込んで。トネル王に揚げ足をとられても知りませんよ」

ルイの姿を見て、騎士たちがギョクセンを冷やかす。騎士団というからもっと厳格な集団かと思っていたが薔薇騎士団はそうでもないらしい。ギョクセンも部下の軽口を咎めるわけでもなく、笑っている。

「女のいない人生なんて、生きている意味がないよ。王には黙っててくれよ？」

ギョクセンはルイの肩を抱き、わざと足を速める。ギョクセンの態度に部下たちはどっと笑い、敬礼する。

「俺が女好きでしょっちゅう女を連れ込んでいると、王は安心するみたいだ。女で言うことを聞く奴、と思ってくれるからね」

人けがなくなったところでギョクセンがこっそり囁いた。ルイが見上げると、ギョクセンは唇を歪めて笑う。

「あざみ騎士団の団長のケントリカは頭のほうは出来が悪くてね。猪突猛進《ちょとつもうしん》、単細胞、裏表のない性格……。王にとって、彼は脅威じゃない。でも黒百合騎士団の団長である虎海は頭も冴《さ》えるし曲がったことが嫌いだ。王は邪魔な虎海を排除したがっていた」

内部事情を話すギョクセンに驚き、ルイは言葉もなく見つめた。

「トネル王は弟であるハッサン王子を嫌っていた。自分より頭がよくて人望があるから苦々しく思っていたようだ。トネル王ははっきりいえばそれほど頭が切れるお人ではない。けれど王家に生まれたから、人を従わせる術を心得ている。主に恐怖という感情においてね」

薔薇騎士団の宿舎につき、ギョクセンの案内で中に入った。床は磨き上げられたつるつるの石で、騎士たちが履いている靴音がよく響く。

「何故私にそんなに教えてくれるのですか……？」

ギョクセンの気持ちが見えなくて、ルイは長い廊下をついていった。

「ハッサン王子が君を信用したから」

廊下にはきらびやかな絵が飾られ、宝石をちりばめた剣が仰々しく壁にかかっている。廊下の途中で階段があり、ルイはギョクセンの後を追うように上っていった。

「どうしてそう思うんですか？」

ルイは一度もハッサンに信用されたなんて言ったことはないので、ギョクセンの発言が不思議でならなかった。するとギョクセンが三階まで上って振り返って笑う。

「それくらい分かる。連絡役なんて大切な仕事を任せているし、それにサントリムから死の山を越えて来たんだろう？　あの山を越えろと命じるなんて、王子はよほど信頼してなければ言わない。あの方は相手の力量を見分けるのが得意だったんだ。君にできると思って連絡係を託したんだろう」

ギョクセンに手をとられて、三階の一番奥にある執務室に入った。ドアを開けるとふかふかの絨毯《じゅうたん》が敷き詰められ、仕事をこなす机、椅子や本棚があった。長椅子にはルイの三倍はありそうな巨体の男が座っていた。

「来たか！」

巨体の男が立ち上がると、圧倒されるような壁が生まれる。ルイが目を瞠っていると、ギョクセンがドアを閉めて、紹介してくれる。

「彼がケントリカだ。ケントリカ、この子がハッサン王子の使いの者だ」

ルイは改めてケントリカを見上げ、その大きさに感心した。手も足も首も常人の男の二倍はあるだろう。あざみ騎士団のマントを着て、腰に剣をぶら下げている。

「ハッサン王子は無事か？　元気にしておられるか？　サントリムでひどい目に遭っているんじゃないか？」

ケントリカはルイの肩をがしっと摑むなり、矢継ぎ早にハッサンのことを質問してきた。その顔には心の底からハッサンを案じるような色が出ている。ルイにもケントリカが人を騙すような性質には見えなかった。きっと優しい性格なのだろう。

「塔に閉じ込められていましたが、特別落ち込んでいるようには見えませんでした」

ハッサンを思い出して素直に答えると、ケントリカがうんうんと涙ぐんで頷く。

「あの方は気丈な方だからなぁ……。ヨーロピア島に何度も刺客を送られたと聞き、心配していたんだ。無事でよかった。いや、そのせいで王にばれて処刑される羽目になったんだったな……。ああ兄弟だというのに、どうして争い合うのか」

ケントリカは嘆かわしげに自分の頭を掻きむしった。

「あ、あの……」

一人で騒いでいるケントリカに、ルイは花が入った籠から石をとり出して差し出した。袖口に仕込んでいた杖で開封する。ケントリカは突然手紙が現れてびっくりしたようだが、すぐに手紙の封を開いて中に目を通した。

「そうか……、王子は俺を信用してくれているのか……」

ケントリカはハッサンからの手紙を読み、また涙ぐんでいる。こんなに情にもろくて団長などやっていられるのかと心配になったが、それを察したギョクセンから「こいつは一人で千馬に値すると言われた男だよ」と教えてくれた。

「王子は無実の罪を着せられて島流しの刑に遭った

と言っていました。ずっと日陰の身であまんじるつもりはないのだと思います」

ルイがハッサンの現在の状況を訴えると、二人とも悔しそうに黙り込む。ハッサンを逃がしたのがばれたら、団長は責任をとって処罰されると言っていた。無理強いはできないが、この国で一番頼れるのは騎士だとハッサンは思っていた。だからその願いを叶えて欲しい。

「ハッサン王子を処刑させるような真似だけはしないと約束するよ」

ギョクセンがはっきりとした声で断言した。

「ああ、必ず王子を助けよう」

ケントリカも強い決意を抱いて、言い切った。

二人の返事に安堵して、ルイは今さらながら指輪を失くしたことを申し訳なく思った。指輪がないルイを信じてくれたのは、アンドレのおかげだ。鳥人には感謝しても、し足りない。


「実はハッサン王子から三位の指輪というのを預かっていたのですが……」

顔を曇らせてルイが切り出すと、ギョクセンとケントリカがいっせいにルイを見た。二人とも強張った顔で、急にルイの肩を摑み、迫ってくる。

「三位の指輪を持っているのか⁉」

ギョクセンに険しい顔つきで怒鳴られ、ルイはびっくりして身を引いた。どうやら三位の指輪というのは、この国の人間にとって大切な意味のある指輪らしい。

「そ、それが連絡係の鳥が持っていってしまい手元にないのです……」

ルイがギョクセンの迫力に慄《おのの》いて答えると、二人ともあからさまにがっかりした表情になる。ルイは青の一族と呼ばれる暗殺集団が指輪を奪いにやってきたという話をした。

「そうか……。もし見つかったら大至急教えてくれ。

三位の指輪は、セントダイナで代々王に伝わる指輪だ。それがハッサン王子の手にあったということは……」

ギョクセンがケントリカに目配《めくば》せをする。そんなに重要な指輪だったのか。ルイは驚きと共にいぶかしい思いを抱いた。

「トネル王は持っていないということですか？」

この国の王であるトネルはその指輪を持っていないのだろうか？　ルイが問いかけると、ケントリカは渋い顔つきで壁際に向かって歩きだし、そこにあった長椅子に腰を下ろした。巨体のケントリカが座るともう座る場所がない。

「いや、持っている……」

ケントリカは訳が分からないと言った顔つきで、頭をぐしゃぐしゃと掻き乱した。

「王はいつも三位の指輪をしている！　どういうことだ？　ギョクセン、どういうことなのだろうな？　この世に一つしかないセントダイナの王が持つと言われている指輪だぞ？」

混乱した様子でケントリカが質問をすると、ギョクセンが芝居がかった様子で肩をすくめた。

「どちらかが偽物ということだろうな」

ギョクセンの推測にルイはぎょっとして目を瞬かせた。

「偽物……？」

「実は三位の指輪を前王から次王へ授与する儀式は特別な神官と王と親族のみで行われるので俺たちは実際にハインデル七世からトネル王へ贈られたところは見ていないんだ」

ルイの疑問にギョクセンが潜めた声で教えてくれる。

「由々しき事態だな。トネル王が即位されてすぐにハインデル七世が身罷《みまか》られてメルレーン皇后もすでにいない。詳細を知るものは誰もいないのだ。もしトネル王が偽物を作って周囲の者を騙しているとしたら、我々は従うことはできない」

ことさら声を落としてギョクセンはルイとケントリカにそう告げた。わざわざ偽物の指輪など作るのだろうか？　ルイには理解できず、ケントリカの意見を仰ぐしかなかった。

「ギョクセン、一応ハッサン王子が偽物を持っている可能性だって残っている。決めつけるのは早計だ。それに俺たちはたとえ両方の指輪が目の前にあっても、どちらが本物か分からないだろう？」

ケントリカはギョクセンを宥めるように、立ち上がって近づいてきた。ギョクセンは大きく息を吐いて、さばさばした口調になった。

「王族は見分け方を知っているというが……。そうだな、決めつけるのは早計だ。何しろ一つは鳥が持っていったんだからな」

ギョクセンが冷静さをとり戻し、そこで話は締めくくられた。手紙を渡す任務も終えたし長居は禁物ということで、ルイは帰ることにした。王妃に贈る花を置いて行き、フードを深く被って執務室を出る。

ギョクセンにつき添われて城の門に行くまでの間、遠くから人の声と馬の行軍する蹄《ひづめ》の音、馬車が揺れる音が聞こえてきた。門の近くまで行った際に丘を上ってくる近衛兵の集団を目にする。

「厄介な奴らが帰ってきたな」

ギョクセンは顔を曇らせて、ルイを近くの建物の影に押し込む。ギョクセンも身を潜めているので何事かと思っていると、門を越えて近衛兵たちが城の敷地に入ってきた。馬車の窓から女性の姿が何人か見えた。一様に暗い顔つきで、怯えた顔をしている。

近衛兵の馬の後には、縄で繋がれた老若男女が並んでいた。皆、馬の力に引っ張られ、ボロボロの状態で歩いている。馬上の近衛兵は、人々が引きずられても一向に構わず、むしろ痛めつけるかのように引き回している。

「反体制派の者たちだ。見つけるとああやって近衛兵が捕まえてくる」

ギョクセンに教えられて、ルイはよろよろとした足どりで入ってくる人々を見た。中には老人もいて、今にも倒れそうだ。人々は何度も転び、土の上を引きずられたのだろう。誰もが泥まみれで、衣服も擦り切れている。

「彼らが去ってからにしよう」

ギョクセンにそう言われ、ルイは建物の影で近衛兵たちが門から西南の方角に向かって行くのを目で追った。近衛兵の宿舎の地下は牢になっていて、捕まえた人間はそこに入れられるそうだ。

「いいぞ、もう」

騒がしさと土埃《つちぼこり》を撒き散らして近衛兵たちが西南に消えると、ギョクセンはルイの肩を抱いて門に急いだ。門番にギョクセンが合図し、ルイは城を出られた。振り返って頭を下げると、ギョクセンが軽く手を振る。

ルイは丘を下り、グレッグが待っている場所へと急いだ。

「お帰り。手紙は渡せた？」

馬に草を食べさせていたグレッグが、ルイの姿を見つけて馬を引いて近づいてくる。

「渡せました」

ルイは頷いて頼まれた仕事を終えたのを報告した。グレッグはルイを馬に乗せ、自らも後ろに乗ると、ホッとしたように笑った。

「そうか。ところでいつ帰るの？　サントリムに」

当たり前のようにグレッグに言われ、ルイは自分が帰ろうということをまるで考えてなかったことに呆然とした。

言われてみれば、ルイが頼まれた仕事は手紙を渡すこととしかグレッグには言っていない。グレッグからすればもう仕事は終わったので帰ろうと思っても不思議はない。護衛としてついてきたグレッグは、ルイの仕事が終わったら自分の国に帰れると思っていたのだろう。

「グレッグ、俺は……連絡係を頼まれているから」

ルイは自分の身体を包み込むようにして手綱を握るグレッグに言った。

「まだ帰らない。でもグレッグはもう国に戻ってい い」

「ルイはハッサン王子を助けるつもりなのか？　自分の国の人間でもないのに？」

グレッグが馬を走らせながら、聞いてくる。サントリムの人間であるグレッグからすれば、セントダイナの王子に肩入れする気持ちが分からないのかもしれない。ルイ自身にもはっきり自分の心が見えているわけではないが、セントダイナに来てこのままにしてはおけないという気持ちが高まったのは確かだ。

ハッサンと生活を共にして、彼が合理的な人間で、いざとなったら不要な人間を切り捨てるような性格をしているのも理解している。ローレンのように自然を愛する優しい人間ではないのも。それでもハッサンなら王位についても今とは違う政治をするとルイは思う。少なくともこれほど虐げられる人々を増やすようなやり方はしないだろう。

「そうか……。それじゃ俺もしばらくルイにつき合うかな。俺の仕事は君を守ることだし」

馬上で揺れつつ、グレッグがあっさりと言った。ルイが身体を曲げて顔を見ると、人懐こい笑顔を見せる。

「噂のハッサン王子を見てみたいしね」

グレッグの助けが得られるなら心強い。ルイの能力はめったに人に見せるなとハッサンに言われている。

明日にはジュール港にハッサン王子が上陸する。上手くトネル王の手に渡らないようにできるといいのだが。

　ルイはなだらかな斜面を馬で駆け下りながら、一抹の不安を覚えていた。

■六　奪取

　鳥人たちの待つ屋敷に戻り、ルイはギョクセンとケントリカに手紙を渡せたと報告した。二人の団長の話を伝え、ハッサンを助ける意思があるのを確認すると、アンドレは少しだけ安堵したようだった。明日ジュール港に上陸してから城につくまでの道のどこかで、ハッサンを救い出さなければならない。反乱組織は港で混乱を起こすようで、そのどさくさに紛れてハッサンを奪うのが上策だとアンドレは言った。

　皆で話し合っているうちに、時が過ぎ、窓の外は真っ暗になった。

　屋敷のドアが激しく叩かれたのは、窓を叩く風の音が強くなった頃だ。ナギがドアを開けに行くと、そこに黒装束に身をやつしたギョクセンが立っていた。

「ギョクセン！」

アンドレが驚いて客人を迎える。ギョクセンは優雅に礼をして中にずかずか入ってくると、やれやれと呟いた。

「こんな色気のない服を着て行動するなんて、金輪際ごめんだな」

おしゃれで通っているらしいギョクセンは、茶化した口調でそう告げる。そしてやおら懐から巻物をとり出した。

「明日ハッサン王子を運ぶルートだ。トネル王は今回はとても慎重で、決定されたのが夕刻だったんだ。城に運び入れたらすぐ処刑すると言っている。港からあざみ騎士団がハッサン王子を乗せた馬車を先導する。できたら武装せずに一般市民を装ってハッサン王子を助けに行ってほしい。騎士団は市民には手を出せないという言い逃れができる。大勢の民を煽って、港に詰め掛けてもらえるといいな。知り合いの牛飼いに頼んで、ハッサン王子が港につく頃、暴走させるように頼んである。あとは火事や流言、何でも使って場を混乱させてくれ」

ギョクセンが一気に明日の予定と計画を語った。大量の牛が港に放たれれば、その場に混乱を起こせるはずだ。

「明日ハッサン王子が港につくという情報は、すでに人々の間に流布させてある。一目見ようと勝手に詰めかけるだろう」

アンドレが大きく頷いて言った。

「それからこれが……虎海が捕らえられている牢だ」

ギョクセンは懐からもう一枚別の地図をとり出した。アンドレが目を見開く。

「トネル王は明日、虎海も一緒に処刑する気でいる。

何度も止めたがまったく聞いてくれなくてな……。明日はハッサンを支持する者を一斉に処刑するそうだ。すでに捕らえられている反体制派の者や、密告された者、無実の者ばかりだ」

室内に戦慄《せんりつ》が走った。ハッサンを助けるだけではなく、その他の者まで助けなければならなくなったのだ。ルイも驚いたが、アンドレはかなりうろたえていて、しばらく言葉を発しなかった。

「騎士である俺には、虎海や民を助けてくれと頼むということはできない。王の意思に沿うことが騎士の務めでもあるからだ。だが……虎海たちをこのまま殺させるわけにはいかない」

思い詰めた表情でギョクセンが呟き、ルイたちに背中を向ける。

「それだけだ。幸運を祈る」

ギョクセンは短くそう告げ、風のように屋敷を出て行った。残されたルイたちは、地図を凝視し、どうやって罪もない虎海や民を救いだせるのかと頭を悩ませた。もう時間がない。果たして本当にハッサンを救いだし、処刑される人々を助けることができるのだろうか？　特に処刑される人々は城内にいるのだ。あの高い壁を乗り越えて敷地内に入るのはふつうの人には不可能だし、さらに大勢の人々をどうやって解放するのか？

誰もが困難な状況を感じ、言葉を失っていた。刻一刻と時が過ぎていくのが、焦りと苛立ちを生んでいた。


来てほしくないと思っても日は昇り、朝が訪れた。ルイたちは屋敷を出て、朝靄の中をジュール港に向かった。昨夜ギョクセンからの情報を得て、ユリウスが反乱組織に明日ハッサン王子と共に捕らえられた人々が処刑されると伝えに走った。昨日の今日でどれだけ話が回っているか分からなかったが、港に集まってきた人の数を見て、予想以上に人々が情報を共有しているのが見てとれた。

フードつきの黒いマントを被り、ルイは船着き場の近くにある倉庫の影に隠れ、サントリムからの船を待った。結局昨夜はいい考えも浮かばず、とりあえずハッサン王子の救出から先に果たそうという意見に落ち着いた。反体制派の助けと、騎士団の協力があれば、ハッサン王子を助け出すのは問題ではない。

「じゃあ後で」

倉庫の裏でグレッグとは別れ、それぞれの持ち場についた。グレッグは向かい側の建物から状況を見て助けに入るという。ルイは一人になると、誰も見ていないのを確認してから倉庫の屋根に飛び乗った。屋根の上で腹這いになり、海を見渡す。まだ視界には穏やかな海面だけが広がっていて、船着き場に泊まっている船以外、動いている船はいない。ギョクセンの情報では今日は漁に出ることは禁止されたようだ。

きらきらと光る水面を眺めていると、これから大事が起きるなんて想像できない。だがひとたび陸に目を向ければ、集まってきた人々の不安な面持ちに現実に引き戻される。ハッサン王子が処刑されるらしいという噂に、人々は不満を抱いている。少しずつ建物や倉庫の陰に市民が連なり、ハッサン王子の帰還は今か今かと待ちわびている。耳をすませていると、人々の声の中に、城で処刑される人がいるらしいという話題が出てきた。

「隣のおばあちゃんは城に行ってるよ」

声高に話す中年女性がいて、捕らえられた者の家族や恋人が城に詰めかけているというのが分かった。アンドレとナギは城に行き、民の処刑をやめてもらうよう直訴するという。城に入って、万が一ハッサンが城に来るまでの間に助けられなかった場合、手を打つそうだ。

ルイは日差しを背中に浴びながら、海を眺めていた。

どれくらい待っていた頃だろう。後ろのほうから大勢の人が歩く足音と馬のいななき、馬車の車輪の音が聞こえてきた。てっきり騎士団が来たと思い振り返ると、そこに予想していなかった行軍が見えた。

(あれは?)

市場の大通りを兵隊が闊歩している。見覚えのない制服姿に、セントダイナの紋章の入った旗を振りかざしている。ルイが戸惑っていると、人々が恐れをなしたように通りから姿を消した。口々に「近衛兵が」と叫んでいるので、市場にやってきたのは騎士団ではなく近衛兵だと分かった。

「邪魔だ、どけどけ!」

先頭の馬に乗っている口ひげの男が、赤いマントをひらめかせて怒鳴っている。近衛兵はかなりの数で行軍していて、船着き場につくなり周囲に陣形を作った。

(騎士団じゃ……ない?)

ルイは倉庫の上から近衛兵団を眺め、眉を顰めた。どういうわけか分からないが手違いがあって、ハッサン王子を城まで連れて行くのは近衛兵になったらしい。トネル王が騎士団には任せられないと思ったのか、あるいはギョクセンたちが裏切って、密告したのだろうか?

「各員、装備! 不測の事態に備えよ!」

口ひげの男に命じられ、近衛兵たちがいっせいに敬礼して腰に手を当てて何かしている。何をしているのかよく見えなくてルイは少しにじり寄った。幸いルイが身を潜めている場所は高い場所だったので、誰も気づいている様子はない。どうやら腰に下げている鉄の棒を点検しているようだ。あれは叩く武器だろうか？　剣にしては丸い筒状のものだし、初めて見る形なので用途がはっきりしない。

（狼炎が言っていた鉄の棒だろうか？）

考えている暇はあまりなかった。あの武器がどんなものか分からないが、どうにか隙を見てハッサンを救い出すのみだ。こうなってみると騎士団の協力を得られないのは非常に苦しい。

水面に目を向けると、頭のほうから今度は甲高い鳥の声が聞こえてきた。びっくりして顔を上げたルイは、上空に洋蓮鳥を見つけた。洋蓮鳥は円を描きながらゆっくりとルイのいる屋根に降りてくる。

羽をばたつかせた洋蓮鳥が、ルイの差しだした手に止まる。

「お前……」

ルイは洋蓮鳥が嘴に銜《くわ》えているネックレスを見て、思わず声を上げた。あの日雪山で持っていった指輪つきのネックレスを、洋蓮鳥が持ってきてくれたのだ。ルイはすぐさま指輪を手にとり、それがあの日渡された三位の指輪だと確認した。

「ありがとう、預かっていてくれたのか？」

ルイはようやく巡り合えた指輪を握りしめ、洋蓮鳥の柔らかな毛並みを撫でた。洋蓮鳥は喉の奥でクルクルと鳴き、再び飛び立った。

（よかった……。ハッサン王子に返せる）

長い間苦しんでいた罪悪感から解放され、ルイは手早くネックレスを首にかけて、指輪を衣服の中にしまい込んだ。あとはハッサンを助け出すだけだ。この指輪があれば、トネルは王位に就くべき人間ではないと証明できるかもしれない。真の王はハッサンだという証にならないだろうか。

再び港に視線を向けると、水平線に船の姿が現れた。だんだん近づいてくる船は華美な造りのもので、サントリムの旗を掲げていた。おそらくあれにハッサンが乗っているのだろう。ルイは緊張感を抱いて、刻一刻と近づいてくる船に釘づけになった。

ゆっくりとした速度で船はこちらに向かってくる。口ひげの男が船着き場の先端に立って、マントをはためかせながらサントリム一行を待つ。

じりじりしながら倉庫の屋根から見下ろしていると、ようやく船が接岸した。船先から船員が碇《いかり》を下ろし、船を固定する。波間に船が揺れるのが見えて、ルイはじっと目を凝らした。

船から船着き場に板が下ろされ、レニーが先頭を切って降りてくるのが見えた。次に船員に囲まれながらハッサンが出てきて、どこからともなく「おお……」というざわめきが響いた。あちこちに隠れて様子を見ている人々の声だろう。ハッサンの姿を確認して、空気を震わせている。

「お迎えご苦労様です。約束通り、ハッサン王子を連れて参りました」

レニーが口ひげの男に朗々とした声で告げる。

「ご苦労様です。ハッサン王子を確認しました。約束通り、こちらが王からの確認書です」

ハッサンの顔をしっかり見て、口ひげの男が巻物をレニーに手渡す。レニーは王の印があることを確認し、ハッサンの身柄を口ひげの男に渡した。ハッサンは抗《あらが》うでもなく大人しく口ひげの男のほうに足を進める。わざとなのかもしれないが、ハッサンがぼろぼろの身なりをしているのが気になった。塔で暮らしていた頃はもっとまともな服装だったはずだが。

「では、我々はこれで。セントダイナに栄えあれ」

レニーは巻物を受けとるなり再び船に戻り、船着き場にかけていた板を外させた。船員が慌てたように碇を上げる。サントリム一行は港に降りる間もなく、国に戻るようだ。

サントリムの船は静かに港を離れていく。

「さて、ハッサン王子……。ずいぶんご無沙汰《ぶさた》でしたな」

サントリムの船が遠ざかっていくのを見送り、口ひげの男がハッサンを舐《な》めつけるような目で眺めた。その何ともいえないねばっこい視線で、口ひげの男がハッサンを好《す》いてないのはすぐ分かった。

「ヨルガンか。近衛兵の団長になったのか？　ずいぶん出世したものだな。腰ぎんちゃくと噂されたお前が」

縄で縛られていたハッサンが蔑むような目で口ひげの男を見返す。口ひげの男はヨルガンというらしい。ハッサンの人を馬鹿にした態度に腹を立てたように、ヨルガンが顔をぴくぴくと引き攣らせる。

「お変わりないようで何より。もうすぐその憎まれ口も聞けなくなると思うと、非常に残念です。おい、馬車に乗せろ！」

ヨルガンの怒鳴り声に煽られ、兵たちが数人がかりでハッサンを抱え込み、すぐ近くに用意された馬車に押し込もうとした。ハッサンはよく見ると両手首を縛られ、足には枷をつけられている。ハッサンは素直に兵士の言うまま馬車に乗り込んだ。真っ黒な四角い箱のような馬車だ。窓には頑丈な格子がはめられ、外から中の人間が見えないような造りになっていた。おまけに扉が閉まる瞬間、口ひげの男が錠をかけた。やはり厳重な警戒ぶりだ。

（馬車を奪うとしても、どうやって鍵《かぎ》を開ける？）

倉庫の屋根からハッサンの乗った馬車を見下ろし、ルイは頭を悩ませた。

上から見ていると、近衛兵たちは馬車を守るように前後左右に騎馬兵を固めている。ヨルガンの合図で行軍が開始され、城に向かって動き始める。ルイは倉庫の屋根の上から秘《ひそ》かに飛び下り、近衛兵団と並列するように走り出した。

「ハッサン王子……っ」

市場を走る馬車に向かって、通りから悲痛な声がこぼれた。逃げ出したと思った市民はハッサン王子を一目見ようとまた戻ってきていたのだ。誰かの声が堰を切ったようにハッサンの名を告げると、あちこちからハッサンを呼ぶ声が上がる。

「邪魔だ、お前ら！　散れ、散れ！」

人々が予想外の動きをしないよう、ヨルガンが監視の目を光らせている。ルイは馬車を先回りするように目にも留まらぬ速度で市場の細い道を選んで駆けた。近衛兵団の馬たちは市場という入り組んだ場所のため、あまり速度を上げられずにいる。

「ハッサン王、万歳！」

道の脇に連なった群衆の間から、強烈な声が飛び出てきた。さすがにヨルガンも捨て置けなかったのだろう。行軍を停止し、怒りでこめかみを引き攣らせている。

「今のは誰だ!?」

ヨルガンの金切り声が響き、声のした辺りにいた民衆が、焦って自分じゃないと首を振る。

「こっちだ、ばーか」

反対の道のほうから今度は子どもらしき声がして、ヨルガンは怒り狂って馬上から怒鳴り声を上げた。

「おい、その辺にいる奴を全部しょっぴけ！」

ヨルガンの命令に人々が泡を食ったように逃げ出し、場が騒がしくなった。ルイは前方から荒々しい足音をさせて向かってくる動物がいるのを察した。急いで手近の石造りの家の屋根に上り、前方の土煙を見る。

「な、何だ？」

不埒《ふらち》な真似をした民を捕まえようとした兵たちが、戸惑った様子できょろきょろとした。あっという間に地響きが近づき、近衛兵たちが焦ったように顔を見合わす。答えはすぐに形となって現れた。市場の大通りを何十頭もの牛が走ってくるのだ。牛は狂乱したように頭を振りながら、雄叫びを上げて向かってくる。それに気づいた近衛兵が浮足立って持ち場を離れそうになった。

「馬鹿者！　持ち場を離れるな‼　総員、銃を構え！」

　ヨルガンの指示が飛んだが、人々がパニックを起こし騒ぎ立てているせいで伝わらず、近衛兵たちがぐちゃぐちゃに入り乱れる。今が好機と思いルイは屋根を伝って馬車の近くまで走って行った。

　その時だ、ヨルガンが空に向けて鉄の棒を振り上げた。

　爆発音に近い何かが破裂するような音が鉄の棒から響いた。棒の先から煙が出ているから何かが飛び出したらしい。音は衝撃的で、直前まで真っ直ぐ近衛兵たちに向かって突進してきた牛も驚いた。

「あ……っ」

　ルイは屋根の上で身を屈めて立ち止まると、つい声を上げてしまった。通りを全力で走ってきた牛の半数がパニックを起こしぐちゃぐちゃに入り乱れるのが見えた。牛の鳴き声と巨体がぶつかる音、近衛兵を襲うもの、馬に角を突き立てるもの、土煙が起こるほど場は騒然とした。そして最悪なことに、牛は市民さえも襲い始めた。人々の悲鳴が飛び交い、近衛兵のほうに逃げ込む者も出てきた。

「市民を近づけるな！」

　ヨルガンが混乱した声で命令している。ハッサンを乗せた馬車を引いていた馬が、牛の攻撃に遭い、前脚を高く掲げていなないた。次から次へと牛がやってきて、馬は暴れ狂った。御者が落ち着かせようとするが、牛がどんどんぶつかってきて、馬車ごと引っくり返った。馬車という大きなものが倒れたせいで、土煙が舞い、派手な音が辺りを騒がす。それでなくても牛の大群と悲鳴が入り混じって、何が何だか分からない状態だ。

前方に目をやると、牛の群れの最後尾が見えた。この分ならいずれ混乱は終わってしまう。行くなら今しかない。

「きゃあああ！」

爆発音が数度辺りを揺るがせ、甲高い悲鳴がこだました。飛び出しかけていたルイは、何が起きたか分からなくて硬直した。じっと目を凝らしていると、煙の間から人の姿が見えた。通りに血まみれの女性が倒れている。牛にやられたのかと思ったが、よく見れば違う。いつ、どうやって死んだのか分からないが、胸や腰から穴を開けられたみたいに血が噴き出している。

「う、ああ、あ……」

女性の背後にいたのは近衛兵だった。先端から煙が出た鉄の棒を構えて真っ青になっている。

（あの鉄の棒は、遠くの人を殺傷できる能力があるのか!?）

ルイは飛び下りようと思って身構えていたが、躊躇して近衛兵の持つ鉄の棒を凝視した。あの武器の能力が分からないので、迂闊に近づけない。

いつの間にか牛の大群は違う場所へと移動していた。

「こいつが妹を殺したんだ!!」

倒れた女性の傍にいた男が、顔を歪ませて近衛兵を指差した。女性の身内や知り合いも通りから出てきて近衛兵に詰め寄る。

「てめぇ、何をしやがる！」

「アタシの娘によくも!!」

怒りの形相で近衛兵に人々が駆け寄ると、とたんにまた暴発音がした。次の瞬間には、近衛兵に駆け寄った人々がすべて血を流して地面に転がっていた。

「ひいいっ」

一人が恐怖の声を上げると、いっせいに市民が蜘《く》蛛《も》の子を散らしたように逃げていった。皆状況が分からないなりに、あの鉄の棒が恐ろしい武器だと気づいたようだ。

ルイは身動きがとれずに固まっていた。あの鉄の棒はどういった武器なのだろう？　初めて見る衝撃で一歩を踏み出せなかった。完全に好機を逃した。すでに通りには近衛兵と遺体しかおらず、土煙も収まっている。

「馬車を起こせ！　ハッサン王子を確認するんだ!!」

ヨルガンが部下を怒鳴りつけて指示する。ルイは屋根の上で、唇を噛みしめた。失敗した。せっかくの好機を逃してしまった。

「ルイ」

ふいに背後から声をかけられ、ルイはびっくりして振り返った。人の気配はなかったのに、いつの間にか後ろにグレッグが来ていた。グレッグは人差し指を立てて静かにするよう合図する。

「ハッサン王子なら無事逃がしたよ。馬車の鍵を開けておいた。もともと手枷や足枷は外れるようにしてあったみたいだ」

グレッグに言われて馬車のほうを見ると、言葉通り下では大変な騒ぎになっていた。

「い、いない、いないぞ！　どういうことだ!!　ハッサン王子がいないではないか!!」

ヨルガンが慌てふためいて怒声を発している。ルイはホッとしてグレッグに笑顔を向けた。本当に頼りになる男だ、言葉では礼を言いつくせない。ルイでさえ躊躇するあの場に飛び込み、馬車の鍵を開けるなんてすごすぎる。

「ありがとう、グレッグのおかげだ。指輪も見つかったし……きっとこれでもう大丈夫」

ルイはグレッグに礼を述べ、安堵の息をこぼした。

「指輪が？　洋蓮鳥が戻ってきたのか？」

びっくりしたようにグレッグが目を丸くする。

「ああ、見てくれ……。ちゃんと指輪を返してくれた」

ルイが衣服の中からネックレスの鎖を引きだし指輪を見せると、グレッグが珍しいものでも見るように顔を近づけた。

「これが三位の指輪か……」

グレッグが微笑んで指輪を手にとった。

ちりっと耳元で痺《しび》れるような熱さを感じた。ハッとした瞬間、グレッグの手が指輪を摑んだまま引きちぎるように奪っていた。驚愕してとり返そうとしたルイの身体は、痺れて動けなかった。

「シリ、ルー、スーベニール……」

屋根の上に倒れたルイを、グレッグが見下ろしている。その口から漏れ出た呪文にルイは戦慄を覚えた。黒魔術――何故グレッグが、身動きがとれなくなる呪文を知っている？　ルイはその場に倒れたまま、信じられない思いでグレッグを見上げた。

「指輪は確かに預かった。礼を言う」

グレッグはそれまでの人の好さそうな笑顔を消し、氷のように冷たい眼差しでルイを見下ろしていた。

「お前……誰、だ？」

痺れて手足の自由が利かない中、ルイは必死に立ち上がろうともがきながらグレッグを睨みつけた。

雪山で助けてもらって以来、ずっと信じていた相手だった。まさか、最初から指輪が目当てだったというのか――。

「お前こそ、何者だったんだ？」

グレッグは歪めた唇でルイに問いかけ、背中を向けた。

俊敏な動きでグレッグは屋根の上を駆け抜け、すぐ消えてしまった。ルイは痺れた身体で動けないまま、慙愧《ざんき》の念に耐えていた。

■七　裏切り

動けない状態のルイを見つけてくれたのはナギだった。市場の上空を飛んでいたナギが、屋根の上で変な恰好《かっこう》で倒れているルイに気づき降りてきてくれた。ナギはルイを担ぎ、鳥人の住む屋敷まで連れて行ってくれた。身体の痺れはなかなかとれず、黒魔術以外にも、あの時グレッグに耳の辺りを何かで刺されたのではないかと考えていた。

屋敷には騒動を聞きつけてアンドレとユリウスが戻っていた。そして思いがけない人もそこにいた。

「ルイ！」

黒づくめの服を着たハッサンが屋敷に逃れていた。運び込まれたルイを見て、血相を変えて駆け寄ってくる。ハッサンを無事救出できていたことに、これ以上ない安堵の思いを抱いた。それほど離れていたわけではないが、顔を見て無性に懐かしいと感じた。

「ハッサン王子……、申し訳ありません、指輪を……」

ルイはベッドに横たわり、痺れる舌でグレッグという男が三位の指輪を奪っていったことを話した。グレッグが裏切ったという話にアンドレは怒りを露《あらわ》にし、綺麗な顔を歪ませている。鳥人の一人が薬湯を持ってきてくれて、それを飲んだら少しずつ痺れは治まっていた。

「グレッグという男は何者だ？　最初から話せ」

枕元の椅子に座ったハッサンが、考え込むような顔つきで促す。ルイは雪山で助けられたことから、これまでずっと味方のように振る舞っていた男の話をした。顔の特徴や身なりを言うと、ハッサンは鋭い眼差しを注いでくる。

「俺の馬車の鍵を壊してくれたのは多分そいつだ」

目を細めてハッサンが言い、ルイは驚いてアンドレを振り返った。てっきりあれもルイを騙すための嘘かと思ったが、グレッグは本当にハッサンを助けたらしい。

「レニーから手足を自由にするやり方を教わって、馬車の中で隙を窺っていた。そうしたらあの騒ぎだ。銃や牛で混乱する中、金髪の男が馬車の鍵を開けた。あの中へ飛び込んでくるなんて相当の手練れだと思っていたが……」

ハッサンは鉄の棒についてルイよりよく知っているようだった。

「あれは何ですか？　弓も引かずに遠くの相手を倒しました。それに焦げたような匂いも……」

「あれが銃だ。俺も実物を見たのは初めてだったが……。ケッセーナの国で開発されたと聞く。トネルはどうやらそれを仕入れたようだな」

ルイの問いにハッサンが答える。そういえば狼炎が鉄の棒をケッセーナの商人から買いつけたと言っていた気がする。銃というのか、怖い武器だ。

「それよりグレッグはどこの刺客だったんだ？　俺たちはあいつに重要な話をしている、トネル王の差し金か？　それとも護衛と言っていたが、あのうさんくさいレニーとかいう魔術師の刺客か？」

アンドレはグレッグに騙されていたことが許せない様子で、頬を紅潮させて憤っている。ルイは少し考えて首を横に振った。

「トネル王の差し金ならハッサン王子を助けるはずないと思います。レニーは……分かりません。もしかしたらレニーの言っていた護衛の男じゃなかったかもしれないし」

雪山で助けてくれたが、グレッグはレニーから紹介されたわけではない。グレッグの自己申告があっただけなのだ。黒魔術を使っていたところをみると、青の一族だろうか？　だが顔の刺青はどこにも見当たらなかった。

グレッグはおそらく最初に会った時から指輪が目当てだった。洋蓮鳥が戻ってこなかったのは、グレッグが敵だと動物的本能で分かっていたからかもしれない。だからルイが一人になったのを見計らって、指輪を持ってきたのだ。あの時、指輪をグレッグに見せなければ——。ハッサンを助けてくれたことに気が弛み、迂闊にもしゃべってしまった。

「俺の責任です。申し訳ありません」

ルイはベッドから下りて床に跪《ひざまず》こうとした。だがハッサンに身体を持ち上げられ、寝ていろと促される。

「指輪などどうでもいい。俺はこうしてセントダイナに戻り、自由の身になった。お前が奔走してくれたおかげだ」

思いがけずハッサンに褒められ、ルイは却《かえ》って心苦しくなってうつむいた。せっかくハッサンを逃がすことに成功したのに、こんなに苦しい気持ちになるとは思わなかった。

「市場では死者が出たことで、民が怒り狂っています。大勢が城に詰めかけて一時は大変でした。とはいえそのおかげで幸いにも処刑は延期されました。トネル王はハッサン王子と共に捕まえた民も処刑したいようですね」

ナギが状況を説明してくれた。とりあえず市民の命が奪われなくてよかった。ルイは胸を撫で下ろした。

「ひとまずここにいるとして、早急にハッサン王子の隠れ家を見つけるべきですね。反乱組織が宿を提供すると言っていますが、どうしますか？」

ユリウスがハッサンにお伺いを立てる。それに対するハッサンの答えは否だった。

「反乱組織は信用できない。今回は助かったが……。

俺にはもともと町に隠れ家が数件ある。そのうちの一つに潜伏する」

ハッサンは黒い布をとり出して顔を隠すように巻いた。

「ここにいて鳥人に迷惑がかかるのは困るから、もう行く。連絡はこちらからする」

目だけを出した状態の格好になり、ハッサンは鳥人からもらった剣を腰に携えた。一人で行ってしまうのだろうかと思いぼーっとしていると、ハッサンの目がルイを見て吊り上った。

「ルイ、何を間の抜けた顔をしている。さっさと支度をしろ」

叱責されてルイは飛び上がって驚き、慌てて身支度を整えた。身体の痺れはもうなくなっていた。当然のようにハッサンが自分を連れて行く気になっていて、どこか喜んでいる自分がいる。

「連絡は密にしろよ、勝手な行動は控えろ」


出て行く間際、アンドレがハッサンに向かって懇々と説教していた。ハッサンは分かっているとそっけない声で言う。

ドアを開けると外はすでに夕闇が迫っていて、人の顔がはっきりしない時刻になっていた。思ったより自分が回復できなかったことを身をもって知った。

「アンドレ、俺は必ず王になる」

屋敷のドアの前でハッサンがアンドレに潜めた声で告げた。アンドレの顔が引き締まり、ハッサンを見定めるように目を細める。

「お前が助けてくれたことは忘れない。鳥人を迫害するような真似はしない」

低い声でハッサンが呟き、ルイの腕を摑んだ。そのまま背を向けて屋敷を去ろうとすると、アンドレの「おい」という声がかかった。

「三年前のお前と違うのは俺も分かる。一瞬別人かと勘違いしたくらいだ。あの頃のお前はひょろっとした感じだったのにな……。今ならお前は体力的にもトネルに勝てる。俺を失望させるなよ」

アンドレが不敵に笑い、ハッサンを評価する。ルイは二人の間に流れる盟友のような空気を感じとり、羨《うらや》ましく思った。

ハッサンはアンドレの言葉に返事はせず、ただ笑い返しただけだった。

ルイは腕を引かれるままに、丘を歩き出した。この腕を信じるだけで、あとはなるようにしかならないという考えが頭を過ぎった。


馬では目立つということで、ルイはハッサンと共に徒歩で町に向かった。

ハッサンがルイを連れてきた隠れ家は、大胆にも城のすぐ近くの町にある一軒家だった。小さいがありふれた石造りの家で、中に入ると埃が舞っていた。かまどやテーブルが置かれた炊事場と寝所の二間の造りだ。ハッサンは寝所の壁にとりつけられた暖炉の窪みに手を差し込み、隠していた金をルイに手渡してきた。

「これで買い物をしてこい」

ハッサンはいくつかの品を口にして、ルイを追いだした。

すっかり日が暮れた中、店先を歩いている途中、近衛兵がハッサンを捜している姿が目についた。背の高い体格のいい男に片っ端から尋問をかけている。下っ端の兵はハッサンの顔をよく知らないみたいで、まるで似ても似つかない輩にまで難癖をつけていて呆れた。

「ただ今戻りました」

隠れ家に戻り、頼まれた物をテーブルの上に置くと、部屋の中の埃っぽかった空気が綺麗になっているのに気づいた。どうやらハッサンが掃除をしたようだ。ランプに明かりが灯され、暖炉も燃えて室内が温かくなっている。

「外はどうだった？」

ハッサンはゆったりした衣服に着替えていて、煮立てた鍋にルイが買ってきた具材を次から次へと入れていく。ルイは買ってきたパンをテーブルに並べながら、近衛兵がハッサンを捜していたという話をした。この部屋の窓はすべて閉じられているが、もしいきなり踏み込んで来たら危険ではないか。

「そうか」

こんな状況だというのにハッサンはひどく機嫌がよく、楽しそうに鍋をかき混ぜていた。やがて料理ができ上がり、久しぶりにハッサンと食卓で夕食をいただいた。ルイはいつもの通りパンを少量食べただけだが、ハッサンは何か急いでいるみたいにがっついている。もしかしてこの後、どこかに出かけるつもりなのかもしれないと思って身構えていたが、食べ終えたハッサンは暑そうに上衣を脱ぎ始める。

「おい、食べ終わったのか？　まだか？」

もそもそとパンをちぎって口の中に押し込めていると、急かすようにハッサンに聞かれた。パン屑《くず》で汚れた手を叩き、ルイは食事を終わらせた。

「終わりました」

「そうか」

ルイが皿を片づけようとして立ち上がると、ハッサンも立ち上がり、急に腕を引っ張ってくる。やはり出かけるのかと思ったが、ハッサンはルイをドアではなく寝所に連れていく。ハッサンの手で軽々とベッドに乗せられ、ルイは目を丸くした。

「あの……？」

この隠れ家にはベッドは一つしかないので、ルイは今夜は床で寝るつもりだった。それなのにハッサンはルイをくたびれた毛布の上に押し倒し、上から見下ろしてくる。

「次に会った時に、続きをするって言っただろ」

当然のように言われ、ルイは驚いてハッサンを見つめた。そういえば言っていた気がするが、続きといっても何をするのだろう。ルイが大きな目でハッサンを見つめると、おかしそうにハッサンの肩が揺れて笑われた。

「何をされるか分かってないようだな。まぁいい」

ハッサンが屈み込んできて、ルイに顔を近づけてきた。じっとしていると前にされたように唇が触れてきて、ハッサンの吐息を感じた。

「……出かけるのではないのですね？」
二、三度同じように唇を啄まれ、ルイは確認するように問うた。ハッサンは何も言わずに笑ってルイの唇を吸ってくる。
「ん……」

ハッサンの舌がぬるりとルイの唇を舐めてきて、思わず息が詰まった。ハッサンは重なるようにしてルイの唇を吸ったり舐めたりしてくる。ハッサンが何故こんなことをするのか分からないが、こうされるのは嫌いではない。

「口を開けろ」

何度も舐められたあげく、ハッサンの手がルイの唇の端に潜り込んで強引に引っ張ってくる。言われるままに口を開けると、大胆にもハッサンの舌が口内に入ってきた。他人の舌が自分の口の中に入ってくるのは不思議な感覚だ。舌同士が絡み合うと、ぞくりとする寒気を感じるし、互いの唾液《だえき》が混ざり合うと何とも言えずに身体が熱くなる気がする。

「はぁ……はぁ……」

ルイは唇を重ねられるのが息苦しくなってきて、乱れた呼吸を撒き散らした。すぐやめてくれるかと思ったのに、ハッサンはしつこくルイの唇を吸ってくる。唇がふやけて、べとべとする。

「あ……」

　唇を重ねられているうちに、ハッサンの手が衣服を滑り、下腹部を握ってきた。そんな場所を握られたのは初めてで、ルイはびっくりして身をよじった。

「ここを触られたことはあるのか？」

　衣服越しに股間《こ》をやわやわと握られ、ルイはうろたえて顔を熱くした。

「ありません」

　素直にルイが答えると、ハッサンは満足げに微笑んだ。唇をさんざん舐めつくしたハッサンは、おとがいから首筋へと舌を移動してくる。ルイは下半身を弄られて変な気分になり、ハッサンの身体を押しのけようとした。

「そこは排泄《はいせつ》する場所です。汚いから触らないでください」

　やめてほしくてルイが小声で言うと、ハッサンは下腹部を揉《も》みながら苦笑した。

「自分でしたこともないのか？」

　いくぶん馬鹿にした口調で言われ、ルイは自分でするという意味について考え込んだ。ハッサンは明らかに排泄以外の意味で言っている。それにさっきから触られた下腹部が変だ。熱くてもぞもぞして変な感覚になっている。

「あの……」

　自分の息が乱れているのを変に思い、ルイは毛布の上で膝を立てたり閉じたりした。

「ちゃんと気持ちよくはなるんだろ？　大きくなってる」

　ぎゅっと股間を握られて、ルイはびくりと震えて仰《の》け反《ぞ》った。初めての感覚に襲われ、訳が分からなくなっていた。ハッサンに握られた場所が形を変え、硬くなっている。身体中の血液がそこに集まったみたいにドクドクしている。

「俺……？」

変化を見せた自分の身体が怖くなりルイが怯えた顔を見せると、ハッサンが笑って上半身を起こした。ようやく下腹部を解放してくれて、安堵して息を吐く。

「お前を抱くぞ」

ハッサンの手がルイの衣服にかかり、無理やり剝いでくる。ルイは何をされているかよく分からず、ハッサンに逆らえないまま上衣を奪われた。着ていた衣服が床に放り投げられ、上半身のみならず、ズボンまでずり下ろされた。ハッサンの前で全裸にされて、身の置き所がなく震える。自分の下腹部が形を変えて反り返っているのが妙に恥ずかしい。

ルイを抱くと言っていたが、抱くということは、交尾をするということだろうか？　ルイは初めての経験にどう対応していいか分からず、無言で震えるしかなかった。

「白い身体だな。こんなに細いとは思わなかった」

ハッサンの大きな手がルイの薄い胸を撫でる。ようやく頭が回ってきて、ルイは怯えながら自分の身体を撫で回すハッサンを見返した。

「俺は男だから子どもは産めません」

ルイが小声で言うと、ハッサンが馬鹿にしたように笑った。

「何を当たり前のことを言ってるんだ」

ルイとしては、だからこんな行為は無意味だと言いたかったのだが、ハッサンはそんなことは分かっていると言わんばかりに行為をやめてくれない。ハッサンはルイの見ている前で衣服を脱ぎ捨て裸になった。ルイとはぜんぜん違う男の身体がそこにあった。たくましい胸板に隆々とした性器、見ているだけで圧倒されるような屈強な肉体だ。一番驚いたのは、ハッサンの性器が何もしてないのにルイと同じように硬く反り返っていたことだ。太く凶器のようなそれを見ていると、何故か頬が熱くなって目が離せない。

「ずっとこうしたかったから、もう興奮している」

ハッサンはルイの身体を抱きしめ、薄い胸板に顔を擦りつけてきた。

「まだ身体を拭いてもないのに……」

ルイは汚れている自分の身体にハッサンが触れてくるのが恐ろしくて、必死に言い募った。それに対するハッサンの答えは「後で拭いてやる」というもので、ルイを啞然《あぜん》とさせた。

「でも……」

乳首を舐められて、ルイはくすぐったくてハッサンを押し返そうとした。するとその手首を握られて、ハッサンが乳首を甘嚙みしてくる。

「ここは気持ちいいか？」

乳首を舐めていたハッサンに聞かれ、ルイは紅潮した頰で首を振った。

「分かりません……」

先ほどからやけに鼓動が速まっているが、乳首を舐められているせいだろうか？　何が何だか分からなくてルイは視線をうろつかせた。

「お、俺はどうすれば……？」

自分は何をすればいいのだろうと思い、小さな声でハッサンに聞く。ハッサンの慣れている様子はすぐに分かった。こんな行為は初めての自分とは違い、ハッサンは手慣れた様子だ。ハッサンはルイの手を自由にして、ゆっくりと身を起こす。

「お前は何もしなくていい」

両方の乳首を指で引っ張りながら、ハッサンが言う。強めに摘《つま》まれると、息が少し詰まる。ハッサンはルイの薄い胸に大きな手を這わせ、平らな胸を揉むようにして乳首をきゅっと引っ張った。何度もそれを繰り返されるたびに、引っ張られた時に腰がびくっと跳ねるようになった。ルイは恥ずかしいと思ったが、ハッサンはそれを見て満足げに唇を舐める。

「初めてにしては感度は悪くない」

ハッサンに囁かれ、ルイは身体を震わせながら瞬きをした。ハッサンは時々ルイの下腹部に手をやり、やや強引に硬くなった性器を扱《しご》きだす。ハッサンの手で擦られると、そこはますます熱くなり、変な声が漏れそうになった。

「はぁ……はぁ……」

ルイは勝手に乱れる息を厭《いと》いながら、汗ばんでいく自分の額に手を当てた。走っているわけでもないのに身体がどんどん熱くなっていくのが不思議でならない。それにハッサンに触られれば触られるほど、身体がびくつくのが怖い。

「ん……っ」

両方の乳首をぐりぐりと指先で摘まれ、思わず詰まった声が出てしまった。息を止めて、大きく息を吐きだす。ハッサンは興奮した様子で、ルイの乳首を指で弄ったり、時には歯を当てたりしてくる。そのたびに乳首が濡《ぬ》れていき、つんと立ち上がる。何故か分からないがひどく切ない気分になって、ルイは腰を揺らした。

「感じてきてるな。気持ちいいんだろ？」

ハッサンはなおも乳首を弄り、ルイの息を乱していく。これが気持ちいいという感覚なのだろうか？甘くて痺れるようでふわふわした高揚感があるが、その一方で自分がどうなるか分からなくて怖くもなる。

「俺……、ん……っ」

指先で乳首を激しく叩かれ、ルイははぁはぁと息を喘《あえ》ぎながら腰を震わせた。ハッサンの手がルイの下腹部を握り、数度擦ってくる。

「見ろ、蜜《みつ》があふれてきた。お前が感じている証拠だ」

ハッサンの手が下腹部を擦ると、先端からとろとろと液体があふれ出してきた。粗相したのかと思って驚いていると、男はこういうものだと言われた。

「一度出させてやる」

ハッサンが呟き、ルイの性器を扱き始めた。上下に擦られ、得体のしれない熱いモノが身体の奥から湧いてくるようで焦った。びくびくと腰を跳ね上げ、ハッサンの手を押しのけようとする。

「手を離してください……っ」

今度は本当に粗相をしてしまいそうで、ルイは焦って言った。ハッサンの手に漏らしてしまったら大変だと思ったが、逆に意地悪するように先端の小さな穴を指で刺激された。

「……っ、……っ」

ルイはびくびくと腰を震わせ、毛布の上で身悶《みもだ》えた。我慢してもしきれない熱い塊が噴き出しそうだった。耐えようとしてもハッサンの手が性器を擦り続けるので、抗えない。

「我慢するな、ほら出せ」

ハッサンが空いた手でルイの下腹を押さえて、激しく性器を扱いてくる。

「ひ……っ!!」

とうとう我慢できずにルイは耐えていたものを解放した。とたんに性器から白濁した液体が飛び出してくる。それはハッサンの手を汚し、自分の腹に飛び散ってきた。

「はぁ…っ、はぁ…っ、は…っ」

まるで全力疾走した後みたいに身体がぐったりしていて、ルイは忙しく息を吐きながら身を仰け反らせた。失禁したと思ったが、出てきたのは変な液体だった。ルイが汗ばんだ身体で目を瞬かせていると、ハッサンが濡れた指先を見て愉悦の表情を浮かべた。

「ちゃんと出せるな、よかった」

満足げに呟くと、ハッサンがベッドから下りて炊事場に裸のまま行った。ルイは初めての射精に慄いていて、ベッドの上でひたすら呼吸を繰り返していた。全身が火照っていて、息苦しい。鼓動は早鐘のようだし、唇がわなないている。

ハッサンはすぐに戻ってきて、再びベッドに乗り上げた。戻ってきた時には手に香油の瓶を持っていた。ハッサンに頼まれて買ってきたものだ。

「うつぶせになれ」

ハッサンに促され、ルイはまだ呼吸が整わないうちから、うつぶせになった。ハッサンはルイの腰を軽く上げさせると、香油をルイの尻《しり》に垂らした。

「これは……？」

どろりとしたものが尻のはざまを滑るのを厭い、ルイは不安になって聞いた。ハッサンは香油をルイの下腹部に塗りたくる。

「お前を抱くためのものだ」

ハッサンはそう言いながら香油で濡れた指をルイの尻の穴に差し込んできた。驚愕に身を引こうとしたが、ハッサンの手が腰を押さえつけて許してくれなかった。

「じっとしていろ」

ハッサンはそう言い、節くれだった指を根元まで中に入れてくる。ルイはただ慄くばかりで、腰を揺らして暴れた。

「そんな汚いところ……許してください」

あられもない場所を指で探られて、ルイはか細い声で訴えた。排泄する場所を平気で弄るハッサンが信じられなかった。

「人間というのはそういうものだ。大体お前のここは毛も生えてないし十分綺麗だぞ。何故毛が生えてないんだろうな、不思議だ」

中に入れた指を動かしつつハッサンに言われ、ルイは真っ赤になって毛布に頬を擦りつけた。確かにハッサンの下腹部は自分とぜんぜん違う。

「お前の気持ちいいところを探してやる」

ハッサンは香油で内部を濡らし、指で内壁をぐるりと辿った。そこを弄られているうちに萎《な》えたはずの下腹部がまた形を変える。尻の奥に指を入れられるのは圧迫感で苦しいだけだと思っていたので、自分の変化に戸惑いを覚えた。

「はぁ……、はぁ……」

ルイはハッサンからの責め苦を、呼吸を繰り返しながら耐えた。最初は苦しくてハッサンの指をきつく締めつけていたのだが、香油のせいか少しずつそこが解《ほぐ》れていくのが分かる。いつの間にか指を二本に増やされ、ルイはこの苦しみはいつまで続くのかと怯えた。

「ああ、ここだな」

ハッサンが内部に入れた指を止め、小さく笑った。ルイが振り返ると、ハッサンが奥の一点を集中して責め始める。それまでじわじわとした熱さだったのが急に腰が跳ね上がるような感じに変わり、ルイは焦った。

「や……っ」

尻の奥をかき混ぜられ、ルイは未知の感覚に怖くなって腰を引こうとした。ハッサンはそれを許さず、わざと音を立てて、ある一点を指で擦り上げてくる。尿意が湧き起こり、腰がびくびくと跳ねた。変な声が漏れそうになって、腰から下に力が入らなくなる。

「う、あ……っ、はぁ……っ、はぁ……っ」

激しく奥を責め立てられて、ルイは生理的な涙を滲ませて毛布をぐちゃぐちゃにした。自分は気持ちいいのだろうか？　だとしたら、何でそんな奥が感じるのだろう。ルイは混乱する頭で考えながら必死に息を喘がせた。

「ここがいいんだろう？　見れば分かる。どんどん柔らかくなっていく」

ハッサンは激しく奥を擦ったかと思うと、入り口を広げるようにして入れた指を広げた。ハッサンの言うとおり、しだいに尻の穴が柔らかくなり、三本の指を呑み込めるようになった。その頃にはルイはもう汗だくで、懸命に息を吐くしかできなくなっていた。

「もういいだろう。俺もそろそろ限界だ」

やっとハッサンが指を抜いてくれて、ルイはぐったりしてベッドに横になった。汗びっしょりで頭がぼーっとする。全身が敏感になっていて、ハッサンがどこを触っても身震いしてしまう。

「ルイ、入れるぞ」

仰向けにされ、足を広げられ、ルイはぼんやりした顔でハッサンを見上げた。大きく足を割られて、あられもない場所をハッサンの前に晒《さら》す。恥ずかしくて隠そうとしたが、身体がだるくて動けなかった。

ハッサンが怒張した性器を、ルイの尻の穴に押しつける。そこで初めてハッサンと何をするのか理解して、ルイは不思議な高揚感を持ってハッサンを見上げた。

「なんて顔をしている」

ルイの頬を熱い息で一撫でして、ハッサンが香油で濡れた性器をゆっくりと押し込んできた。熱い大きな塊が自分の中に入ってきて、つい身体に力が入ってしまった。ハッサンはそれを宥めるようにルイの太ももを撫でながら、性器を少しずつ入れてきた。尻の穴が無理やり広げられるような感覚。怖くてとても恐ろしいけど、何故か嫌ではない。

「ひ……っ、は……っ」

ルイは止まりそうになる息を必死に吐きつつ、自分の中にハッサンを迎え入れた。ハッサンの性器は信じられないくらい大きくて、腹を突き破って出てきそうな気さえする。涙がこぼれて、ひどく苦しい。

「ルイ……」

汗ばんだ顔でハッサンに名前を呼ばれ、ルイは涙で歪んだ視界にハッサンを入れた。興奮した男の顔がそこにある。唇を求められ、ルイは苦しい息の中、ハッサンの首に腕を回した。

「んんん……っ」

ぐっと強く腰を押し込まれ、ルイはくぐもった声を上げた。一気に深い場所までハッサンの性器が入ってきて、どっと汗が出る。

「苦しいか？」

ハッサンはルイの頬を撫でて囁く。ルイがこくりと頷くと、小さく笑って唇を舐める。

「それは悪かった」

ハッサンに珍しく謝られて、ルイは瞼《まぶた》を閉じた。ぽろりと涙がこぼれ出る。それをハッサンの舌が追い、目尻を丹念に舐められる。

「少し我慢してくれ」

再び目を開けた時、ハッサンが不敵な笑みを浮かべ、ルイの頬を愛《いとお》しげに撫でた。

ふいにハッサンが腰を揺さぶってきた。その衝撃にルイは息を詰め、毛布の上で背筋を反らした。


「は……っ、あ……っ、……っ」

ハッサンは一度腰を動かし始めると、我慢しきれなくなったみたいに律動を始めた。ハッサンの性器で内部を揺すられる衝撃は体験したことのないものだった。熱い大きな塊が身体の奥を擦っている。痛くて苦しいけれど、どこか甘い痺れも感じて、甲高い声が漏れる。

「ひ……っ、はぁ……っ」

ルイは勝手に漏れる声を止めたくて仕方なかった。やめたくてもハッサンが奥を突いてくると、自然に口から出てしまう。女性みたいな甘ったるい声。本当に自分が出しているのだろうか？

「お前の中は……気持ちいい」

時おりルイの性器を擦りながら、ハッサンが上擦った声を上げる。その顔が本当に気持ちよさそうで、ルイは腰にずきりとした疼《うず》きを感じた。自分の身体で気持ちよくなっているハッサンを見ていると、カーッと全身が熱くなる。

「はぁ……っ、はぁ……っ」

　腰を抱え直されて、ハッサンの動きが激しくなってくる。ルイはぶるぶると揺さぶられ、ひたすら喘ぎ声を発した。ハッサンはルイの足を大きく広げ、ぐちゃぐちゃとした音を立てて奥を突き立ててくる。

「ひ……っ、はぁ……っ、あ…っ」

　ハッサンの動きが怖いくらいになって、ルイは腰を跳ね上げるようになった。先ほどから奥の感じる場所をハッサンの性器が擦っていく。それが我慢できないほどに気持ちよくて、繋がったハッサンの性器をきつく締め上げてしまう。

「感じているのか……？　吸いついてくる」

　入れた性器で奥をぐりぐりとねじ込まれ、ルイは身悶えた。ハッサンに揺さぶられているうちに何が何だか分からなくなり、涙が止まらなくなった。繋がった場所が熱くて火傷しそうだ。ハッサンが一突きするごとに、意識が朦朧としてくる。

「そろそろ出すぞ……」

　乾いた唇を舐めるようにしてハッサンが口走る。ルイの身体がハッサンのモノで突き上げられ、爪先《つまさき》がぴんとなる。

「あ……っ、はぁ……っ、ぁ……っ」

　ベッドががたがたと激しく揺れるほど、ハッサンはルイの奥を穿《うが》ってきた。その動きが頂点に達した頃、内部に熱い液体が吐き出された。

「う……っ、く、…」

　ハッサンが呻くように声を漏らし、ルイの中に液体を注ぎ込んでくる。ルイは乾いた口をぱくぱくとして、仰け反った状態でハッサンのものを受けとった。ハッサンは数度腰を穿ち、溜《た》め込んでいた息を大きく吐き出す。

「はぁ……っ、はぁ……っ」

　激しく呼吸を繰り返し、ハッサンがルイの性器を

手で扱いた。何度か擦られただけで、ルイの性器から は白濁した液体が飛び出してくる。

「あ、ああ……あ、あ……」

胸を上下に動かして身を震わせ、ルイはわななくように唇を動かした。発汗して、息もろくにできない有り様だった。全身が痺れたみたいになっている。ハッサンの息なのか自分の息なのかも分からないくらい、この部屋は熱い息遣いでいっぱいだ。

ルイは呆然とした表情で自分と繋がっている男を見上げた。ルイの身体の奥で、ハッサンの性器がどくどくと息づいている。繋がった場所から出された液体があふれ出し、太ももを濡らしている。

ハッサンが吸いつくようにルイの唇を貪《むさぼ》ってきた。ルイはひたすら息を吐き、その口づけを甘受した。

事がすんだ後、ハッサンは優しかった。ルイの汚れた身体を拭いてくれて、疲れた身体を労わってくれた。初めての性交は戸惑いの連続だったが、互いの身体が触れ合っているのは嫌な気分ではなかった。

一つのベッドに身を寄せ合っていると、温かさでうとうとしてきた。ハッサンはルイの髪を弄り、時々口づけをしてきた。

「早く元の髪色に戻せ。俺は前のほうが好きだ」

ルイの染めた髪を指先に絡め、ハッサンが呟く。銀の髪のほうが好きなんて珍しい。黒髪だと人の中にいても目立たないので、このままでもいいかと思っていた。どのみちもう少ししたら徐々に色が抜けていくだろうが、ハッサンがそう言うなら水浴びをして色を落としてもいい。

会話は少ないものの、あちこちが触れ合っているので、心が通じ合っているような奇妙な感覚があった。抱かれたのは初めてだが、ずっとこうしていたような錯覚に陥る。

まどろみの中眠りにつき、朝日と共に目を覚ました。

昨夜の鍋の残りを食べて身支度を整えると、ハッサンはアフリ族のように顔を隠し、ルイと一緒に隠れ家を出た。ハッサンは人の少ない道をよく知っていて、ほとんど誰にも会わずに鳥人の屋敷まで行くことができた。

鳥人の屋敷の周囲に近衛兵が見張りをしていないのを確認して、ハッサンは静かにノックして入った。

「ハッサン、朝早くお触れが出たぞ」

ハッサンとルイが来たのを知り、奥から出てきたアンドレが厳しい顔つきで告げた。屋敷にはアンドレやナギ、ユリウスだけではなく、他の鳥人も数人来ていた。アンドレが連絡係として《巣》から呼び寄せたようだ。

今朝一番に城から触書が出たそうだ。それによると、ハッサン王子を見つけださないかぎり、捕らえた者たちを明後日《あさって》の正午に処刑すると書かれていたらしい。ルイはひどいやり方に顔を強張らせたが、ハッサンはすでに予想していたらしくおかしそうに笑っていた。

「相変わらず頭の悪い兄上だ」

ハッサンは唇の端を吊り上げて笑い、ルイを振り返った。

「ルイ。お前、城の壁を見ただろう？　あれを越えられるか？」

ハッサンに皆の前で聞かれ、ルイは城を囲う高い壁を思い返し静かに頷いた。

「できます」

ルイの答えに鳥人たちが目を瞠って見つめてくる。そんなに変なことだったろうか。確かに城の壁は高く、ふつうの人間なら越えられない。

「それじゃ俺を担いで越えられるか？」

ハッサンに再び聞かれ、ルイは考え込んで答えた。

「無理です。ですがロープを垂らせば済む話です」

「結構！　アンドレ、明日の夜は満月だ。二、三人の鳥人に協力してもらいたい」

ルイの答えに満足げに笑い、ハッサンがアンドレに向き直り告げる。アンドレたちに緊張が走り、目配せをし合う。

「何をする気だ？」

「明日の夜、虎海を助け出す」

ハッサンは気負った様子もなく簡単に言い切る。鳥人たちの中にざわめきが起こり、期待する眼差しでハッサンを見つめる。

「ついでに捕らえられた者も助ける。無事逃がすことができたら、民は俺の味方になるだろう。今夜でもいいが、兄上のお触れをできるかぎり民の者に浸透させなければいけないからな。俺は英雄にならなければならない。国を乗っとるには逆賊ではまずいだろう」

いとも簡単に述べるハッサンに、アンドレは絶句したようだ。期待半分、不安も半分といった表情でハッサンを見据える。

「できるのか？　城に踏み込むだけで大変だぞ」

アンドレの心配をハッサンは鼻で笑った。

「何を言っている、城は俺の住処だったんだぞ。――これ以上知り尽くした場所は他にない。目をつぶっていたって、簡単さ」

断言するハッサンの力強い声に、ルイは惹《ひ》きつけられるように目が離せなくなっていた。

■八　救出

捕まった者が処刑されるというお触書は、あっという間に民たちの間に伝わった。中には城に出向き、慈悲を請う者もいたというが、門は固く閉ざされ、民の要望は聞き届けられなかった。街中ではハッサン王子のせいだと言う者と、トネル王に対する憤りでハッサン王子が立ち上がるべきだという者に分かれた。他国に勝利する強い国という心象を植えつけたトネル王に心酔する者も多かったのだが、今回は無実なのに捕らえられた者も多く、トネル王に対してやりすぎではという意見が多数を占めていた。もちろん彼らは近衛兵のいる前でそんな馬鹿な発言はしないが、身内や信頼のおける仲間内ではトネル王に対する不信感が広がっていた。

ハッサンはそんな民の様子を尻目に、城に押し入る日の朝、もう一軒の隠れ家へと向かった。借りた馬で半日かかる距離の、森の中にある古めかしい屋敷だ。高い門を越えて中に入ると、ボロボロの衣服を着た老人が中から出てきた。老人はハッサンを見るなり、大きく身体を震わせた。

「王子、よくぞご無事で」

老人はハッサンの知り合いで、以前は城で働いていたらしい。信頼のおける数少ない者だとハッサンが言うのだから、よほど深い絆《きずな》があるのだろう。老人はハッサンの前に跪き、涙を流して帰還を喜んだ。

「じい、時間がない。地下の鍵を」

再会の感動に浸っている老人を無理やり立たせ、ハッサンは手を差し出す。老人はすぐに腰を上げ、目に光を灯した。

「分かりました」

老人はそれまでのよろめいた姿が嘘だったみたいに、素早く屋敷の中に引っ込み、銅で作られた鍵を持ってきた。ハッサンはそれを受けとり、屋敷の裏側に回る。

「よくこの三年間、くたばらずにいたな。お前が死んでいたらどうしようかと思ったぞ」

雑草で覆われた地面にしゃがみ込み、ハッサンは土を掘り返して鍵穴を見つけた。渡された鍵を使って鍵穴を開ける。

「必ずや、ハッサン王子が戻ってくると信じておりました」

「そうか」

老人の元気をとり戻した様子に微笑み、ハッサンは掘り返した場所から現れた輪っかになった取っ手を摑む。ハッサンが思いきり力を入れると、雑草や土が盛り上がり、四角い分厚い板が上がった。地下への階段がある。きっとこれは隠し扉だったのだろう。

「こいつはルイ。俺の手足となって動く奴だ。俺と同じ扱いにしろ」

ハッサンは傍に立っていたルイを指差し、老人に紹介する。ルイが黙って頭を下げると、老人は驚きながらも何度も頷いた。

「分かりました。私はヨーヨーと申します」

ヨーヨーと名乗った老人は丁寧にお辞儀をして、優しく微笑んできた。しわくちゃの顔をしているが目が優しい。ハッサンはルイをそこに待たせると、一人で地下に潜っていった。

どれくらい経っただろうか。ハッサンが身体についた埃を払いながら外に顔を出した。手にはいくつもの鍵がついた輪っかを持っている。

「地下牢の鍵だ」

ハッサンは悪戯《いたずら》をした子どもみたいな笑みを浮かべ、自分の腰に下げた袋に鍵束を入れた。

「昔、何かあった時のために、あらかじめ合鍵を作っておいたんだ。できるなら役立つ日がこないでほしかったがな」

地下牢の鍵と聞き、ルイは驚いてハッサンを見つめた。まさか城の地下牢の鍵だというのだろうか。王子である身分の時に勝手に合鍵を作っていたとしたら、よほどの悪童と言わざるを得ない。

「じい、剣を二振りくれ。こいつには細身のを。あと弓もあるか？」

隠し扉を再び閉じて土で覆うと、ハッサンは汚れた衣服を叩いてヨーヨーに聞いた。

「もちろんございます」

ヨーヨーは嬉しそうに言って、屋敷の中にルイたちを案内した。正面玄関は広々として、どこかの貴族の屋敷のようだった。床や柱は少し埃っぽく、螺旋階段や奥のほうは明かりがまったくないのでよく見えない。

「王子、どうぞ」

ヨーヨーは奥から研ぎ澄まされた刃を持つ剣を二振り、それからルイのための細身の剣、黒い見たことのない木を使った弓と矢袋を運んできた。

「お前はできた家臣だな」

ハッサンは剣の鞘を抜き、切れ味を見て、目を細めた。ルイが受けとった細身の剣は、鞘に凝った装飾がされていて、使うのが申し訳ないほど豪華だった。ハッサンは剣を腰の両脇につけると、弓矢を肩にかけた。

「馬もご用意できますが」

ヨーヨーは意気込んで言ったが、ハッサンは馬は不要と首を振った。ここまで来るのに鳥人に借りた馬を走らせている。

「そうおっしゃらずに、どうかお乗りください。あれも喜びます」

ヨーヨーは、不要と言うハッサンに無理に頼み込み、返事も待たずに厩舎から馬を連れてきた。全身真っ黒の雄々しい馬だった。毛並みがよく、たてがみは長い。ぶるりと首を振るとたてがみが揺れて荒々しく見える。

「まだ生きていたのか」

黒馬を見てハッサンは驚きを隠せないように駆け寄った。ヨーヨーは涙ながらに、自分の食べるものはなくともこの馬には餌を与えてきたと訴えた。黒馬はハッサンが王子だった時代に可愛《かわい》がっていた馬らしい。黒守《くろもり》という名前もあり、年齢的にはもう十歳を超えているそうだ。

黒馬はハッサンの姿を見て喜びに目を細め、前脚で地面を掻いた。頭をハッサンの身体に擦りつけるように下げて、乗ってくれと言わんばかりにしている。

黒馬はふと気づいたようにルイを見つめた。その透き通った瞳がルイと意識を交わし合い、何かを伝えてくる。

「連れていってほしいと言っています」

ルイがハッサンに告げると、困ったような目で見られた。ハッサンは黒馬の身体を撫で、苦笑して手綱を引く。

「分かった、共に行こう」

ハッサンが頷き、黒馬が応えるようにいなないた。ここに来るまでに鳥人から借りた馬は、ルイが乗って帰ればいい。

「また来る。部屋を使えるようにしておいてくれ」

ハッサンは武器を携えて黒馬に跨《またが》ると、馬上から投げた。ヨーヨーに笑みを向けて、金貨の入った皮袋を放り投げた。ヨーヨーが有り難そうに皮袋を胸に抱える。

国に戻ってからのハッサンはサントリムにいた頃とはずいぶん違う。自然と笑うようになったし、何よりも自信に漲《みなぎ》っている。彼がこの国の王子であることを感じずにはいられない。

ルイは芦毛《あしげ》の馬に乗り、ヨーヨーと別れを告げた。

「お気をつけて。必ず成し遂げてください」

ヨーヨーは自分もついていきたそうだったが、己の身体がすでに老いていることをよく知っていて、ハッサンを祈るように見上げてきた。ハッサンのいない間、いつか帰還することを信じ、武器を磨き、馬の世話をして屋敷を守っていた。見上げた忠誠心だ。ルイが知り合った頃のハッサンは偏屈な人間と言う感じだったが、以前は少し違ったのかもしれない。

「養生して待っていろ」

ハッサンはヨーヨーにそう声をかけ、馬の腹を蹴って走り出した。ルイもその後ろに従って、森を抜ける。

黒馬は主《あるじ》を背に乗せ、羽が生えたみたいに軽やかに駆けていた。

「ルイ、このまま城へ向かうぞ」

前を駆けるハッサンが、ちらりと振り返りながら言った。ルイは気を引き締めて頷くと、ハッサンと並んで馬を駆った。


途中休憩をはさみながら、城の近くに辿りついたのはもう夜も更けた頃だった。

城の出っ張った場所に設置された松明が、赤々と燃えているのが遠くから見える。予定よりまだ少し早かったので、近くの川辺で様子を窺った。城の周囲を時々兵士が歩き回っているのが分かる。ハッサンが馬をその場に置いて、近くまで偵察に行った。

「案の定、北の門は近衛兵が守っている」

戻ってきたハッサンは、自分の得た情報に満足げだ。

「ルイ、今夜虎海を逃がせるかどうかはお前にかかっている。分かっているな？」

はめていた革の手袋を外し、ハッサンがルイの頬を撫でて言った。

「はい」

ルイが緊張した様子もなく頷くと、ハッサンが嬉しそうに目を細めた。

「お前のそういうところが気に入っている。俺は自信のない奴や、すぐ言い訳をする奴、急場で挙動不審になる奴が大嫌いなんだ。覚悟が決まってない……」

ハッサンの手がルイの耳朶《じだ》にかかり、柔らかな部分を指で弄ってくる。くすぐったくて首を軽くひねると、わざと引っ張られた。

「お前はいつも覚悟が決まっている。だから信用できる」

ハッサンに引き寄せられ、ルイは唇に熱く柔らかな感触を感じた。吐息が触れ合うほど近くにいるハッサンは、じっとルイの目を見据え、もう一度深く口づけてきた。

「今夜は俺の言うとおり動け。それだけでいい」

ハッサンに囁かれ、ルイは黙って見つめ返した。

ハッサンはルイをきつく抱きしめると、髪の匂いを嗅ぐように顔を擦りつけてくる。そうされると胸が熱くなるような不思議な感じになった。

予定時刻になると、馬を近くの木に繋ぎ、ルイとハッサンは気づかれないように城に近づいていった。黒いマントのフードを被り、夜の闇にまぎれる。城の周囲は見晴らしがいいように多くの木が伐《き》り倒されているので、茂みに身を潜めて行動した。

ルイたちが城のすぐ傍まで辿りついた時、警報を知らせる角笛の音が闇を切り裂いた。城を守る兵たちの声がルイたちのいる場所まで聞こえてくる。夜空を見上げると、北門の上空に鳥人が飛んでいるのが分かる。

城を守る近衛兵たちが鳥人を城に近づけまいと弓矢を射ている。近衛兵たちは北門を守るために駆り出されているようだ。ルイたちがいる場所は西門と南門の間だ。

「行け」

ハッサンに囁かれ、ルイは風のように速く走り出して城の高い塀に張りついた。門と門の間の一番警備が手薄な場所だ。ルイは飛びつくようにして壁にあるわずかな隆起に足をかけ、蜘蛛のように垂直に上がる。重力を感じさせない動きで壁を走り、一気に一番上まで跳躍した。塀の上に身を屈め、腰に持っていたロープを下ろした。窪みに先端の輪をかける。

地面にロープの先が揺れる頃には、ハッサンが塀まで来ていた。ハッサンはロープを摑み、腕力だけであっという間に上ってくる。

ルイはひらりと城の内側に降り、周囲を見渡した。警備兵は北門に駆り出されているせいか、この辺りにはいない。振り返るとハッサンがロープを使って降りてくるのが見える。

ルイはかねてから命じられていた通り、西門に向かった。塀に沿って身を屈めて走り、誰にも見つからないよう進んだ。西門の近くまで行くと作物を育てている畑や果樹園が現れ、姿を隠すのにちょうどいい。見回り兵がいたので腹這いになって隠れ、西門の様子を窺った。

西門を守る兵は、黒いマントをしている——黒百合騎士団だ。

ルイはしっかりと目で確認すると、来た道を戻った。ハッサンと落ち合い、西門を守っているのが黒百合騎士団だと報告する。ハッサンはにやりと笑い、ルイを伴って城に近づいた。

城の周囲には階段状になった塀があり、石でできた段差の低い階段があった。二人の兵がそこを守っており、ハッサンは階段の陰に身を潜め、剣を抜いた。兵たちは北門での騒ぎが気になるらしくそわそわと落ち着かない。ハッサンは二人が背中を向けた一瞬の隙を狙って、素早く飛び出し、一人の頭を背後から抱え首を切り、叫ぼうとしたもう一人の咽に剣を突き刺した。

わずか数秒の間に、二人の兵は声も上げずに息絶えた。

「いいか、邪魔する兵はすべて殺せ。どのみち生き残っても、失態を咎められてトネルに殺されるのだから」

ハッサンは兵のマントで剣についた血を拭《ぬぐ》い、階段を駆け上がった。ルイもその後を追い、剣を抜く。階段は二股《ふたまた》に分かれていて、ハッサンは下に向かうほうを選んだ。階段の先に頑丈そうな造りの扉があり、ハッサンは用意しておいた鍵をとり出して開けた。入った場所は城の一番端で、踊り場のような開けた場所があり、その左側に階段が続いていた。ハッサンは勝手知ったる様子で階段を下りて、長い廊下を走った。

「何者……っ!?」

廊下の先の曲がり角からちょうど兵士がやってきて、駆けてきたハッサンとルイに気づいて怒鳴り声を上げた。兵士が剣を抜く前にハッサンが飛び出し、相手の首を狙う。血を噴き出して兵士が倒れ、廊下に転がった。兵士の後ろから、怒鳴り声を聞きつけて数人の兵士が集まってくる。

ハッサンが次の兵士と剣を交える間、ルイはその横を身を屈めるようにして潜り抜け、迫りくる別の兵士の腕から剣を払いのけた。剣を交える音が重なり合い、ルイは兵士の太ももに剣を突き刺した。甲冑を着ているので、急所を狙いにくい。

「ぐあああっ」

兵士の叫び声の途中で横からハッサンの剣が伸び

て、ルイを襲おうとした違う兵士の咽を突き刺す。振り返るととっくにハッサンは二人の兵士を始末していて、最後の兵士と剣で競り合っている。

ルイは兵士の太ももから剣を無理やり抜きとり、のた打ち回る兵士にとどめを刺した。とどめを刺すのはやはり苦しい。

廊下に四人の死体ができ上がったが、ハッサンは脇目も振らずに奥へと進む。廊下にはところどころ明かりが灯されているものの、全体的に道は暗い。それに奥のほうから呻き声が聞こえる。

「止まれ」

次の曲がり角の手前でハッサンが手で制してくる。ルイが立ち止まると、硬い床を踏み鳴らす足音が、折れた角の向こうから聞こえてきた。

「こっちから声が聞こえたぞ」

足音と共に数名の野太い声がして、今にも角を曲がってきそうだった。ハッサンは角の影に隠れて身を潜め、ちょうど曲がり角に差し掛かった二人の男の首を次々と切り倒した。一人は浅く、血を流した咽を押さえながら後退する。

「き、貴様……ッ」

慌てて後ろにいた兵士が剣を振りかぶってきたが、ルイが素早くその腹に剣を突き立てたので抵抗することは叶わなかった。

角を曲がったそこには、暗くじめっとした牢が両脇に並んでいた。呻き声はここから聞こえてきたらしい。ハッサンは同じ間隔で区切られている牢を一つ一つ検分していく。牢はただの四角い箱といった感じで、排泄物も垂れ流しだし、ろくに水も食事も与えられていない様子だった。入れられている囚人は一区切りごとに二、三人だが、誰もが力なく横たわっている。中には捕らえられた際に怪我を負ったのか、あるいは拷問にでも遭ったのか、負傷している者もいた。

囚人たちは突然現れたルイとハッサンに気づき、のろのろと頭を動かす。

「虎海、生きていたか」

ハッサンは一番奥の牢に目当ての男を見つけた。頑丈な格子でふさがれた奥に、ござが敷かれ、浅黒い肌の男が横たわっていた。男は呼びかけられるとぼうっとした顔を上げ、ハッサンを見上げた。その目にみるみるうちに生気が戻る。

「ハッサン王子……っ」

虎海と呼ばれた男の目が見開かれ、よろけるように立ち上がり、格子に手をかけてきた。ずいぶん背の高い男だが、顔や身体は痣《あざ》だらけで、げっそりと痩せ細っていた。これが黒百合騎士団の元団長らしい。布一枚で作ったような粗末な衣服を着せられているが、ハッサンを見る目には理知的な光があった。

虎海がハッサンの名前を呼ぶと、あちこちから「ハッサン王子が？」「まさかハッサン王子なのか」とざわめきが起きた。ハッサンは手早く鍵をとり出し、合う鍵を探している。幸いにも二つ目の鍵で虎海の牢は開いた。

「来い、こんなところは出るぞ。おい、お前らもよく聞け！」

ハッサンはルイに残りの鍵を放り投げ、牢にいる人々に語りかけた。いつの間にか囚人たちが格子に手をかけ、ハッサンの姿を一目見ようとしている。ルイは渡された鍵で、次々と残りの牢を開けていった。

「トネル王は明日お前らを殺す気だ。死にたくなかったら、ここを出るぞ！」

ハッサンが呼びかけると、開いた牢から囚人が次々と飛び出し、ハッサンに向かって救世主のように仰いだ。

「ハッサン王子、ああ、本物だ……」

「命の恩人だぁ……、ハッサン王子、あなたを信じていました」

囚人たちは涙を流してハッサンにすがりついて喜ぶ。ルイがすべての鍵を開け終えると、それまで死人のようだった囚人たちが拳《こぶし》を振り上げて沸き立つ。

「行くぞ、西門から出るんだ。西門は黒百合騎士団が守っている」

ハッサンが先頭に立ち、来た道を走って戻り始めた。ルイはすぐさまハッサンの横に肩を並べて走った。囚人たちはよろめきながら互いに助け合い、ハッサンの後ろに従う。怪我を負った者もここで逃げなければ死ぬとあって必死だ。

「王子、私にも剣を」

ハッサンの後ろについてきた虎海が声を振り絞って告げる。ハッサンは腰にかけていたもう一振りの剣を虎海に渡した。虎海は剣を握ると調子を確かめるように振り回し、前方を睨んだ。

「お、おい、囚人が逃げているぞ！」

前方から騒ぎ声がして、迫ってくる兵士がハッサンと囚人に気づいて叫んだ。四人の兵がいて、二人はこちらに向かって剣を振り上げてきたが、もう二人は連絡をしに行こうとしたのか背を向けて駆けだした。

ルイと虎海は剣を持って前に向かった。ハッサンは走りながら剣を鞘に戻し、手早く矢を二本摑み、弓を構えた。

二本の矢が同時に放たれた。信じられないことに、二本の矢は、背中を向けた兵士二人の背と首を同時に射抜いた。

「うぐああっ」

ルイは残りの兵の腹部を突き刺し、虎海は豪快に首を刎ねた。後ろにいる囚人たちが歓声を上げる。彼らは廊下に転がっている遺体や、苦しみにのた打ち回っている兵士を蹴ったり踏みつけたりして進む。

最初の入り口に辿りつき、外に出ると、幸いなことに外の兵士はまだこの状況に気づいていないようだった。北門の鳥人たちが上手く引きつけてくれているのだろう。ルイたちは闇にまぎれて西門に囚人を誘導した。西門では黒百合騎士団が警備をしていて、突然現れた囚人と虎海、そしてハッサン王子に度肝を抜かれていた。

「そこを開けろ、騎士は殺す気はない」

ハッサンは唖然としている騎士たちを眼光鋭く見据えて言った。ハッサンの迫力に圧倒されたのもあるが、元団長とはいえ、虎海の存在も大きかった。彼らは黙って道を開け、ハッサンたちをすべて逃がしてくれた。囚人たちは涙を流して外の地を踏みしめている。

「ばらばらに逃げろ」

馬を繋いでいた場所まで戻ると、ハッサンが指示を出し、囚人たちは何度も礼を言いながらそれぞれ散っていった。虎海だけはその場に残り、ハッサンに跪く。

「ハッサン王子、どうか私を役立たせてください」

虎海の混じりけのない純粋な崇拝の念を宿した黒い瞳がハッサンに注がれる。ハッサンは笑って馬に乗り、ルイを顎でしゃくる。

「当たり前だ。お前には役立ってもらわないとな。だがその前に体調を戻せ。ルイ、こいつを後ろに乗せてやれ」

ハッサンに言われてルイは馬に乗り、虎海を後ろに乗せた。虎海は不思議そうな目でルイを見ている。

「とっとと去るぞ。明日の兄上の顔を想像するのが愉しみでならん」

悪童のような顔で笑い、ハッサンは馬を走らせた。ルイもその後を追って馬を駆る。処刑されるはずだった囚人はすべて逃がすことができた。今夜は上手くいきすぎた。それはきっと牢を守る兵士たちに騎士がいなかったせいだ。騎士が相手だったらこうはいかないとハッサンは教えてくれた。近衛兵と違って、騎士は剣の鍛錬をした者たちだから、ハッサンでも簡単に道は開けないのだそうだ。虎海は「ご謙遜を」と言っていたので、どちらの言い分が正しいか分からない。それにしても鳥人たちに怪我がないといいのだが。

疲れて背中にもたれかかる虎海を労わりながら、ルイは城から遠ざかっていった。

虎海を鳥人の住む屋敷まで連れていくと、安心して気力が途切れたのか意識を失ってしまった。すぐに鳥人が介抱し、怪我の様子を診た。ひどい栄養不足で暴行の痕もあったが、深い傷はなかったので、一息ついたらすぐ屋敷を出ることにした。今夜西門から囚人を逃がすために、身を挺《てい》して囮役《おとりやく》を引き受けてくれたのは鳥人だ。空から城に侵入しようとしているると近衛兵たちが勘違いしてくれたから上手くいったにすぎない。今頃囮役の鳥人たちは逃げていると思うが、今回のことでトネル王が鳥人が裏切ったと思っても仕方ない。だからこそこの屋敷をすぐ捨て去る必要があった。朝が来れば鳥人の住むこの屋敷に近衛兵たちが攻め込むだろう。

「森の隠れ家に移動しよう」

ハッサンが提案し、夜のうちに馬で森の奥にあるハッサンの隠れ家に移動した。虎海は鳥人に頼み空から移動させたのだが、途中で囮役の二人と合流できたらしく、隠れ家につく頃には皆揃っていた。囮の二人は矢が届かないぎりぎりの場所で飛んでいたようで、二人とも怪我もなく無事だった。

「王子、ご無事で」

隠れ家に戻り、虎海を奥の部屋に寝かしつけ、屋敷を守っていたヨーヨーに皆の世話を頼む。ヨーヨーしかいなかった屋敷に鳥人や虎海が来たことで賑わいが生まれた。皆疲れていたので空いている部屋を借り寝ることにした。ルイはハッサンに手を引かれ、二階の一番奥にある部屋に入った。調度品も立派な広い部屋で、中央には天蓋《てんがい》つきの大きなベッドがある。ハッサンは剣を枕元に置き、ブーツを脱いでベッドに横たわった。疲れた顔をしているが機嫌がよく、まだ興奮しているのが分かる。

「こっちへ来い、ルイ」

壁際にある長椅子で寝ようとするとハッサンに呼ばれた。ベッドに寝転んでいるハッサンを覗き込むと、腕を引っ張られる。

「これからお前はいつも俺と寝るんだ」

目を閉じたままハッサンに言われ、ルイはそうなのかと頷き、穿《は》いていたブーツの紐を解いた。こんな豪華なベッドで寝たことがないので眠れるか心配だ。ブーツを床に並べ、ルイはマントや上着を脱いでいった。ハッサンは着の身着のままで眠っていて、襟元が窮屈ではないかと気になった。

「ハッサン王子、首を弛めますよ」

ルイが顔を覗き込んで言うと、ハッサンの目がうっすら開き、ちらりとこちらを見る。

「ついでに口づけろ」

揶揄するようにハッサンに言われたが、ルイはハッサンの襟のボタンを弛めるしかしなかった。するとそれが不満だったのか、後頭部に手が回ってきて無理やり口づけられる。押さえつけられるのが苦しくて呻いていると、体勢が反転してハッサンが覆い被さって口を吸ってきた。

「ん……」

ハッサンは感情が高ぶったままルイの唇を弄《もてあそ》んだ。そして機嫌よく笑う。

「今頃兄上は怒り狂っているだろう。愉快だ」

上機嫌でハッサンが言って、ルイを抱きしめる。

舌が差し込まれ、肉感的な熱い抱擁を受ける。またこの前のように身体を繋げるのだろうかと思ったが、疲れのほうが勝ったらしく、好きなだけ口を吸ってルイを解放してくれた。

「もう寝る」

ルイの身体を腕に巻きつけた状態でハッサンが呟き、すぐに寝息を立てた。その健やかな息遣いを聞いていたらルイも無性に眠くなり、気づいたら夢の中だった。

窓から朝日が室内を照らし、ヨーヨーが呼びに来るまで、ルイは珍しく熟睡していた。

「ハッサン王子、アンドレ様がおいでです」

部屋をノックして入ってきたヨーヨーに言われ、ハッサンがあくびをしながら起き上った。ルイも目を擦り、身支度を整える。

階下に行くと、鳥人のアンドレが駆けつけていた。アンドレは一昨日《おととい》《巣》に戻っていたのだ。アンドレは無事虎海や囚人を助け出せたことを喜び、囮役の鳥人を労わった。

「《巣》のほうは大丈夫か？」

ハッサンは食堂に入り、アンドレに気になった様子で尋ねる。食堂の大きなテーブルには果物やパンが載っていた。ヨーヨーは渡された金貨で食料を買い込んで、ハッサンが戻ってきても不自由ないように整えていた。

「ああ、皆闘いになるのを覚悟している」

アンドレは不敵な笑みを浮かべ、ハッサンに答える。鳥人の裏切りを一族の裏切りと思われたら、トネルは《巣》に対して制裁を加えるかもしれない。ハッサンはそう考え、ちゃくちゃくと闘いの準備をさせていたようだ。食卓では昨夜の話で盛り上がり、右往左往する近衛兵の話題が笑いを誘った。しかし笑っていたのは最初だけで、すぐにこれからどうやってトネルを王位から引きずり下ろすかという作戦会議に入った。虎海が目覚めたら、騎士団への説得に当たらせたいという意見で一致している。

「三位の指輪があれば、今すぐにでも乗り込んでいけるのだがな」

話し合っている途中でアンドレが悔しげに呟く。ルイが申し訳なくなってうつむくと、ハッサンが鼻で笑う。

「指輪などなくても俺は兄を倒せる。俺はもともとあんなもの重要視していなかった」

「しかしそうは言っても……。そもそもその指輪をお前はどこで手に入れたんだ？」

アンドレに聞かれ、ハッサンは苦笑してプラムの実を齧った。

「無実の罪で島流しの目に遭った時、別れ際に祖母が渡してくれたんだ。父王から預かったと言われた」

ハッサンは三年前の状況を語りながら、グラスに果実酒を注いだ。すると階段のほうから急いだ様子で下りてくる足音がして、皆が振り返った。

「ハッサン王子、それは本当ですか」

安静にしていたはずの虎海が、腰履きだけを身にまとって駆け寄ってくる。虎海はあばらの浮いた身体をよろけるようにしてテーブルの傍に来た。椅子を勧められて虎海は疲れた様子で座る。

「本当だが、それがどうした？」

ハッサンがパンとチーズの載った皿を虎海に差し出すと、強張った表情でため息をこぼされる。虎海は真剣な表情で、テーブルに拳をついた。

「実は私が捕らえられたのは、王に逆らったことだけが原因じゃないのです」

虎海が潜めた声で話し始め、一同が固唾《かたず》を呑んで話に耳を傾ける。

「王子、あかつきの塔を覚えておりますか」

虎海に聞かれ、ハッサンは唇を歪めて頷いた。

「覚えているに決まっている。いわくのついた場所だ」

ハッサンはルイのほうに顔を向け、城の西側に塔があっただろうと言った。ハッサンが匿われていた塔と似ていたのでルイも覚えていた。ハッサンの話では、城の住人から嫌われている場所なのだそうだ。古くは国をのっとろうとした魔女が住んでいたとかで、王家の者が塔を上ると呪《のろ》われるという謂《いわ》れがあるそうだ。三年前までサントリムのヒューイ王子やレニーが住んでいたらしい。

「一年ほど前から、あかつきの塔に幽霊が出るという噂が立ちまして、我々も近づかなくなりました。ある日偶然にも、そこにトネル王が入っていくのを見かけました。驚いて止めようとしたのですが、塔の周囲には近衛兵がいて、中に入るのを禁じられて……。翌日、私はトネル王にあかつきの塔に行った理由を聞きました。トネル王は娯楽室だから気にするなと」

「娯楽室？」

虎海の話に眉を寄せてハッサンが聞く。

「お前は知らなかったな。城の中に娯楽室と称する建物がある。西の塔の近くの白い建物だ。血の匂いがする悲惨な部屋だ。トネルが捕虜にした他国の娘を使って、陰惨な遊びをしているんだ」

アンドレが嫌悪感を露にして吐き捨てる。ルイはギョクセンが教えてくれた塔の近くの窓のない建物を思い出した。あそこでは夜な夜なトネル王の欲を満たす遊びが行われているらしい。

「何だ、それは。気味悪い」

話を聞き、ハッサンが薄気味悪そうに顔を歪めた。

「トネル王は王位についてから、歯止めが利かなくなったようで、娯楽室からは毎夜女性の悲鳴が聞こえるようになりました。侵略した国の娘とはいえ惨《むご》い遺体を目にするたび、これが自分が守るべき王かと腹立たしく……。トネル王はあかつきの塔もそれと同じ場所だと言いました。しかし注意して観察すると、どうも様子がおかしくて。塔から出てくるトネル王はいつも不機嫌で、愉しんできた様子は見えない。私はどうにか塔の様子を調べられないかと、塔の中に入っていこうとする下女を捕まえました。その娘は生まれつき言葉がしゃべれなくて、トネル王が『口が堅い』と気に入って身の回りの世話をさせていたのです」

虎海がよりいっそう声を落として話すので、自然と聞いている者の身も前にのめっていった。ルイは自分の鼓動が速くなっているのを不思議に思いながら、虎海の声に耳を傾けた。

「下女に中の様子を聞くと、怯えた様子で最初は教えてくれませんでした。しかし何度も頼み込み、ようやく下女が絵を描いて教えてくれたのです。下女が描いた絵は、王冠でした。私は最初何のことか分からなかった」

虎海の話の途中で、ハッとしたようにハッサンが目を見開いた。

「まさか……」

青ざめた顔でハッサンが椅子を揺らす。虎海が深く頷く。

「そうです、おそらくあかつきの塔に、ハインデル七世がおられる——前王はまだ生きているのではないかと……」

信じられない虎海の話に、その場に居合わせた者は皆、しんと静まり返った。

張り詰めた空気を破ったのは、ハッサンのいぶかしげな声だった。

「どうなっているんだ。そもそも父王はいつ亡くなったんだ。葬儀も行われたはずだが」

ハッサンは島流しに遭った後、国には一度も戻っていないので状況をまったく知らないようだった。代わりにヨーヨーが詳しく説明してくれた。

「ハッサン王子がいなくなり、トネル王子が即位なされたのがすぐです。次の年の春、メルレーン皇后が病で崩御されて、気落ちしたのかハインデル七世も数日後に崩御されました。葬儀は同時に行われたのです」

ヨーヨーはその頃はまだ城で働いていたらしく、沈痛な面持ちで語る。遺体は王家の人間しか見ることを許されてないそうで、トネルが確認したらしい。

「父王が亡くなったのは嘘だったと？　何故そんな真似を？　無意味だ。兄上は父王を殺すのも厭わない男だぞ。生かしておく理由がない」

ハッサンは虎海の推測が信じられないようで、椅子にもたれ首を横に振る。それを遮るように虎海が身を乗り出した。

「私も今までそう思っていました。しかしもしそれが、三位の指輪がなかったせいだとしたら？」

虎海に声を荒げて言われ、ハッサンが動きを止める。

「そうか、三位の指輪が見当たらなかったので、ハインデル七世を殺せなくなったというわけか。王から王へと継承される指輪だ。王を名乗る以上、それがないとまずい」

アンドレが口笛を吹いて、目を光らせた。

「しかし問題はトネル王が三位の指輪をしていることです」

硬く強張った顔で虎海は目を伏せた。ギョクセンとケントリカもそれについて議論していたのをルイは思い出した。

「もしハッサン王子がもらったのが本物なら、トネル王は三位の指輪の偽物をひそかに作らせたことになる」

虎海は悩ましげに頭を抱えた。ナギが温かいスープを運んできて虎海の前に置いた。誰もが思いがけない状況に混乱した様子で顔を見合わせあっている。ハインデル七世が生きていたとなると、早急に助け出さねばならないとハッサンは難しい顔だ。

「指輪が本物か偽物か区別がつく方法がないのか？　古くから伝わるものなんだろう？」

虎海に食事をとらせながら、アンドレは悔しげに羽を揺らす。

「あるにはあるが……。指輪のことは置いておけ。ここにないものを考えても仕方ない」

ハッサンはばっさりと切って捨てるように言った。ハッサン以外は指輪に気をとられているようで、なかなか頭が切り替わらないようだ。ルイはますますグレッグに指輪を奪われたのを悔いて、胸が苦しくなった。グレッグはどこへ消えたのだろう。何の理由があって奪っていったのかも分かっていないのだ。

「それよりも父王をどうやって助けるか。ぐずぐずしていたら、兄上が見切りをつけて殺してしまわないか。そもそも病弱なのだし、こうしている間も危険だ」

ハッサンは心配げに顔を曇らせ、城に攻め入る時期について議論を始めた。

昼過ぎになり、ルイはハッサンに命じられて情報収集のため町に向かった。ユリウスと一緒に馬で行ったのだが、町ではすごい騒ぎになっていた。ハッサン王子が囚人を助けたという話は瞬く間に広まり、誰もが紅潮した顔でハッサン王子こそ真の英雄だと褒め称えていた。

人々がハッサンを褒め称えるさまは見ていて気持ちがよかった。知らぬ間に微笑んでいたのか、ユリウスにからかわれてしまった。

ユリウスと共に市場を歩いていた時だ。騒がしい声とたくさんの馬が近づく音がして、ルイたちは立ち止まった。見ると近衛兵たちが大挙して押し寄せている。逃げ惑う民を無差別に捕まえているのが気になり、ルイたちは物陰に身を潜めた。

「やめて、やめてぇ、助けて」

近衛兵の一人に捕らえられた娘が暴れて逃げ出そうとしている。町の人々は突然の乱暴なありさまに驚いて飛び出してきたが、手当たり次第に馬上から近衛兵に首に縄をかけられる羽目になった。必死に首を絞められまいとしているが、近衛兵たちは容赦がない。近衛兵は「暴れるな、豚が！」と罵声《ばせい》を浴びせて人々を引っ張る。

「トネル王の命令だ！　昨夜逃げた囚人の人数分、お前らを連れていく！」

馬上のヨルガンが下卑た声で笑い、高らかに宣言した。信じられない暴挙にルイは言葉を失い、ユリウスと目を合わせた。まさかそんな無茶な真似をするなんて、トネルという男はよほど道理が通らないことがお好きなようだ。

「どうしましょう、このまま放っておけない」

ユリウスは悲鳴を上げて抵抗している人々を見て、今にも飛び出しそうな勢いで唇を噛んだ。ルイは近衛兵の多くが馬に乗っているのを確認し、ユリウスの腕を摑んだ。

「俺がやってみます。騒ぎが起きたら、皆を逃がしてください」

できるかどうか分からなかったが、ユリウスが止めるのも聞かず、ルイはフードを深く被り近衛兵たちのいる通りに躍り出た。

「何だ、こいつは」

突然現れた小柄な少年に気づき、近衛兵たちが一瞬注目する。

ルイは近衛兵たちが乗っている馬を見渡し、指笛を吹いた。いっせいに馬の耳がぴんと立ち、ルイに視線を向ける。

「うううおおお、おおお、ううう」

ルイは全身から低く絞り出すような大声を上げた。まるで獣の咆哮《ほうこう》のように。するとルイの声を聴いた馬たちが、同時に前脚を高く掲げて暴れ出した。とたんに馬に乗っていた近衛兵たちが「うわああっ」と叫んで地面に落馬した。その身体に馬の脚が振り下ろされそうになり、近衛兵たちは焦って転がっている。その騒ぎに乗じてユリウスが縄をかけられた人々を逃がしていった。

「こいつを捕まえろ！　この声を止めろ！」

ヨルガンはルイの声が馬をおかしくさせているのに気づき、耳を押さえながら怒鳴った。そのヨルガンを馬の前脚が蹴り上げる。ヨルガンは悲鳴を上げて身を丸めている。ルイはなおも地の底から響くような声で馬をけしかけた。人々が逃げたのを確認したら、自分もこの場を去るつもりだった。

その時、耳をつんざくような暴発音がした。同時に右腕が熱くなり、ルイは衝撃を感じて引っくり返った。

右腕が焼け焦げたように煙を起こし、血が流れていた。何が起きたかぜんぜん分からなかったが、ルイの右腕はひどい痛みを発している。ルイはどくどくと血が流れる右腕を押さえて、上半身を起こした。銃を持った男が、ルイにゆっくりと近づいていた。

「面白い技を使う子どもだな。何をしたんだ？　興味がある、連れていけ」

目を細めて自分を見下ろす屈強な男。刈り上げた髪に、耳に宝石をつけている。ルイにも分かるくらい高価な布で作った衣服を身にまとい、きらめく石を散りばめたベルトをしていた。顔立ちだけならわずかにハッサンに似ているが、まとっている気が恐ろしいほど冷たく狂気的な感じがした。

「トネル王……っ、わ、分かりました！」

ヨルガンが地面に這いつくばって裏返った声で答

えている。ルイはこれがトネル王かと目の前の男を見上げた。ヨルガンや他の近衛兵が真っ青になってルイを押さえつけて縄をかける。ルイは腕の痛みもあったが、抵抗する気を失くして大人しくしていた。トネルからあふれ出す黒いどろどろとした異質な空気に気分が悪くなっていた。悪意といえばいいのか、あるいは狂気といえばいいのか、ともかくこんなに歪んだ人間に会ったのは初めてだ。

「まったくお前らは、おつかい一つちゃんとできない」

　トネルは嘆かわしげに呟き、馬に蹴られてよろめいて起き上がった近衛兵に銃を向けた。声も上げずに近衛兵が撃たれて倒れ、地面が血で真っ赤になる。何故部下である近衛兵を殺すのか分からなくて、ルイは呆然としてトネルを見た。

「さっさと行け」

　部下を一人殺したという躊躇もなく、トネルはさらりとした様子で命じた。ヨルガンが「はっ！」と慌てて答え、すぐさま隊列を組み直させる。そこへ通りから数人の剣を持った男たちが飛び出てきた。農夫の格好をしている者もいたので、おそらく反乱組織だろう。

「トネル王！　覚悟！」

　年齢も体格もばらばらな男たちが、声を張り上げてトネル王に襲いかかってきた。しかしあっという間に前列の男がトネルの向けた銃で撃たれて地面に仰向けになった。トネルは二発目はすぐに撃てなかったのか、軽く舌打ちして腰の剣を抜いた。

　屈強な身体から繰り出される剣技は、ハッサンのそれと劣らぬものだった。トネルは顔色一つ変えずに次々と襲いかかる男たちを斬りつけていった。ハッサンの動きが滑らかなら、トネルの動きは豪快だった。力で男たちをねじ伏せ、男の左腕を遠くの地面に転がす。負けを悟って逃げ出そうとした少年の背中目がけて銃を放つと、ほぼ瞬きする間に、刺客は一掃されていた。

「トネル王、いつもながらお見事で……」

ヨルガンがへりくだった笑顔でトネルを褒める。

確かに強い。とんでもなく強い。トネルは近衛兵の手も借りずに、一人で賊をすべて殺してしまった。ルイは今まで勝手にトネルのことを権力をかさにした、力はないが残忍な男と思い込んでいた。そうではない。実際に目の当たりにすれば、トネル自身がかなり腕の立つ剣士だと認めざるを得なかった。

「フン、おい、命じたことはちゃんとやれ。通りに誰もいないなら、家に押し入って昨夜の数だけ揃えろ。足りなければお前らを数に入れてもいいんだぞ」

トネルは栗毛の馬に跨り、近衛兵に残酷な命令を再び下す。近衛兵たちが真っ青になりながら、手近な家を襲い始める。ルイは縄で手足の自由を奪われた状態で、トネルの馬に乗せられた。

「何だ、こいつは。どうしてこんなに軽い」

ルイの異常な軽さに気づき、トネルが首をかしげた。被っていたフードを下ろされ、無理やり顔を向かされる。ルイの顔を見たトネルが、ふーんと呟き、面白そうににたりと笑った。

「気に入ったぞ。しばらく遊べそうじゃないか」

唇を吊り上げてトネルが微笑み、ルイは痛みに顔を歪めながら恐怖を感じた。

■九　獣

痛みで意識が朦朧としているうちに城に連れてこられた。ルイはトネルの手から侍女の手に渡され、上階の奥まった部屋に運ばれた。二人の侍女の手で衣服を剝がされ、全裸にされる。年配の女のほうが腕の怪我に気づき、同情した眼差しでルイを見る。その頃にはもう血は止まっていて、疼きだけが残っている状態だった。

「弾が身体の中に残らなくてよかったね。残ってたら大変だったよ」

年配の女に傷跡を確認して言われ、ルイはぐったりした身体で起き上がろうとしたが、思い直して抵抗するのをやめた。せっかく城の中に入ったのだから、ハインデル七世が生きているかどうかを確かめようと思ったのだ。ハインデル七世の生死の情報はハッサンの役に立つ。

侍女二人はルイを抱え上げ、さらに奥の部屋に入る。天井や床、壁にも石が敷き詰められた部屋で、とても熱く湿っている。一部の床が箱状にくり抜かれていて、そこになみなみと湯が入っていた。ルイは侍女の手でその湯に入れられた。こんなにたくさんのお湯をどうやって沸かしたのだろう？　考える間もなく侍女の手で全身を洗われ、お湯に汚れが浮き上がった。途中で侍女の手が止まり、奇妙な目で見られたのでどうしたのだろうと思ったが、浴室から出て、綺麗な布の衣服を身につけた後、理由が判明した。

「その髪……」

身綺麗にしたルイが再びトネルの前に引き出された瞬間、トネルがルイの髪を見て目を見開いたからだ。動揺して自分の髪に触れると、黒く染めた髪が元の銀色に戻っている。

「ふーむ。その白い肌、セントダイナの人間じゃないな」

赤い絨毯が敷き詰められた広々とした部屋には、踊り子と楽師、扉の前に立つ近衛兵がいる。トネルは楕円《だえん》形のゆったりした大きな長椅子に、女性を数人侍《はべ》らせて酒を飲んでいた。トネルはルイを見て面白そうに目を細め、傍にいた女性を追い払った。女性たちの顔に安堵の色が浮かんだのをルイは見逃さなかった。ここにいる者は皆、王を恐れている。

「こっちへ来い。珍しい外見だ。この髪は地毛か?」

ルイの手首を引っ張り長椅子に座らせると、トネルはしげしげとルイの髪を見て聞いた。トネルはルイの手足を拘束するわけでもなく自由にさせている。腕の怪我があるし、出入り口は近衛兵が見張っているから逃げられないと思っているのだろうか。おまけにルイは武器も持っていない。

「答えろ。どこから来た? あそこで何をしていた? あの時どうやって馬をいっせいに暴れさせたんだ?」

黙っているルイの髪を摑み、トネルが無理やり顔を上向けさせる。

ルイはここから逃れ、西のあかつきの塔へ向かう道筋を頭の中で想像した。トネルの腕を払いのけ、扉に走り、近衛兵の槍を避けて外に飛び出す。一度外に出たら、ルイの足の速さに追いつける人間はいないだろう。多少高くても窓さえあれば、飛び下りて追手を撒くこともできる。

「う」

頭の中で想像した行為を現実のものにしようとした時、まるでそれを察したみたいに、トネルの大きな手がルイの首を絞めた。ルイは呻き声を上げて、首にかかる腕を解こうとした。

「細い首だ。片方の手で足りる」

トネルは愉快そうに笑いながらルイの首を右手で絞め続ける。苦しくて息ができなくて、ルイはもがきながら仰け反った。トネルは赤子の首でも捻《ひね》るような軽い力で、ルイの意識を朦朧とさせる。

トネルはルイの首を摑んだまま、立ち上がった。身長差のせいで、ルイは首を吊り上げられたような状態になった。トネルの腕力はすさまじく、片方の手でルイを摑んだ状態で、窓へと向かう。

窓の扉を開け、トネルは腕を伸ばしてルイを空中へ浮かした。ルイの能力を知らないトネルは、ルイが怯えると思い、嬉々として宙づりにする。何しろここはかなり高い場所で、ふつうの人間なら落ちたら即死だ。

「ほら、さっさと答えろ。ここから落ちたら助からないぞ」

トネルがニヤニヤして囁き、ルイの首を軸にしてぶらりと揺らす。ルイは今が好機と思い、決死の力を振り絞って回転して、トネルの手首を蹴り上げた。下から思いきり手首の内側を蹴られ、トネルの手が弛んだ。

「あ……っ!!」

トネルの手を振り切って宙に舞ったルイを見て、トネルが驚きの声を上げる。ルイはまっさかさまに落ちていった。窓から見ていたトネルは、地面に身体を叩きつけられるルイの姿を想像したのだろう。だがルイは宙でくるりと回転して、城の石壁に一度屈伸した身体でぶつかった。そしてその反動で、手近の木の幹に跳躍して、獣のような動きで地面に下りた。

「誰か！　そいつを捕まえろ!!」

見上げなくてもトネルが怒り狂っているのがよく分かった。トネルの声で城の周囲を巡回していた近衛兵がびっくりして駆け寄ってくる。ルイはもちろ

んその時にはすでに走り出していて、木から木へと伝い、西のあかつきの塔を目指している。

侵入者があったことを示す、警報の角笛が鳴らされた。ルイは広い敷地を疾走し、ひたすら塔を目指した。


西側に位置するあかつきの塔までは、それほど時間がかからずに辿りつけた。

問題は塔の周囲を厳重に警備している近衛兵たちだ。視界が届く範囲に人が配置されていて、こっそりと忍び込むことはできそうにない。いっそ薔薇騎士団の宿舎に行き、ギョクセンの助けを請うべきか。ルイは茂みに身を潜めながら悩んだ。

そうこうするうちに数人の近衛兵がやってきて、

「髪の白い少年が逃げたそうだ、見つけ次第王のところへ」と警備している兵に触れ回っている。ルイの髪色は目立つ。まだ明るい今は、どこかに身を潜めているしかない。

ルイは人目を避け、建物の影から影へと逃げ回った。人のいないほうに逃れているうちに、娯楽室と称していた建物の裏手に出た。何故かこの辺りだけは近衛兵がいない。周囲を見渡し、人影がないのを確認してルイは娯楽室の入り口の扉に手をかけた。

扉はかんぬきで外から閉まっていて、簡単に開けることができた。

(囚われている人がいるのだろうか？)

胸騒ぎを感じてルイは扉を閉ざすかんぬきを抜いた。観音開きの扉を開き、中にいる人質がいれば勝手に逃げ出せるようにした。

(この匂い……)

ルイは中から漏れ出たこもった血の匂いに鼻を押さえた。中は真っ暗で、何か長いものが折り重なっているのが見える。目を凝らして中を見ようとしたが、遠くから兵士の足音が聞こえてきたので、素早く近くの茂みに腹這いになった。

茂みに身を潜めて娯楽室と称される建物を見ていると、しばらくして何か重い物を引きずる、ずずっという音が聞こえてきた。何だろうと思い眉を寄せたルイは、続けて現れた得体の知れないものにぞっと身をすくめた。

建物の中から出てきたのは、とてもまともな人間と呼べるしろものではなかった。両目を縫いつけられている者、片方の胸をえぐられている者、左足に大量の釘を刺されている者、出てくる者たちはすべてどこか壊れていた。――いや、誰かに身体を弄ばれていた。

ルイは娯楽室と呼ばれた意味がようやく分かり、吐き気を催して口を押さえた。建物から出てくる者はすべて小柄な女性で、ほとんどの者が裸だった。身体の一部が損傷している者以外は火傷の痕や切り傷が痛々しい。おそらく捕らえられた他国の少女たちだろう。皆日の光を求めて、呻き声を上げながら散っていく。もしこの残虐な所業をしたのがトネルだというなら、到底許されるものではない。ルイは初めてといっていいほど誰かに対する怒りを覚えていた。身体が震え、握った拳に力が入る。頭に血が上り、とてもじっとしていられなかった。

少女たちは建物から必死に遠ざかり、何か異国の言葉を繰り返している。多分助けてと言っているのだろう。

「うわっ、な、何だ……っ」

見るも無残な状態の少女たちが徘徊《はいかい》しているのに気づき、偶然近くを通った騎士たちが驚いて騒ぎ始める。騎士たちは娯楽室について知っているだろうが、実際中にいる者を見るのは初めてだったらしく怯えて少女たちを遠巻きにしている。少女たちは騎士の姿を見て、捕まるのを恐れたのか逆の方向に逃げていった。それが偶然にも、あかつきの塔のほうだった。

ルイはこの騒ぎに乗じて中に入るしかないと決意し、じりじりと移動した。少女たちは幽霊のようにふらふらとした動きであかつきの塔に近づく。

「ひ、ひぃ……っ」

塔を守っていた近衛兵たちは不気味な姿の少女たちに慄き、浮足立った。誰もが突然現れた気味の悪い少女たちに戸惑い、どうしていいか分からない様子だ。

「く、来るな、化け物っ」

つぎはぎだらけの顔をした少女が近づくと、近くにいた近衛兵が怯えて槍を突き出した。ルイは傍の茂みから飛び出し、身を低くして近衛兵の槍を蹴り上げた。ルイの足が蹴り上げた槍は近衛兵の手から離れ、宙に浮く。ルイはそれを素早く摑み、刃がついてないほうで近衛兵の腹部を強く押した。

「うぐっ」

近衛兵は後ろに引っくり返って意識を失い、その様子をぽかんとした顔で見ていた隣の近衛兵が、焦った様子でルイに槍を突き上げてくる。ルイは近衛兵の動きを交わし、奪った武器を大きく振り回して道を開けた。

「し、侵入者だ！　そいつだ！」

ルイの姿を見て、背後から叫び声がかかる。ルイは槍を振り回しながら前へ進み、あかつきの塔の入り口から中に飛び込んだ。当然近衛兵は追ってくるものと思ったが、何故か塔の階段を駆け上がるルイの後についてこない。皆まごついたように入り口で右往左往している。

（よほど入ってはいけないとトネル王に言われているのか？）

理由は分からないが、追手がないのは助かる。ルイは階段を数段飛ばしで駆け上がり、部屋の扉を次々と開けていった。

最上階の部屋に着いた時、中から人の気配がした。

ルイは躊躇することなく扉を開けて、中に飛び込んだ。暗い室内の隅に大きなベッドがあり、傍に痩せた女性がいて、椅子に腰を下ろしている。ルイの姿を見て、女性はびっくりしたように腰を浮かす。トネルではないと気づいたのだろう。

「そこにいるのはハインデル七世か？」

ルイは槍を投げ捨てて、闘う意思はないというのを告げた。女性は驚愕の表情で口をぱくぱくと動かす。虎海は口が利けない女性にこの塔の秘密を教えられたと言った。この人のことだろうか。

ルイはベッドに駆け寄り、そこに横たわっている老人の顔を見た。ハッサンの父親にしては老けているが、以前硬貨の絵で見たハインデル七世の顔そっくりだった。やはり前王は生きていたということなのか。こんな場所に閉じ込めているなんて、信じられない。

「ハインデル七世、どうか目を覚ましてください」

ルイは眠っている老人を揺さぶって懸命に語りかけた。老人はぼうっとした様子で薄く目を開け、ぎょろぎょろと眼球を動かす。

「ハッサン王子の使いの者です、何かお言葉を」

ルイが老人の手を握って訴えると、カッと目が見開いた。老人はルイの顔を見上げ、しわがれた口を震わせた。

「ハッサン……生きているのか」

かすれた声で老人——ハインデル七世が呟く。なおもしゃべろうとするので耳を近づけたルイは、部屋中に響き渡る爆音で、息を止めた。

「貴様、何者だ。ここまで入ってくるとは」

ルイは背中に強烈な痛みを覚え、ずるずると力なく床に倒れ込んだ。床に仰向けに引っくり返ると、息を呑んでルイを見下ろす女性と、銃を構えているトネルがいる。トネルは床に転がったルイを足で蹴り上げ、部屋の隅へと放った。床にルイの血が大量に流れていく。背中を撃たれ、声すら出せず、視界はぶれてよく分からない。

「ハッサンの名を出していたな。あいつの部下か？　忌々しい……、逃げ出さなければもっと遊んでやったものを」

トネルは銃を懐にしまい、代わりにナイフをとり出してルイの足に向けてきた。

「一体何者だ、貴様。あの速さ、あんな高い場所から落ちて無事とはどういうことだ」

トネルはルイの片方の足を持ち上げ、爪先を摑んだ。次にナイフでルイの足の腱《けん》をざっくりと切った。

「うあああ……ッ!!」

激しい痛みを感じて、ルイは絶叫した。足首から血が噴き出し、痛みにのた打ち回った。トネルは面白そうに笑いながらルイを押さえつけ、もう片方の足の腱も躊躇なく断裁した。ルイは部屋中に響く叫び声を上げ、のた打ち回った。

「これでもう奇妙な動きはできまい。おい、どうした。もう終わりか？　つまらんな。もっと楽しませてくれないと」

耐え切れない痛みに痙攣するルイを見下ろし、トネルが笑う。床にどんどんルイの血が溜まり、身体中に染み込んでいくのが分かった。両足の自由を奪われ、もはや立つこともできない。撃たれた背中から流れる血は、止まることなくあふれ続けている。治癒能力の高いルイでも、次から次へと致命傷の怪我を負わされ、回復は不可能だった。

「どいつもこいつも、血を流すとすぐに死んでしまう。どこかに壊れないおもちゃはないのか。あんな高い場所から落ちても平気だったくせに、これしきのことでもうしまいか」

がっかりした声でトネルが呟く。ルイには何を言っているのかよく分からなかった。

「あ……あ……」

傍にいた女性がうわごとのような声で呻き、涙を潤ませてルイを見ている。その姿も徐々にぼやけ、ルイの意識は混濁した。

死ぬのか、こんな場所で――ルイはぴくぴくと指を震わせ、強烈な痛みと混乱する頭でそう思った。血だまりに浸《つか》っていて、まるで水のなかにいるようだ。

『もう、元の姿には戻れないのか？』

どこからか声がしたような気がしてルイは浅く呼吸を繰り返した。いつだったか……そうか、初めて山でローレンと会った時に言われた言葉だ。

人の姿をしたルイを見て、ローレンは悲しげな顔でそう聞いたのだ。ルイが頷くと、優しく肩を叩いて家に入れてくれた。

『それじゃ今日からお前の面倒は私が見よう』

ローレンは最初からルイを受け入れてくれた。優しくて大好きなローレン。それは獣の頃から同じだった。だから人の姿になった時、頼る相手はローレンしかいないと思った。

「う……、あ……、あ……」

ルイは朦朧とした意識の中、かすれた声を上げた。

「ははは、お前の髪が血で染まって綺麗だぞ」

壁一枚向こう側からトネルの声がした後、腹を強い力で踏みつけられた。ルイの口から血が飛び出て、トネルの足にかかる。トネルはうっとりした様子でルイの白い顔を靴で撫でた。

――額が熱い。

ルイは瀕死の状態で、口からどろりとした液体を吐き出した。

異様に額が熱くなり、全身が破裂しそうな感覚に陥った。骨という骨がきしんだ音を立て、額から何かが突き破って出てきそうな気がする。まさか、と思いルイは薄れゆく意識を必死にとり戻した。もう無理だと思っていたのに、もしかして力が戻ったのか。

ルイの薄い額が、ぼこりと音を立てて膨らんだ。身体の中に熱い核があって、それがどんどん大きくなっていく。骨が形を変えて、めきめきと肉を突き破ってくる。ルイの身体の周りに蒸気があふれ、異様なまでの熱が加えられる。

「な、何だ……？」

突然の状況に驚愕した様子でトネルが身を引いた。ルイの身体は刻一刻と変化を遂げ、徐々に膨れ上がった。額に突き出てきたモノが前にせり出す。ルイはよろめくように手を床についた。だがその手はすでに人間のそれではなく、毛に覆われた獣の脚になっていた。てのひらは蹄に変わり、髪の毛はたてがみに変化する。

ルイは四足で立ち上がると、全身の力を使って大きくいななないた。

長い角を生やした白い馬――ルイの姿は獣と化していた。

「は、半獣か…っ？」

トネルが銃をとり出して構えたが、ルイの前脚で腹を蹴られ、床に銃を落とした。ルイの前脚が銃を踏みつけ、ぐしゃぐしゃにする。ルイは頭を低くし、トネルを額の角で突き刺そうとした。

「クソ……ッ」

トネルは銃を諦め、部屋を飛び出し階段を駆け下りていった。ルイはその後を追って走り出そうとしたが、女性の手が首にかかり、動きを止めた。

「う……あ……」

女性は何か伝えたいことがあるのか、必死に身振り手振りでルイに訴えてくる。ルイがぶるると首を振ると、懸命に窓を指差す。外を見ろということなのか？　窓には板が打ちつけられていて、外の景色は一切見えない。ルイは女性から離れ、額の鋭利な角でその板を打ち破った。板が割れ、外の景色が見えてくる。

雄叫びと馬のいななき、人々が闘う声が聞こえてきた。ルイが窓に近づくと、城の門が破られ、虎海や狼炎といったアフリ族、アンドレたち鳥人、そして反体制派の武装市民が城の中に入って近衛兵と闘っていた。彼らを率いているのはハッサンだ。塔の上から見ても分かるくらい、ハッサンの周囲の兵が次々となぎ倒されていく。

ハッサンはルイを助けるために来てくれたのだろうか。騎士たちはこの状況に防御のみで対応しており、上空から見る闘いの図は奇妙な形になっていた。

「うう……」

女性はルイのたてがみを引っ張り、ハインデル七世を指差す。

ハインデル七世を連れていけと言っているのか。ルイはようやくそれを悟り、ベッドの傍に前脚を曲げて体勢を低くする。女性はすぐに察し、ハインデル七世を揺り動かし、身体を起こさせた。

「《一角獣《いっかくじゅう》》か……。空想の生き物だと思っておった」

ハインデル七世はルイを見るなり感嘆した様子で呟いた。

「すまぬ……私を連れていってくれ」

女性の手を借りて、ハインデル七世がルイの背中に乗ってきた。あまり身体に力が入らないのか、ベッドからルイに乗るだけでかなり時間がかかった。だがルイの背中に跨り首にしがみつくと、昔の気概を思い出したのか背筋を伸ばした。

ルイは前脚を戻し、ハインデル七世を背に乗せて立ち上がった。向かう先は闘いの場しかない。ハインデル七世の姿を見せて、騎士たちの目を覚ますのだ――――。

塔の階段を飛ぶように駆け下りている最中、ハインデル七世を振り落とさないかだけが心配だった。けれど仮にも一国の王だった男だ。ルイのたてがみを摑む力はしっかりしたものになり、重心のとり方も立派なものだった。

ルイは塔を飛び出すと、剣を交えている人々の間をくぐって、駆け出した。《一角獣》の姿と、それに跨る老人の姿を見て、ルイが通った後から人々が闘いの手を止めて呆然と立ち尽くす。ルイは闘いを見守っているだけの騎士たちのほうにいななきながら飛び込んだ。《一角獣》の姿にまず驚いた騎士たちは、その馬上にかつての主君を見つけ、驚愕の声を上げた。

「ハインデル七世!! わが君……っ」

ギョクセンとケントリカがすぐに気づき、大きく身体を震わせて駆け寄ってきた。彼らは老いたハインデル七世を見て、即座に跪く。

「生きておられたのか!? どういうことです? これは一体……っ」

ギョクセンが衝撃を受けたように裏返った声で叫ぶ。

「お、王! 王よ、俺は夢を見ているのか……っ」

巨人のケントリカは幻でも見ていると思ったのか、しきりに自分の顔を叩き、混乱しているようだった。

「話は後だ。すぐさま闘いを止めよ……っ、我は生きておる、無意味な争いを止めるのじゃ」

ルイの背中でハインデル七世が声を張り上げた。騎士たちの前に出て威厳をとり戻したのか、背筋がピンと張り、声もか細いながら堂々としたものだった。

「御意！」

　ハインデル七世の命令にすぐさまギョクセンとケントリカが叫び、騒動を止めに入った。近衛兵たちは騎士たちの邪魔に遭い、訳が分からず慌てている。

「双方剣を引け！　ハインデル七世の御前だ!!」

　ギョクセンとケントリカが馬で闘いの場に躍り出る。最初は興奮して剣を振り上げていた者たちも、しだいに騎士の力で蹴散らされて状況を理解していった。最後まで剣を交えていたのは、ハッサンとトネルだった。だがそれも、騎士が角笛を吹くと、身体を離した。

　急に静けさがこの場を支配した。ハッサンとトネルは馬上にあって互いを睨み合い、剣を構えている。その周りを一定の距離をおいて、騎士や近衛兵、アフリ族、鳥人、あまたの民が見守っているのだ。

「これはどういうことかな、兄上！　父王はまだご存命ではないか！」

　ルイの背に乗ったハインデル七世に気づき、ハッサンが勝ち誇ったように突きつけた。ハッサンが乗っている馬は黒馬で、トネルが乗っている馬は栗毛の馬だ。互いに興奮した鼻息をして、身体を震わせている。

　トネルはハインデル七世の姿を見てわずかに舌打ちしたが、ふてぶてしい笑みを浮かべてハッサンの言い分を退けた。

「フン……、それがどうした？　俺は父上の看病をしていた。まさかお前、父上が生きていたからといって俺の王位が揺らぐとでも思っているのか？　俺は正しい儀式を経て、王位に就いた。それが変わることなどない!!」

　トネルは自信満々でハッサンを睨みつけ、剣を突きつけた。

「何を言い逃れを、父上を監禁していたのがいい証拠、兄上、本当に正式な作法に則り、王位を継いだ

のか？　本当は三位の指輪を父から譲られてないんだろう？　その指にあるもの……、それは本物の三位の指輪なのか？」

　ハッサンが侮蔑《ぶべつ》するような口調でトネルにぶつけた。二人を乗せた馬は互いに距離を測りながら、少しずつ移動している。トネルは一瞬凶悪な顔をしてハッサンに飛びかかるかと思われた。だが口惜しげに黙り込んでいる。やはりトネルは偽物の指輪をしている。本物だと豪語したくても、目の前にハインデル七世がいるのでそれができないのだろう。

「もしその指輪が本物なら……」

「それじゃお前は三位の指輪を持っているというのか？」

　トネルは蛇のように醜悪な顔つきでハッサンの言い分を遮り、詰問した。それに対しハッサンが無言でいると、勝ち誇ったように笑う。

「貴様は持ってもいないものを偽物だと抜かすのか、俺を陥れるためか？　昔からお前は女の腐ったような奴だった。俺の花嫁を横取りしようとしたしな、その挙げ句殺人犯として島流しだ」

「あれは兄上の奸計《かんけい》だ！　俺は無実だ、その皮を剝いで、真実を語らせてやる‼」

　激怒したハッサンが再び剣を構えて立ち向かおうとする。するとハインデル七世がルイの腹を叩き前進させた。ルイは長い角で、ぶつかり合おうとする兄弟の間に割って入った。二人ともルイの存在に畏《い》敬《けい》の念を抱いたのか、サッと身を引く。

「皆の者、よく聞け」

　ハインデル七世が静まり返った場で口を開いた。

「此度《こたび》の件、すべて後継者を決めなかった私の責任だ。だからこそ、ここで私は告げよう。この場で、二人の王子の闘いを見守ることを」

　朗々とした声でハインデル七世が言った。ルイは驚いて耳をぴんとさせた。

「最初からそうすればよかった。兄と弟、二人が闘い、どちらか勝ったほうが王位に就く。勝敗は片方の命が消えた時だ」

ハインデル七世の衝撃的な発言に、居合わせた人々が吐息で大きな歓声を上げた。父であるハインデル七世が、我が子に命を賭《か》けて闘えと言ったのだ。親としてありえない言葉だが、もうここまで来た以上、他に道はないのかもしれない。ルイは身震いしてハッサンを見た。ハッサンはハインデル七世に視線を注ぎ、ついで不思議そうな顔でルイの目を見た。獣となったルイに気づくはずはないが、せめてハッサンを乗せる馬として傍にいたかった。

「両者、剣をハインデル七世に捧げよ！　王の下、決闘を行う！」

二人の闘いが行われることになった。ギョクセンが宣言し、二人から剣をとり上げた。ついでケントリカが二人に同じ剣を与える。騎士団長が立会人となって、同等の条件で戦うのだ。

誰もがこの闘いに固唾を呑み、勝敗の行く末を見守った。ハッサンとトネルは恐ろしい眼力で互いを睨み合っている。だがトネルの余裕のある表情が気がかりだった。どうしてもう勝利を手に入れたような顔をしているのだろう。

「王、トネル様に有利なのではないですか」

すっと近づいてきた馬がいて、乗っていたのは狼炎だった。ルイが耳を欹《そば》てると、狼炎が苦渋の顔つきでハインデル七世になおも言う。

「武のトネル、知のハッサン――二人はそう呼ばれていた。トネル王の戦闘力が高いのは誰もが知っているところ……」

狼炎が不安げに呟く。

「狼炎よ……。それははるか昔のこと。お前にはハッサンの鍛えた肉体が分からぬか？」

ハインデル七世は狼炎のほうを振り返りもせず淡

々と告げた。

「あの子は三年の間、ただ生きていただけではない。あの身体つきを見れば分かる。私はこの国を守る神々が真の王を導いてくれると信じている。真の王なら、必ず闘いに勝つ」

「おお……」

ハインデル七世に言われ、狼炎がハッサンを見つめる。ルイも信じたいと思った。ハッサンは必ず勝つ――――それが運命だと。


ギョクセンの合図によって、ハッサンとトネルを乗せた馬が一気に間合いを詰めた。

馬上のトネルが空気を唸らせて剣を振り上げる。ハッサンはそれを刃で受け、二人は距離を縮めた。力比べをするように二人は重ねた剣で押し合い、弾《はじ》かれたように遠ざかった。馬を操作しながら剣をぶつけ合う姿に、その場に居合わせた人々は圧倒された。

ハッサンもトネルも互いに引かなかった。激しく音を立てて刃を重ね、相手の咽元を切り裂こうとする。トネルが大きく剣を振りかぶれば、ハッサンは上手く身を反らしてその攻撃を避ける。

「ハッサン王子、がんばれ……っ」

「そこだ、行け！」

「やれやれ、やっちまえ！　うおっ、危ない！」

周囲の人垣からしだいに声が上がり始め、二人の闘いをけしかける。ハッサンの剣がトネルの衣服を切り裂けば、トネルの剣がハッサンの頬をかすめる。二人の力は互角のようだった。

何度も剣が交じり合い、火花が散る。攻撃を避けようとしたトネルが体勢をぐらつかせ、慌てたように馬を引いた。すかさずハッサンが剣を突き出し、攻撃に転じる。トネルは踏み込んできたハッサンの剣を勢いよく振り払い、乗っていた黒馬の鼻先をかすめた。黒馬は高い声で鳴き、身を離す。二人の息遣いは荒く、汗が浮き出ている。最初は余裕の顔をしていたトネルも、ハッサンの体力が上がったのを感じずにはいられないようだった。

周囲の歓声は激しくなっていた。王位云々《うんぬん》ということではなく、闘う二人の姿に、熱くなっているのだ。

「ずいぶん腕を上げたようだな！」

数度剣を叩き合い、トネルが皮肉げに笑いながら言った。

「兄上は不摂生がすぎるのではないか？」

ハッサンが唇を歪めてあざ笑う。

互角ゆえに戦いは長引いた。時間が過ぎるごとに二人の息遣いは激しくなり、顔つきは険しくなる。トネルは咆哮を上げながら剣を振り回す。徐々に疲労を覚えたのか、ハッサンが剣を避けきれずに腕に一筋の血を流した。有利と見たトネルが獣のような声を上げて、鬼気迫る表情でハッサンの脇腹に打ち込んでくる。危ない、と思った瞬間、ハッサンが手綱を離し、脇に伸びてきた剣を肘で挟み込んだ。とっさに剣が引き抜けなかったトネルの肩から胸にかけて、ハッサンが剣を下ろす。

「ぐぅあああっ」

トネルの苦痛を訴える声が響いた。だが同時にトネルが無理やり剣を引き抜いたせいで、ハッサンの腕にも鮮血が走った。

闘いが動いていた。頭に血が上ったトネルは剣で黒馬の首を切り裂こうとする。黒馬が身の危険を感じ、いななして前脚を大きく上げる。剣先は黒馬の皮一枚をそいでいった。手綱を離していたハッサンが体勢を崩してあわや落馬——かと思ったが、かろうじて黒馬にしがみつく。

「目障りな奴め、早く死ね！」

トネルは狂気じみた声で叫び、黒馬に次々と剣を浴びせる。卑怯《ひきょう》だ、という声が上がったが、トネルは気にした様子もなく黒馬に剣を向ける。怒り狂った黒馬がトネルの乗る馬に攻撃を仕掛けてきた。激しく入り乱れる中、トネルは懐からナイフをとり出して黒馬の脇に投げた。

「うわああ！」

周囲から悲鳴のような声がいっせいに上がる。黒馬の脇腹にナイフは深々と刺さり、黒馬が狂ったように暴れ出したからだ。与えられた武器以外を使うトネルに、怒りの声が周囲から上がった。

「く……っ」

ハッサンは黒馬を制御できなくなり、とうとう地面に転がった。そこへトネルが馬で踏みつけようと走り込む。ハッサンは素早く立ち上がり、馬の前脚を避けてトネルの足に剣を切りつけた。

「クソ……ッ」

トネルが足を避けたことで、乗っていた馬に剣が刺さった。トネルを乗せた馬は驚いて暴れ回り、制御不能になる。

「貴様ぁ……っ、俺の馬に傷をつけるなど！」

馬上からトネルが剣を振り回し、ハッサンは防御一方となった。暴れる馬の上でトネルはめちゃくちゃに剣を突き立ててくる。二人の位置が少しずつ移動して、周囲の人々も一定の距離を保って移動する。トネルを乗せた馬は暴れるうちに出血が広がり、とうとう地面に倒れてしまった。さすがにトネルもこれ以上は無理だと思ったのだろう。馬から飛び降りて、地面に足をつける。

「調子に乗るな、お前が俺に勝てるはずなどない!!」

トネルが叫び、剣を斜めに振りかざす。ハッサンがそれを払いのけ、二人は地に足をつけた状態で剣を交えた。トネルの腕力はすさまじく、ルイなどが

受けたら簡単に吹っ飛びそうなほどの強力《ごうりき》で剣を振り回している。ハッサンは真っ向からトネルの剣を受け止め、薙《な》ぎ払った。

力だけなら、おそらくトネルが勝っていただろう。互角といってもトネルの腕力はかなりのもので、力の押し合いになるとトネルに軍配が上がる。だがハッサンは剣を交えながらもトネルの隙を見逃さなかった。剣を受け止める傍らでトネルの足を払い、地面に転がす。ハッサンは転がったトネルの上に剣を突き刺したが、すんでのところでトネルが回転してそれを避けた。

泥がトネルの身体を汚し、いつの間にか互いの衣服はぼろぼろになるほど切り傷を受けていた。ハッサンもトネルも天敵に遭った獣のように、激しく呼吸を繰り返し、大粒の汗を流しながら剣を相手に叩きつける。

「そろそろか……」

ルイの背に乗っていたハインデル七世が苦しげに呟いた。

ハインデル七世の言葉通り、そろそろ勝敗がつきそうだった。トネルの剣が空振りをすることが多くなり、ハッサンの剣は着実にトネルから血を奪っていった。鍛錬を怠らなかったハッサンのほうが持久力で上回ったのだ。トネルは血だらけで、目だけらんらんと光らせ、土煙を上げていた。

気づけば周囲の歓声はやんで、皆が静かにこの闘いを見守っていた。誰もが固唾を呑み、最後の決着がつくのを待っている。

その時、突然トネルが人垣の中に走って行った。

「ヨルガン！」

トネルの声が響き、人垣の中にいたヨルガンが焦ったような表情でトネルに何かを渡すのが見えた。

――銃声が響いた。トネルがヨルガンから銃を渡され、それをハッサン目がけて発砲したのだ。ハッサンは驚愕の表情で片方の膝をついていた。右足に弾がかすったのか、血が噴き出している。

「卑怯だ！」

いっせいに人々から声が上がり、トネルを責め立てる。だが一向に気にした様子もなく、トネルは次の弾を装塡《そうてん》して、ハッサンに近づく。

「卑怯？　冗談じゃない、勝ったほうが正義なんだ」

トネルは銃口をハッサンに向け、笑いながら撃とうとした。ルイはとっさに助けようと思い飛び出そうとした。だがそれより早く身を挺してハッサンを守ろうとしたものがいた。

「何…っ？」

傷を負って倒れていた黒馬が、最期の力を振り絞りトネルに襲いかかったのだ。予想外の攻撃にギョッとした様子でトネルは銃弾を黒馬に撃ち込んだ。黒馬は悲痛な声を上げて大きな身体を地面に投げ出す。

黒馬の陰から、ハッサンが飛び出していた。一気に間合いを詰めたハッサンは、黒馬を盾にして跳躍し、次の弾を装塡しようとして焦るトネルの頭上に剣を振り下ろした。

「があああああ!!」

銃にこだわったためにトネルはハッサンの攻撃をまともに食らった。脳天から切りつけられ、トネルは断末魔の悲鳴を上げて、地面にどうっと倒れた。

大の字で横たわるトネルは、指先だけを痙攣させて大量の血を噴き出した。ハッサンはその赤い飛沫《しぶき》を顔に受け、抜いた剣でとどめのように心臓を突き刺す。

一瞬の静寂の後に、大きな歓声が起きた。

「ハッサン王子の勝利だ！」

ギョクセンが高らかに宣言し、その場に居合わせた騎士たち、鳥人、アフリ族、反体制派の者たち、そしてそれだけではなく城で働く人々や近衛兵までがハッサン王子の勝利を大声で祝った。

ハッサンはトネルに突き刺した剣から手を離すと、ボロボロの衣服で顔についた血を拭った。そしてゆっくりと疲れた様子でルイが乗せているハインデル七世に近づいてくる。

誰よりも勝利を祝いたいと思ったルイだが、静かにその場で立っている以外はできなかった。獣の自分はしゃべることができず、自分の主張をすることもできない。第一ハッサンには自分の正体など分かるはずがないのだ。そのことに一抹の寂しさを感じながらも、ルイはとうとうハッサンが己の手で自分の居場所を確保したことを喜ばずにはいられなかった。

ハッサンはルイの前に立つと、ハインデル七世に顔を向けた。

「父上……ご存命だったこと、誠に嬉しく思います」

泥と血でまみれた顔でハッサンがハインデル七世を見上げる。

「うむ……。苦労をかけた。ハッサン、この国の民に代わって礼を言わせてくれ。国が堕ちる前にトネルを止めてくれて感謝する。よく理不尽に耐え、忍んでくれた。お前に咎はなかったとすべての民に告げよう」

ハインデル七世が威厳のある声で告げる。ハッサンは膝を折り首を垂れ、「ありがたき幸せ」と呟いた。

「けれどその前に……」

ハッサンは顔を上げてルイの目を見つめた。何故自分を見ているのだろう？　《一角獣》が珍しいのだろうか？

「父上が乗っているその馬を返していただきたい。その馬は私のものなのです」

凛《りん》とした眼差しでルイを見つめるハッサンが、はっきりと言った。ルイは驚いて瞳を揺らし、身体を震わせた。まさか自分の正体を分かっている？　そんなはずはないとルイは動揺した。

「この《一角獣》はお前のなのか？　そうか、そうなのか……。では、いつまでも乗っているわけにはいかないな。誰か手を」

ハインデル七世が表情を弛めて手を差し伸べる。すかさずギョクセンがハインデル七世の補助をしてルイの上から下ろす。ハインデル七世のために、すぐ輿《こし》を運ぶようギョクセンが命じている。

ルイは戸惑いながらハッサンを見ていた。ハッサンはルイの身体を撫で、深い吐息をこぼした。

「お前が連れていかれたと知り、いてもたってもいられなくて追いかけてきた。いつまでその格好でいるつもりだ？　俺は馬としゃべる趣味はない」

ハッサンの手がルイのたてがみや鼻筋を撫でていく。気持ちよくてうっとりして、ルイは頭を垂れた。

ハッサンの手がそっと額の長い角に触れる。


ルイの身体に強烈な熱が加えられた。全身が熱くなり、骨が変形していくのが分かる。身体中を覆っていた毛が変化し、手足の形が異質なものへとなりかわる。

ルイの身体が馬から人へと変化すると、周囲にいた人々がどよめいた。ルイは全裸でぐったりした状態で地面に倒れた。ハッサンがその肌を隠すように抱き寄せる。ハッサンはギョクセンから借りたマントでルイをくるむと、疲れて傷だらけのくせにルイを軽々と抱き上げた。

「お前が軽くて助かる」

ハッサンは顔をほころばせて歩き出した。その足が向かう先が城の中だということに、ルイは不思議な気持ちを抱いていた。

■十　別れ

人間の姿に戻ったルイは、懇々と眠り続けた。意識が戻ったのは十日もしてからで、見知らぬ侍女がルイの看病をしてくれていた。ルイが横たわっていたのは柔らかなベッドで、部屋は値の張りそうな調度品が揃った城の一室だった。ルイが目覚めるとすぐに知らせがいったらしく、上半身を起こして水を一杯もらい飲み干した時には、上機嫌な顔をしたハッサンが部屋に入ってきた。

ハッサンは侍女に食事を持ってくるよう命じると、ルイが寝ているベッドの縁に腰を下ろす。

「いつまでも起きないから、このまま目覚めないかと心配していた頃だ。身体の具合はどうだ？」

心配そうにハッサンに聞かれ、ルイは「大丈夫です」と答えた。

自分が寝ている間にどうなったか聞くと、ハッサンは順を追っていろいろと話してくれた。ハッサンは天鵞絨《ビロード》の布に細かな刺繍を施した高そうな衣服を身にまとっていた。そうしていると育ちの良さや気品が滲み出て、見知らぬ人に見える。

トネルは死に、ハインデル七世の言葉通り王位はハッサンに譲られることになった。とはいえその前に国中にハインデル七世がまだ生きていたことやトネルがした悪事が広まり、国中大変な騒ぎになった。ハインデル七世の話では、トネルは三位の指輪のありかを聞きだすためにハインデル七世を幽閉していたそうだ。ハインデル七世は皇后を通じてハッサンに指輪を渡していたため、指輪のありかを白状しなかった。だがそれが生きながらえる結果にもなったのだから正しい選択だった。きっと指輪のありかを吐いていたら、ハインデル七世はとっくにトネルに殺されていただろう。

トネルが死に、トネルがしてきた数々の非道なふるまいが世間に知らされることとなった。侵略した国の若い女性たちは、トネルの悪趣味な性癖の餌食《えじき》となり、今でも苦しんでいるという。治療が施され、自由を手に入れても、心の傷は深い。

ハッサンに王位が譲られるということになったが、現在はハインデル七世が王位に返り咲いて政治を行っている。即位にはさまざまな儀式があるので時間がかかるというのもあるが、奴隷制度や他国への問題などを解消するには段階的な調整が必要という結論に達したためだ。ハッサンが即位したおりに、奴隷制度は再びとりやめになる。

トネルの王妃と息子に関しては、お咎めなしでそのまま城に残ることになった。王妃はかなり前からトネルに精神的虐待を受けていて、奥の一室に閉じ込められて出られない状態だったらしい。兄であり騎士団長でもあるギョクセンとの面会も断たれ、毎日泣いていたそうだ。特にトネルの恐ろしい性癖に王妃はいつか殺されるという不安を抱いていたようで、ハッサンが解放すると涙を流して喜び、愛する兄とも再会の抱擁を交わした。

騎士団はもとの秩序をとり戻し、虎海は黒百合騎士団の団長の座に戻った。近衛兵はトネルに逆らえなかったということで罪は問われなかったが、責任者であるヨルガンは降格させられた。罪は問われずとも、町に行くと近衛兵の評判はすこぶる悪く、今では酒場で酒も売ってもらえないありさまだという。これまで好き勝手にした報いなのだろう。

アフリ族や鳥人は、今までと同じ待遇を保持するという約束を交わし、安心して帰っていった。特に鳥人に関しては、ハッサンは恩義を感じたらしく、アンドレに「何かあったら必ず力になる」と言ったそうだ。

　国は安定をとり戻していた。民には活気が戻り、殺伐とした空気が穏やかなものに変わっていく。被災した民には救助の手が差し伸べられ、豊作になるまで税の免除も行われた。隣国サントリムにも国書が届けられ、友好の誓いが延べられた。

　ルイは国の話をするハッサンを見つめ、よかったと心から喜んだ。自分の国の未来を語るハッサンの目には輝きがある。サントリムの塔で見せた暗い翳りはもうない。

「今度はお前の話をしてくれ」

　ハッサンは人払いをしてルイが食事を終えるのを待ち、急かすように告げた。ルイにも聞きたいことがあった。

「どうして俺が《一角獣》だと分かったのですか?」

　あの時、ハッサンは確信を持ってルイに近づいた。獣になっていたのに。

「半獣だというのは分かっていた。お前の能力……人のそれではない」

　自信ありげに言ってハッサンがルイの手を握る。

「実はお前がセントダイナに旅立った後、レニーにお前の正体を問い質《ただ》してな。しつこく尋ねたらやっと教えてくれた。ローレンという魔術師のもとにいたことも」

　ルイはようやく合点がいって、深く頷いた。レニーから聞いたなら、驚かずにルイの正体を見極められたはずだ。

「俺は昔サントリムの聖なる山ニルヴェルグの山に棲《す》んでいました。《一角獣》はほとんどの者が半獣なのですが、基本的に獣として一生を終えます。でも……《一角獣》は角を折られると人間になってしまう。俺は同じ《一角獣》と頭の座を争い合い、負けて角を折られました。そこで人に堕ちたのです」

　ルイは素直に自分の過去を語る気になり、ハッサンに話した。ハッサンが珍しそうな顔でルイを見る。

「俺は人間になって……どうしていいか分からず、同じ山で暮らすローレンを頼りました。ローレンは俺の正体を知っていて、事情を聞き、人として生きる術を教えてくれたのです。ローレンは……優しくて、俺のすべてになりました」

ローレンのことを口にしながら温かい気持ちになっている自分に気づき、ルイは不思議に感じた。以前はローレンへの愛情が強すぎて、亡くなったことを受け入れられずに、話そうとするたび涙があふれ出たのに。今は懐かしさと愛情を込めてローレンのことを語ることができる。

「ローレンが死んで……俺は再びどうしていいか分からなくなった。レニーのところに行ったのは、ローレンの遺言だったからです。今思えば、ローレンは一人になった俺を憐れんでそうしてくれたのでしょう。別に逆らってもよかったのです。そのまま山で一人で暮らしていても。でもローレンの思い出がたくさん残っている山の暮らしがつらすぎて、俺は人里に降りました。そこであなたと会った」

ルイはハッサンの真摯な眼差しを受けて、眩しげに目を細めた。

「角が折れた俺はもう獣に戻るはずはなかったのに……。どうしてかな。死にかけたら、獣に戻れました。それにハッサン王子が額に触れたら、人間にもなれた。理由はよく分かりません。でもそう言えば大昔はこうやって人にも獣にもなれたとローレンが言っていました」

「そうだったのか……」

ルイの話を聞き、ハッサンがほうっと息をこぼした。ルイの事情を知り、すべてに納得がいったようだ。

「俺が今こうしてここにいられるのは、お前のおかげだな」

ハッサンの手がルイから離れ、そっと頬に触れる。

「お前がなかなか目覚めないから、毎晩不安だった。誰かのことを考えてこんな気持ちになるのは初めてだ。お前一人をセントダイナに向けた時も、毎日やきもきしていたが……」

ハッサンの額がルイの額に触れて、じわりと熱が浸透する。額がひどく熱く感じられて、また獣になってしまうのではないかと不安になった。ハッサンの唇が確かめるようにゆっくりとルイの唇を啄む。

「俺は神など信じない。だが今回だけは、神にお前の無事を祈ってしまった」

優しく抱き寄せられ、ルイは鼓動を速めてハッサンの胸に抱かれた。ハッサンの声が耳に心地よく、低かったルイの体温が上がって気持ちいい。ハッサンは堪《こら》えきれなくなったようにルイの唇を貪ってきた。息苦しく、甘い痺れを感じる口づけだった。激しい口づけを重ねられ、ルイはぐったりして腕から力を抜いた。

「起きたばかりで体力が戻ってないのか？　頼むから俺を焦らさないでくれ」

口づけだけで息も絶え絶えになったルイを見て、ハッサンが苦笑する。このまま抱かれるのかと思ったが、ハッサンは無理には行為に走らず、優しくルイを寝かしつけてくれた。

「元気になったら俺と一緒に草原に行こう。そして好きなだけ走り回るがいい」

ハッサンに耳元で囁かれ、ルイは頬を赤くして微笑んだ。サントリムの塔で交わした言葉を覚えていてくれたのか。

「それとお前が体力をとり戻したら、好きなようにさせてもらうぞ」

ルイの額に軽く音を立てて唇をつけ、ハッサンが愛しげに髪を撫でてきた。ルイは紅潮した頬にハッサンの手をくっつけた。もっと傍にいたい、身体をぴったりとくっつけてみたい、という欲望が生まれてきた。こんな気持ちになるのは生まれて初めてだ。

「お前の目は綺麗だな……」

ハッサンが愛しげにルイの髪を撫で、何度も優しいキスをしてくる。ルイはそれを感じながら目を閉じた。


次の日になるとルイは自ら起き上がって歩けるくらいに回復した。まだ本調子ではないが、衣服に着替え、ギョクセンやケントリカに礼を言いに行けるくらいになった。皆がルイに感謝の言葉を告げるのが変な感じだ。ハッサンは国務で忙しいというので、ルイは一人で行動していた。

侍女からトネル王の妻子が呼んでいると言われたのは昼食をもらった後だった。ぜひ礼をしたいと言われ、ルイは断りきれずにトネル王の妻子のいる部屋に連れられた。

「まぁ、あなたが。私はルーランと申します」

ルーランと名乗った女性はギョクセンの年の離れた妹で、兄に似て華やかな顔立ち、ふっくらした桜色の唇、柔らかな曲線を描いた身体つきをしていた。息子のアリンカはまだ二歳で、母親に似て可愛い顔をした子どもだった。

「あなたのおかげで私は悪夢から解き放たれました。心よりお礼を言いたくて……どうか私にできることは何でもおっしゃってくださいね」

ルーランはルイの手をとって、涙ながらに礼を言った。ルイはそんな必要はないと固辞したが、ルーランはこのままでは気がすまないと訴えてきた。

ルーランは薔薇色の頰をして、ルイにこんな言葉をもらしてきた。

「すべてが上手くいきました。ハッサン王子は私の可愛いアリンカに、いずれは王位を譲りたいと言ってくださって……このような幸せ、考えられません」

思わずルイは言葉を失い、ルーランが言った言葉の意味を咀嚼《そしゃく》できずに固まった。アリンカに王位を譲る……。ルイは動揺して母の足元を頼りない足どりで歩く小さな男の子を見下ろした。

この子どもにいずれ王位を譲るとはどういう意味だろう。ハッサンが王になった後、この子が大きくなった時――それはすなわち、この子どもがハッサンの息子になる……。

「そう……ですか」

かろうじてそれだけ言って、ルイは青ざめて床を見つめた。急に気分が悪くなって、立っているのもおぼつかなくなった。

この子どもに王位を譲るということは、ハッサンはルーランを娶《めと》るという意味に他ならない。ルイがそう思った矢先、傍にいた侍女が「ルーラン様なら、ハッサン王子とお似合いですわ」と言葉を添えた。

「まぁそんな……そういう意味ではないのよ」

ルーランは困った口調でやんわり止めているが、侍女たちは兄亡きあと弟の妻になるのはごく当たり前のことと笑っている。やはりそうなのか。

ルイは頭がぐらぐらしてきて、うつむいたまま一歩引いた。

「あの……失礼します」

足が震えるのが止められなくなって、ルイは口早に告げてルーランの制止も聞かずに部屋を飛び出した。そういった件に関して自分はまったく考えてもいなかった。

考えてみればハッサンは一国の王になるのだ。王には王妃が必要だ。そんな当たり前の話、どうして気づかなかったのだろう。ルイは暗い面持ちで長い廊下を進んだ。足がどんどん速くなっていって、気づいたら建物の外に出ていた。澄み渡った青空の下にいると少しだけ気分が浮上したが、ハッサンのことを思い出すと気分がひどく落ち込んだ。

ハッサンに愛されているような錯覚を感じたが、ようやく自分はここにいるべきではないことに気がついた。自分はサントリムの山に棲む獣で、この国へは用事を頼まれてやってきただけにすぎない。指輪は失くしてしまったが、ハッサンを王にすることもできたし、もう用はないのだ。

（俺は……馬鹿だな）

何だか急に心の中が空っぽになり、ルイは芝生を踏みしめてふらふらと歩き出した。

ハッサンはルーランを娶り、アリンカを次の王にすると決めた。おそらく自分の後の代で後継者争いを起こさせないためだろう。ルーランとは似合いの夫婦になる。何よりもルーランは女性で、これから先もハッサンの子どもを産める。

ルーランのことを考えるとひどく狼狽《ろうばい》し、胸が締めつけられるように痛んだ。何故こんな気持ちになるのか分からない。いつの間に自分はこんなに人間くさくなったのだろう。ハッサンと過ごすうちに人の肌の熱さを覚え、愛情の交換を学んでしまった。それは甘美で一度手に入れると簡単には手放せないものだ。

（でも俺は人間ではない）

ルイは心底それを悔やみ、急に自分の居場所がないことに気づいた。半獣である自分はどこにも行けずさまよい続けるしかないのか。だが少なくとも、ここは自分の居場所ではない。ここにいたら、きっとよくないことが起きる。今でさえつらいのに、この先ハッサンとルーランが寄り添う姿を見たら、己の感情を制御できないかもしれない。

ルイは自分の心が半分、獣であることをよく分かっていた。

ふだんは自制できても、ひとたび火がつけば獣の本性が現れ、己の欲を押し殺せない。

ルイはとぼとぼと西門に向かった。ここを真夜中越えたのが遠い昔のようだ。

「どちらへ行かれるので？」

ルイの存在はすでに周知されていて、門を守っていた黒百合騎士団の騎士に咎められることもなく通してもらえた。騎士に聞かれても上手く答えられず、ルイは曖昧な笑みを浮かべて城を出て行った。

どこへ行けばいいのか、自分にもよく分からない。ただここにいてはまずいことだけは分かっている。

ルイは丘を下りながら自分の頬が熱くなっていることに気がついた。特に悲しいと思っているわけでもないのに目から涙があふれ出た。このままでは身体の水分がなくなってしまうと思いつつ、ルイは流れるままに涙を拭わなかった。


町に行くと、ルイの髪色を見て見知らぬ人々が話しかけてきた。誰もがルイの正体を知っていて、ルイに食べ物を渡してきたり、上等な肩掛けを押しつけてきたりした。何故かと思ったら吟遊詩人がハッサンとトネルの闘いを歌っているらしく、その中に髪の白い少年の話が出てきているようだ。ルイは《一角獣》という聖なる獣として語られていて、鳥人のように不思議な存在として好意的な目で見られていた。おかげで腹も空かず、寒さも感じることなく前に進めた。

ルイは歩いているうちにサントリムに帰ろうという決心がつき、来た時と同じようにキグーリ山から戻ろうと考えた。船で帰ればよかったかもしれないが、お金を持っていなかった。足には自信があるので、山越えも無理ではない。その前に鳥人の《巣》に寄り、アンドレに挨拶をしていこう。

ルイはそう決意すると、街道を一人で旅した。気力をとり戻すと、休憩する以外は馬と同じ速度で道を走った。全力で走っている時だけ、何もかも忘れられる。風と一体化し、心地よい疲れを感じることができる。

そのルイの前に思いがけぬ人物が現れた。

街道の脇の木陰で休んでいた時だ。もうすぐアフリ族のいるジーニナ村の前を過ぎるところだった。前方から馬に乗った背の高い金髪の男が近づいてきて、ルイの前で止まった。顔を上げると、そこに笑顔のグレッグがいた。

「やぁ、ここで見つかった。君を捜すのはけっこう楽だったよ。髪の色が目立つからね」

グレッグは別れ際の非道なふるまいがなかったかのように気さくな口調で話しかけてきて、ルイは絶句して見つめることしかできなかった。

「おっと、乱暴はなしでいこう。今日は和解に来たんだから」

馬から下りて軽い足どりで近づいたグレッグは、立ち上がって身構えたルイに向かって手で制してきた。人を騙して指輪を奪い去ったくせに、グレッグは悪びれた様子もなく笑っている。ルイは眉を顰めてグレッグを見やった。

「あなたは一体……」

「その前にこれ。返すよ」

グレッグは懐に手を入れると、ネックレスを差し出してきた。鎖の先には、三位の指輪が光っている。ルイは半信半疑でグレッグを見上げ、おそるおそる手を差し出した。すんなり返すなんて、何か裏があるのではないかと思ったのだ。

「そんな目で見ないで。あの時は悪かったよ、ちゃんと本物だから。――まさか君が《一角獣》だとは思わなかったので失礼した。俺たちの一族は、聖なる獣には一目置いている」

ルイはグレッグの艶《つや》めいた微笑みに戸惑い、自分の手に戻った三位の指輪を見つめた。まさかこれが戻ってくるとは思わなかった。

「俺は青の一族の頭首。サントリムの女王に頼まれて、三位の指輪を狙っていた」

グレッグがよく通る声で正体を明かし、ルイは驚いて目を瞠った。青の一族の頭首――でもこめかみに刺青はなかった。

「ああ、刺青？　頭首になる者は背中に彫っている。一緒に風呂に入る機会でもあればばれてたね。まぁそんなへまはしないけど」

ルイの疑問に答えるようにグレッグが背中を指差す。

「サントリムの女王が……？」

ルイは今さらながらグレッグがそんな依頼を受けていたことに驚きを隠せなかった。

「セントダイナのハッサン王子が三位の指輪を持っているらしいという情報が入ってね。女王が俺たちの一族にハッサン王子から三位の指輪を奪うよう依頼してきた。セントダイナとの外交取引手段にしようとしたらしい。本当は部下が淵底の森で奪う予定だったんだけど、ハッサン王子が案外強いってことで俺が出てきた。ああ、レニーが向けた護衛というのはもともと俺だよ。レニーは女王に逆らえないからね」

サントリムの女王がそんな画策をしていたのか。ルイは呆れて返す言葉を失った。だとすればこの男は同じ一族の者を殺してまで、ルイに味方だと思わせた。雪山でグレッグは平気で仲間にとどめを刺したのだ。明るく笑って話しているが、底知れない闇が見え隠れしてルイは総毛だった。

「ところがハッサンがトネルを倒して、セントダイナが落ち着いてしまっただろ。指輪にはあまり意味がなくなってしまった上に、女王は今、毒殺騒ぎで大変でね。持ちこたえられるかな……。もしかしたらこのまま崩御されるかもね。そろそろ代替わりしてほしかったから、俺としてはちょうどよかった。口には出さなかったけどレニーも喜んでいるんじゃないかな。女王の息子で本気で心配しているのは第三王子だけだ」

依頼を受けた相手とは思えないような軽さでグレッグは話し、唇を吊り上げた。ひょっとしてこの男が毒殺したのではないかと邪推してしまう。

「さっきも言ったけど、俺たちの一族は聖なる獣には無体は働かないという掟がある。だから面倒だったけど、君に指輪を返しに来た。その指輪、古くから伝わるものだから何か秘密があるのかと思ったけど、別に何もないみたいだし。俺自身はハッサン王子と取引する気はないんだ。それじゃ、返したからね。用は済んだから俺はもうサントリムに帰る」

グレッグは言いたいだけ言い終えると、馬に跨って去ろうとした。勝手過ぎると思いルイは不満顔でグレッグを睨んだ。

「そう怒らないで。君との旅はなかなか楽しかったよ。じゃあね」

馬上でグレッグは笑顔になり、手綱を引いた。指輪を奪っておいて、明るい顔で謝られても簡単に許せるわけがない。とはいえ憎めないところがあるのも本当で、余計に腹が立つ。もっと文句を言おうと思ったが、グレッグはさっさと馬を走らせて行ってしまう。追いかけて一発殴ろうかと思ったが、決意する前にグレッグの背中が見えなくなったので諦めた。

ルイは手の中にある指輪を見つめ、どうしようかと顔を曇らせた。

この先にあるジーニナ村の狼炎に頼んで指輪を渡してもらおうか。そう思い、ルイはジーニナ村に向かって歩き出した。ついでに水を一杯もらえれば助かる。そんな軽い気持ちで足を向けたルイは、ジーニナ村の近くで思わぬ攻撃に出会う羽目になった。

「ルイ！　捜していた！」

　ジーニナ村の近くまで来たとたん、見知らぬ検問所があり、ルイはそこで待っていた騎士たちに捕まった。驚いたことに狼炎も道で待ち構えていて、ルイの姿を見るなり厳《いか》めしい顔で迫ってきた。

「狼炎さん、あの……」

　どうして狼炎が渋い顔つきで待っていたのか分からないが、指輪を渡せる機会だと思い、ルイは手の中のものを差し出した。狼炎は指輪を見て驚いたようだが、宥めるようにルイの肩を叩き、ジーニナ村に引っ張った。

「それは直接渡すといい」

　ルイは周囲を村人で囲まれた状態でジーニナ村に連行され、狼炎の住む屋敷に誘われた。まるで罪人のような扱いで戸惑っていると、狼炎に懇々と説教された。

「ルイ。あなたが突然消えて、ハッサン王子は国中を捜し回っている。あなたがこちらに向かっていることが分かったので、この村で足止めするよう言われているのです。どうして勝手に消えたりしたのですか。ハッサン王子にとってのあなたの存在がどれほど大きいものか、あなたには分からなかったというのですか」

　狼炎に責められて、ルイは身の置き所がなくて小さくなった。ハッサンが捜しているなんて知らなかった。ルイがしょぼくれていると、狼炎は少しだけ同情めいた眼差しになり、肩を撫でた。

「あなたがサントリムの者だということは分かっている。けれどハッサン王子にとって、あなたはかけがえのない存在なのです。どうか、二人でもっとちゃんと話し合ってほしい。もうハッサン王子はおいそれとサントリムに入れる者ではなくなってしまった。ここで見つけられて本当によかった。すぐにハッサン王子が駆けつけるから、この屋敷で待っていなさい」

狼炎に切々と話され、ルイは目を伏せて黙り込んだ。

ハッサンと何を話し合うのか分からないが、黙って出て行ったのは確かに無礼だった気がしてきた。仮にも長い間一緒に過ごしてきた相手だ。別れの言葉くらい言うべきだった。ハッサンともう一度話すことを考えただけで、意味もなく目が滲んでくるが、そうしなければ許されないというならするしかない。

ルイが承諾すると、狼炎は安堵した表情でルイに部屋を宛《あて》がってくれた。

ルイが連れられた部屋は、風通しのよい竹細工でできた寝台や椅子のある部屋だった。壁に村の女性が織ったという複雑な模様の敷物が飾られている。この村の神と呼ばれる存在が描かれていて、それが鳥人のアンドレに似ていた。

ルイは村の者から食事をもらい、ずっと歩きづめだった身体を寝台に乗せた。疲れていたのだろうか。横になると猛烈な眠気が襲ってくる。

夢うつつに村人の歌声が聞こえてきた。陽気で優しい歌声に癒《いや》されて、ルイは妙に悲しくなり涙した。

目覚めたのは、騒がしい声と音がしたからだ。室内は暗いので、もう夜更けなのだろう。

眠い目を擦って起き上がると、乱暴に扉が開き、険しい形相のハッサンが部屋に入ってきた。ハッサンはルイの姿を見るなりひどく怒った様子で詰め寄り、頰を叩いてきた。いきなり殴られるとは思ってなかったので、ルイはびっくりして泣き出してしまった。涙腺《るいせん》がおかしくなっている。痛みで泣くなんてこれまでほとんどなかった。

「あ、あのハッサン王子……」

部屋に案内した女性が、おろおろした様子で殴られて泣いているルイを見る。

「二人にしてくれ」

ハッサンは冷たい声で女性を下がらせ、扉を閉めた。ルイは怖くなってハッサンの顔を見ることができなくなって、うつむいてぽたぽたと涙をこぼしていた。怒っているらしいとは聞かされていたが、会うなり殴るほど怒り心頭とは思わなかった。

「何故勝手に出て行った！」

ハッサンが怒鳴ってルイの胸倉を摑む。ルイはまた殴られるのかと思って、怯えて目を閉じた。ハッサンは震える息をこぼし、力任せにルイを毛布の上に押し倒した。真上から恐ろしい形相で睨まれ、ルイは濡れた頬でハッサンを見上げた。

「俺はもうあなたに必要ないから……」

ルイがか細い声で呟くと、ハッサンは余計に苛立った様子でルイの衣服をぎりぎりと締め上げた。

「俺に必要な者は俺が判断する！　お前が勝手に決めるな！」

間近で怒鳴られ、胴震いして身体中がびりびりした。ハッサンは苛立ったように、ルイから手を離し、思いきりルイの傍の壁を拳で叩いた。どしんと振動が起き、ルイはびくりとして身をすくめた。

「クソ……ッ、お前は俺のものだ、勝手に消えるなど許さない」

再び胸倉が摑まれ、首が宙に浮いた。ハッサンはルイの返答を封じるように深く口づけてきた。熱い吐息を感じ、ルイは胸が震えるのを止められなかった。

「どうしても消えるなら、もう一度獣に戻れ……っ、そうしたら綱と鎖でしばりつけて逃げられないようにする」

とんでもない言葉を吐かれ、ルイは濡れた目でハッサンを見つめた。

「でもあなたは……王になって妻を娶るのだから……」

ルイの言葉を聞き、ハッとしたようにハッサンの瞳が揺れた。急にハッサンの目から怒りの炎が消えていく。ハッサンはようやくルイが消えた理由に思い至ったらしい。そして深い吐息をこぼした。

「お前は馬鹿だ……、だから俺はアリンカに王位を譲る決意をしたんだ。俺はお前だけでいいから、そのためにアリンカに王位を譲ると決めた。妻は娶らない。いいか、よく聞け。俺は妻は迎えない」

ハッサンの唇の動きに衝撃を受け、ルイは呆然として涙を引っ込めた。ルイにとっては信じられない言葉、決意だった。

「そんな……馬鹿……なことを……」

唇がわなないて上手く言葉にできない。獣に戻ったみたいに、言葉が操れない。ハッサンがルイの身体をベッドに下ろした。ゆっくりと重なってくる。

「ああ、馬鹿だ。王として失格だ。でもいいんだ。初めて人を愛することができた。俺は神を信じない。誰も愛したこともなかった。お前だけだ。お前といる時だけ、こんな気持ちを味わっている」

身体にのしかかる重みに喘いで、ルイは胸を熱くする言葉にくらくらした。ハッサンの目は真っ直ぐにルイを見下ろしている。

「お前を愛している……、どうか行かないでくれ」

ハッサンの頭がルイの胸にもたれ、きつく抱きしめられた。ルイは咽元にせり上がってくる熱い塊に怯え、全身を震わせた。愛の言葉も初めてなら、ハッサンがこんな言い方をするのも聞いたことがない。ルイはおそるおそるハッサンの身体を抱きしめ返した。

獣に戻りたくないと思った。このままハッサンを抱きしめ返す人の腕が欲しいと願った。

「傍にいてもいいですか」

ルイはハッサンの匂いを嗅ぎ、小さな声で囁いた。ハッサンは返事をする代わりにルイの唇を深く吸ってきた。熱が唇を伝って、ルイに流れ込んでくる。ハッサンは我慢しきれなくなったようにルイの衣服を剝ぎ取り、素肌に唇を押し当ててきた。鎖骨に嚙みつかれ、首筋をきつく吸われる。ルイは甘く呻いてハッサンの愛撫《あいぶ》を受け止めた。

ハッサンは自らも衣服を脱ぎ捨て、ルイを全裸にさせると、身体中をくっつけて撫で回してきた。ハッサンの手で下腹部を扱かれ、あっという間に全身が汗ばむ。ハッサンは性急にルイの身体をまさぐってきた。あちこちを揉まれ、口で吸われ、声が殺せなくなるくらい感じた。全身が敏感になっていて、甘ったるい声が漏れて仕方なかった。

「痛くするぞ……」

ハッサンはルイの身体の奥を濡らした指で開き、熱くなった怒張を繋げてきた。初めての時より潤いが足りない上に余裕もなかったので、身体を広げられた瞬間痛みを感じた。けれどそれが嫌ではなかった。ハッサンの手で苦痛を与えられることが何よりも喜びに思えたのだ。

ハッサンが身体を押し進めてきて、ルイの奥に熱が加えられる。

ルイは胸を上下させて、大きく仰け反った。

「とても熱い……怖いくらい」

ルイはとろんとした表情で囁き、ハッサンの厚い胸板を手で辿った。大きく広げられた足をハッサンの身体に巻きつけ、はぁはぁと息をこぼす。

「ああ、お前の中が熱くてあまり持ちそうにない……」

ルイを組み敷いているハッサンは気持ちよさそうな顔でルイの身体を撫でた。ハッサンの手が胸元を探り、尖った乳首を弾いていく。指で潰されるようにしたり、逆に引っ張られたりして、ルイは鼻にかかった声を上げた。

「あ……っ」

繋がった場所を軽く揺さぶられ、ルイは抑えきれない声を上げた。ハッサンはルイの声を聞き興奮したように唇を舐めて腰を突き上げてくる。

「あっ、あっ、ひ……っ、ぁ」

痛いのに、奥を突かれるとひどく気持ちよくて甲高い声が口から飛び出た。大きいモノを受け入れるのは苦しいのに、性器の張った部分で奥を擦られると甘ったるい声が出てしまう。

「ひ……、ぅ、ン、ぁ……っ」

ハッサンに奥を律動され、ルイは身悶えながら甘い声を上げた。腰から甘い痺れが這い上がってきて、口元がだらしなくなる。泣きそうに切なくて、それでいて満たされた何かを感じる。ハッサンの手がルイの性器を扱くと余計に耐え切れない。

「もっと喘げ、お前が感じていると俺も痺れてくる」

ハッサンが上擦った声で囁き、ルイの乳首を摘んでくる。奥を突き上げられて、寝台が揺れる。重なってくるハッサンの重みに目眩《めまい》を感じる。

「あ……っ、ひっ、ぁ、ああ……っ」

突き上げられるたびに奥のほうまでハッサンの性器が入ってきて、ルイは生理的な涙を滲ませながら嬌声《きょうせい》を発した。深い奥まで入ってくると、少しだけ怖い。それなのに身体は感じて腰が揺れている。

「あっ、あっ、あっ」

断続的に奥を穿たれ、ルイは甲高い声をひっきりなしに上げた。ルイの性器から蜜があふれ、握っているハッサンの手を汚している。ルイが身悶えるように身体をくねらせると、ハッサンが折り重なるようにしてルイを抱きしめてきた。

「ルイ……ルイ……」

ハッサンがルイの名を繰り返し呟き、唇を吸ってくる。舌が差し込まれ、唾液が絡み合う。深い口づけをしながら奥を突かれ、ルイは呻き声を上げてハッサンの背中に爪を立てた。気持ちよくてあられもない場所から何もかも漏れてしまいそうな気がする。

「もう吐精しそうだな……、俺も限界だ。激しくするぞ」

ハッサンが呼吸を荒げて耳朶を舐める。言葉の後に、ハッサンがルイの足を抱え直し、激しく中を穿ってきた。待って、と言う言葉も聞いてもらえず、内部をぐちゃぐちゃに掻き混ぜられる。太ももが震えて、爪先が勝手にぴんとなった。穿たれる奥が熱くて火傷しそうだ。ルイは獣じみた声で、激しい快楽を逃がそうとした。

「あっ、あ、あ、あ、ひぁ……ッ」

壊れそうなほど内部を犯されて、ルイは仰け反って喘いだ。呼吸が荒くなり、息苦しいほどになる。繋がった場所が勝手に収縮して、ハッサンの性器を締めつけているのが恥ずかしい。ルイは部屋中に響き渡る嬌声が自分のものとは思えず、びくびくと仰け反った。

「ひ、あ、ああ……ッ!!」

襲い来る波のように快楽がやってきて、気づいたら性器から白濁した液体が噴き出ていた。強烈な快楽に襲われ、ルイは銜え込んだハッサンのモノをきつく締めつけた。それがハッサンの吐精を促したのか、ハッサンが呻き声を上げてルイの中に精の証を注ぎ込んできた。

「あ、あ……あ……」

ルイは奥にハッサンの精液を受け止めながら、びくびくと身悶えた。ハッサンの手がルイの性器を擦ると、まだ中から液体があふれ出てくる。

「はぁ……、はぁ……」

ハッサンは汗ばんだ顔でルイを見つめ、繋がったままで唇を吸ってきた。互いに隙間もないほどくっつくと、恍惚《こうこつ》とした感覚に陥った。肌が直接触れ合うとこんなに心地いいなんて知らなかった。ルイは事後の余韻に震え、濡れた身体を擦りつけた。

「ん……」

目が合うとハッサンはルイの唇を吸い、愛しげに髪をかき上げた。もっと愛し合いたくてたまらなかった。全身を絡め合って、ハッサンと一つになりたいと願う。ハッサンが指でルイの頬を辿ると、その指を口に含んで舌を絡めた。ようやくハッサンが笑みを浮かべてくれる。

ルイはハッサンと長い間身体を重ねた。

一度出しても再び探られると尽きぬ快楽に支配され、朝まで抱き合った。声がからからになり、腕を動かすのも億劫《おっくう》なほどだ。ずっとハッサンを受け入れ続けたので、身体がおかしくなっている。ハッサンの性器が抜けてもまだ奥に入っている気さえする。どこを触られても感じてしまって、この欲望には終わりがない。

「さすがに眠い……。一昼夜、馬を駆けさせたんだ。少し寝かせてくれ。絶対に逃げるなよ」

疲れた身体を寄り添わせ、ハッサンが大きくあくびをして言った。性欲より睡魔のほうが強くなり、やっと寝台に横になった。

ルイはふと指輪の存在を思い出して自分の下敷きになっていた衣服をまさぐった。ポケットに手を差し込むと、ネックレスが出てくる。

横を見ると、ハッサンはもう眠っていた。よほど精力を使い切ったのか、目の下が窪んでいる。ルイはネックレスから指輪を抜きとった。

ふと気づくと朝日を浴びて三位の指輪が光っている。持ち上げてみると部屋の隅に影ができていた。何気なく目をやったルイは、そこに王冠の形が浮かび上がっていたことに驚いた。複雑な文様が重なり

合い、影として王冠の形を作っている。おそらくこれはこの指輪だけが持つ特別な造りなのだろう。

横たわって満足げに眠る男はこの国の王だ。自分は王を背に乗せて、どこまでも走る馬になろう。

ルイは我が君の額にそっと口づけ、正統な持ち主にその指輪をはめた。

あとがき

こんにちは&はじめまして。夜光花《やこうはな》です。

『咎人《とがびと》のくちづけ』を読んでいただきありがとうございます。この本に出てくるハッサンは『あかつきの塔《とう》の魔術師《まじゅつし》』にも出ておりますので、よかったらそちらも合わせて読んでみてください。

今回あまり感情を出さないタイプの受けなのですが、きっと完全にくっついた後はデレたりするんだろうなと思いつつ書いていました。この後のほうが楽しいのかも……。ハッサンは金と権力をとり戻して、ガンガン貢ぎそうだなぁと思いました。この受けなら戦場にも一緒に連れていけるし、周囲が引くくらいラブラブっぷりを見せつけてくれるはず。

話の都合上、攻めと受けが離れている期間があるので、書いているほうも早く再会しなきゃともんもんとしました。ハッサンは多分待っている間、ルイが心配でずっと苛々してたに違いないです。

それにしても名前がカタカナばかりで読むのも覚えるのも大変だったと思います。私的には三冊もファンタジー世界を楽しめて大変嬉しかったです。ひとまずこれでこの世界は終わりです。

三冊もイラストをつけてくださった山岸《やまぎし》ほくと先生、本当にありがとうございました。山岸先生の今にも動き出しそうなキャラたちを堪能しました。ものすごくイメージ通りに絵を描いてくださる方です。透明感があって大好き。カッコいいキャラから可愛いキャラ、老人もすごい上手い！　お仕事一緒にできてとても嬉しかったです。最後まで素敵な絵をありがとうございました。

担当さま、いつもご指導ありがとうございます。

読んでくださった皆様、どうもありがとうございます。よかったら感想など教えてください。少しでも楽しんでいただければ嬉しいです。ではでは。また別の本でお会いできることを願って。

夜光花

LYNX ROMANCE

蒼穹《そうきゅう》の剣士《けんし》と漆黒《しっこく》の騎士《きし》

夜光花

illust. 山岸ほくと

898円
（本体価格855円）

翼を持ち空を自由に駆け回る、鳥人族の長・ユーゴ。国との協定により、騎士達とともに敵と闘うユーゴは、いつも自分を睨んでくる騎士・狼炎のことを忌々しく思っていた。だが、実は狼炎の部族ではユーゴのような容姿の鳥人間を神と崇めてており、彼には恋心を抱かれてたことを知って驚愕する。ぎくしゃくとした空気の中、ある事情からユーゴは狼炎に媚薬を貰わなければならず…。

LYNX ROMANCE

リアルライフゲーム

夜光花

illust. 海老原由里

898円
（本体価格855円）

華麗な美貌の佳宏は、八年ぶりに幼なじみの平良と再会する。学生時代は友人の透矢、翔太の四人でよく遊んでいた。久しぶりに皆で集まりゲームをしようとの平良の提案で四人は集まるが、佳宏は用意されたものを見て愕然とする。そのゲームは、マスの指示をリアルに行う人生ゲームだったのだ。しかもゲームを進めるにつれ、シールで隠されたマスにはとんでもない指令が書かれていることを知り…。指令・隣の人とセックス——。

LYNX ROMANCE

忘《わす》れないでいてくれ

夜光花

illust. 朝南かつみ

898円
（本体価格855円）

他人の記憶を覗き、消す能力を持つ清廉な美貌の守屋清涼。見た目に反して豪放磊落な性格の清涼は、その能力を活かして生計を立てていた。そんなある日、ヤクザのような目つきの鋭い秦野という刑事が突然現れる。清涼は重要な事件を目撃した女性の記憶を消したと詰られ脅されるが、仕返しに秦野の記憶を覗き、彼のトラウマを指摘してしまう。しかし、逆に激昂した秦野は、清涼を無理矢理押し倒し、蹂躙してきて——。

LYNX ROMANCE

サクラ咲《さ》ク

夜光花

898円
（本体価格855円）

高校生のころ三ヶ月間行方不明になり、その間の記憶をなくしたままの怜士。以来、写真を撮られたり人に触れられたりするのが苦手になってしまった怜士は、未だ誰ともセックスすることが出来ずにいる。そんなある日、中学時代に憧れ、想いを寄せていた花吹雪先輩——櫻木と再会する。櫻木がおいかけていた事件をきっかけに、二人は同居することになるが…。人気作「忘れないでいてくれ」スピンオフ登場！

LYNX ROMANCE

あかつきの塔《とう》の魔術師《まじゅつし》

夜光花

illust. 山岸ほくと

898円
（本体価格855円）

長年隣国であるセントダイナの傘下にある魔術師の国サントリム。代々人質として、王子を送っており、今は王族の中で唯一魔術が使えない第三王子のヒューイが隣国で暮らしている。魔術師のレニーが従者として付き添っているが、魔術が使えることは内密にされていた。口も性格も悪いが常にヒューイのことを第一に考え行動してくれる彼と親密な絆を結び、美しく育ったヒューイ。しかし、世継ぎ争いに巻き込まれてしまい…。

LYNX ROMANCE

月神《つきがみ》の愛《め》でる花《はな》～六つ花の咲く都～

朝霞月子

illust. 千川夏味

898円
（本体価格855円）

ある日突然、見知らぬ世界・サークィン皇国へ迷い込んでしまった純情な高校生の佐保は、若き皇帝・レグレシティスと出会い、紆余曲折を経て結ばれる。彼の側で皇妃として生きることを選んだ佐保は、絆を深めながら、穏やかで幸せな日々を過ごしていた。季節は巡り、佐保が王都で初めて迎える本格的な冬。雪で白く染まった景色に心躍らせる佐保は街に出るが、そこでとある男に出会い…？

LYNX ROMANCE

追憶《ついおく》の雨《あめ》

きたざわ尋子

illust. 高宮東

898円
（本体価格855円）

ビスクドールのような美しい容姿のレインは、長い寿命と不老の身体を持つバル・ナシュとして覚醒してから、同族の集まる島で静かに暮らしていた。そんなある日、レインのもとに新しく同族となる人物・エルナンの情報が届く。彼は、かつてレインが唯一大切にしていた少年だった。逞しく成長したエルナンは、離れていた分の想いをぶつけるようにレインを求めてきたが、レインは快楽に溺れる自分の性質を恐れていて…。

LYNX ROMANCE

鎖《くさり》～ハニートラップ～

妃川螢

illust. 亜樹良のりかず

898円
（本体価格855円）

警視庁SPとして働く氷上は、ある国賓の警護につくことになる。その相手・レオンハルトは、幼少の頃隣同士の家で育った幼馴染みで学生時代には付き合っていたこともある男だった。しかし彼の将来を考えた末、氷上が別れを告げ二人の関係は終わりを迎える。世界的リゾート開発会社の社長となっていたレオンハルトをガードをするため、宿泊先に同宿することになった氷上。そんな中、某国の工作員にレオンハルトが襲われ…？

LYNX ROMANCE

月神《つきがみ》の愛《め》でる花《はな》～澄碧の護り手～

朝霞月子　illust. 千川夏味

898円（本体価格855円）

見知らぬ異世界・サークィン皇国へトリップしてしまった純情な高校生の佐保は、若き皇帝・レグレシティスと出会い、紆余曲折を経て、身も心も結ばれる。皇妃としてレグレシティスと共に生きることを選んだ佐保は、絆を深めながら幸せな日々を過ごしていた。そんなある日、交流のある領主へ挨拶に行くというレグレシティスの公務に付き添い、港湾都市・イオニアへ向かうことに。そこで佐保が出会ったのは…？

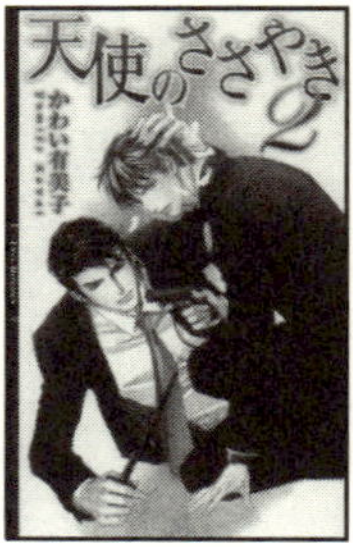

LYNX ROMANCE

天使《てんし》のささやき2

かわい有美子　illust. 蓮川愛

898円（本体価格855円）

警視庁警護課でSPとして勤務する名田は、同じくSPの峯神とめでたく恋人同士となる。二人きりの旅行やデートに誘われ嬉しくも思う名田。しかし、以前からかかわっている事件は未だ解決が見えず、また名田はSPとしての仕事に自分が向いているのかどうか悩んでもいた。そんな中、名田が確保した議員秘書の矢崎が不審な自殺を遂げる。ますますきな臭くなる中、名田たちは引き続き行われる国際会議に厳戒態勢で臨むが…。

LYNX ROMANCE

クリスタル ガーディアン

水壬楓子　illust. 土屋むう

898円（本体価格855円）

北方五都と呼ばれる地方で、もっとも広大な領土と国力を持つ月都。月都の王族には守護獣がつき、主である王族が死ぬか、契約解除が告げられるまで、その関係は続いていく。しかし、月都の第七皇子・守善には守護獣がつかなかった。だがある日、兄である第一皇子から「将来の国の守りも考え伝説の守護獣である雪豹と契約を結んでこい」と命じられる。さらに豹の守護獣・イリヤを預けられ、一緒に旅をすることになり…。

LYNX ROMANCE

ファラウェイ

英田サキ　illust. 円陣闇丸

898円（本体価格855円）

祖母が亡くなり、天涯孤独となってしまった羽根珠樹。病院の清掃員として真面目に働いていた珠樹は、あるとき見舞いに来ていた外国人のユージンに出会う。彼はアメリカのセレブ一族の一員で傲慢な男だったが、後日、車に轢かれて息を引き取った。だが、なぜかユージンはすぐに蘇生した。そして、今までとはまったく別人のようになってしまったユージンは、突然「俺を許すと言ってくれ」と意味不明な言葉で珠樹にせまってきて…。

LYNX ROMANCE

千両箱《せんりょうばこ》で眠《ねむ》る君《きみ》

バーバラ片桐　illust. 周防佑未

898円（本体価格855円）

幼少のトラウマから、千両箱の中でしか眠ることが出来ない嵯峨。ヤクザまがいの仕事をしている嵯峨は、身分を偽り国有財産を入札するため財務局の説明会に赴いた。そこで職員になっていた同級生・長尾と再会する。しかし身分を偽っていたことがバレ、口封じのため彼を強引に誘惑し、抱かれることに。その後もなし崩し的に長尾と身体の関係を続ける嵯峨だったが、そんな中、長尾が何者かに誘拐され…。

LYNX ROMANCE

悪魔《あくま》公爵《こうしゃく》と愛玩《あいがん》仔猫《こねこ》

妃川螢　illust. 古澤エノ

898円（本体価格855円）

ここは、魔族が暮らす悪魔界。上級悪魔に執事として仕えることを生業とする黒猫族の落ちこぼれ・ノエルは、銀の森で肉食大青虫に追いかけられているところを悪魔公爵であるクライドに助けられる。そのままひきとられたノエルは執事見習いとして働きはじめるが、魔法も一向に上達せず、全くクライドの役に立てず失敗ばかり。そんなある日、クライドに連れられて上級貴族の宴に同行することになったノエルだったが…。

LYNX ROMANCE

獣《けもの》王子《おうじ》と忠誠《ちゅうせい》の騎士《きし》

宮緒葵　illust. サマミヤアカザ

898円（本体価格855円）

トゥラン王国の騎士・ラファエルは、幼き第一王子・クリスティアンに永遠の忠誠を誓った。しかし六歳になったある日、クリスティアンが忽然と姿を消してしまう。そして十一年後―ラファエルはついに「魔の森」で美しく成長した王子を見つけ出す。国に連れ帰るも魔獣に育てられ言葉も忘れていたクリスティアンは獣のようだった。それでも変わらぬ忠誠を捧げ、献身的に尽くすラファエルにクリスティアンも心を開きはじめ…。

LYNX ROMANCE

狼《おおかみ》だけどいいですか？

葵居ゆゆ　illust. 青井秋

898円（本体価格855円）

人間嫌いの人狼・アルフレッドは、とある町で七匹の犬と一緒に暮らす奈々斗と出会う。親を亡くした奈々斗は、貧しい暮らしにもかかわらず捨て犬を見ると放っておけないお人好しだった。アルフレッドは、奈々斗に誘われしばらくの間一緒に住むことになるが、次第に元気に振る舞う彼が抱える寂しさに気づきはじめる。人間とはいつか別れが来ることを知りながら奈々斗を放っておけない気持ちになったアルフレッドは…。

LYNX ROMANCE

お兄《にい》さんの悩《なや》みごと

真先ゆみ

illust. 三尾じゅん太

898円（本体価格855円）

美形作家という華やかな肩書きながら、趣味は弟のお弁当作りという至って平凡な性格の玲音は、親が離婚して以来、唯一の家族となった弟の綺羅を溺愛していた。そんなある日、玲音は弟にアプローチしてきている蜂谷という男の存在を知る。なんとかして蜂谷から弟を守ろうとする玲音だが、その矢先、長年の仕事仲間であった志季に「いい加減弟離れして、俺を見ろ」と告白されて…。

LYNX ROMANCE

悪《あく》魔《ま》伯《はく》爵《しゃく》と黒《くろ》猫《ねこ》執《しつ》事《じ》

妃川螢

illust. 古澤エノ

898円（本体価格855円）

ここは、魔族が暮らす悪魔界。上級悪魔に執事として仕えることを生業とする黒猫族・イヴリンは、今日もご主人さまのお世話に明け暮れています。それは、ご主人さまのアルヴィンが、上級悪魔とは名ばかりの落ちこぼれ貴族で、とってもヘタれているからなのです。そんなある日、上級悪魔のくせに小さなコウモリにしか変身できないアルヴィンが倒れていた蛇蜥蜴族の青年を拾ってきて…。

LYNX ROMANCE

薔薇《ばら》の王国《おうこく》

剛しいら

illust. 緒笠原くえん

898円（本体価格855円）

長年の圧政で国が疲弊していく中、貴族のアーネストには、ひた隠す願望があった。それは男性に抱かれ快感を与えられること。ある日、屋敷で新入りの若い庭師・サイラスを一目見た瞬間、うしろ暗い欲求をその身に感じてしまうアーネスト。許されざる願望だと自身を戒めるが、それに気付いたサイラスに強引に身体を奪われる。次第に支配されたいとまで望むようになっていく折、サイラスが国に不信を抱いていることを知るが…。

LYNX ROMANCE

センセイと秘書《ひしょ》。

深沢梨絵

illust. 香咲

898円（本体価格855円）

倒れた父のあとを継ぎ、突然議員に立候補する羽目になった直人は、まさかの当選を果たし、超有能と噂の敏腕秘書・木佐貫に教育を受けることになる。けれど世間知らずの直人は、厳しい木佐貫から容赦ないダメ出しをされてばかり…。落ち込む直人を横目に、彼の教育はプライベートにまで及び、ついには「性欲管理も秘書の仕事のうち」と、クールな表情のままの木佐貫に淫らな行為をされてしまい…！

LYNX ROMANCE

ケモラブ。

水戸泉

illust. 上川きち

898円
(本体価格855円)

クールな外見とは裏腹に、無類の猫好きであるやり手社長の三巳はある日撤退を決めた事業部門の責任者・瀬嶋から直談判を受ける。はじめは意に介さなかった三巳だが、瀬嶋を見て目を疑った。なんと彼には、茶虎の耳と尻尾が生えていたのだ　!中年のおっさんになど興味がないと自らに言い聞かせるものの、耳と尻尾に抗えない魅力を感じ、瀬嶋を家に住まわせることにした三巳。その矢先、瀬嶋の発情期がはじまり…!

LYNX ROMANCEx

極道《ごくどう》ハニー

名倉和希

illust. 基井颯乃

898円
(本体価格855円)

父親が会長を務める月伸会の傍系・熊坂組を引き継いだ猛。可愛らしく育ってしまった猛は、幼い頃、熊坂家に引き取られた兄のような存在の里見に恋心を抱いていた。組員たちから世話を焼かれ、里見にシノギを融通してもらってなんとか組を回していた猛。しかしある日、新入りの組員が突然姿を消してしまった。必死に探す猛の元に、消息を調べたという里見がやって来て「知りたければ、自分の言うことを聞け」と告げてきて…。

LYNX ROMANCE

月蝶《げっちょう》の住《す》まう楽園《らくえん》

朝霞月子

illust. 古澤エノ

898円
(本体価格855円)

ハーニャは、素直な性格を生かし、赴任先のリュリュージュ島で仕事に追われながらも充実した日々を送っていた。ある日配達に赴いた貴族の別荘で、無愛想な庭師・ジョージィと出会うハーニャ。冷たくあしらわれるが、何度も配達に訪れるうち時折覗く優しさに気付き、次第にジョージィを意識するようになる。そんな中、配達途中の大雨でずぶ濡れになったハーニャは熱を出し、ジョージィの前で倒れてしまい…。

LYNX ROMANCE

奪還《だっかん》の代償《だいしょう》～約束の絆～

六青みつみ

illust. 葛西リカコ

898円
(本体価格855円)

故郷の森の中で聖獣の繭卵を拾った軍人のリグトゥールは、繭卵を慈しみ大切にしていた。しかし繭卵が窃盗集団に奪われてしまう。繭卵の呼び声を頼りに行方を追い続けるも、孵化したために声が聞こえなくなる。それでも、執念で探し続けるリグトゥールは、ある任務中に立ち寄った街で主に虐げられている黄位の聖獣・カイエと出会う。同情し、世話をやいているうちに彼が盗まれた繭卵の聖獣だと確信するが…。

LYNX ROMANCE

アメジストの甘《あま》い誘《ゆう》惑《わく》

宮本れん illust. Ciel

898円
（本体価格855円）

大学生の暁は、ふとした偶然で親善大使として来日していたヴァルニー二王国の第二王子・レオナルドと出会う。華やかで気品あるレオに圧倒されつつも、気さくな人柄に触れ、彼のことをもっと知りたいと思いはじめる暁。一方レオナルドも、身分を知っても変わらず接してくれる素直な暁を愛おしく思うようになる。次第に惹かれあっていくものの、立場の違いから想いを打ち明け合うことが出来ずにいた二人は…。

LYNX ROMANCE

ブラザー×セクスアリス

篠崎一夜 illust. 香坂透

898円
（本体価格855円）

全寮制の男子校に通う真面目な高校生・仁科吉祥は、弟の関係に悩んでいた。狂犬と評され、吉祥以外の人間に関心を示さない彌勒と、兄弟でありながら肉体関係を結んでしまったのだ。弟の体しか知らず、何も分からないまま淫らな行為をされることに戸惑う吉祥は、性的無知を彌勒に揶揄われ、兄としての自尊心を傷つけられる。弟にされるやり方が本当に正しい性交方法なのか、DVDを参考にしようと試みる吉祥だが…。

LYNX ROMANCEx

ハカセの交《こう》配《はい》実《じっ》験《けん》

バーバラ片桐 illust. 高座朗

898円
（本体価格855円）

草食系男子が増えすぎたため、深刻なまでに日本の人口が減少し続けていた。少子化対策の研究をしている桜河内は、性欲自体が落ちている統計に着目していたところ、いかにも性欲の強そうな須坂を発見する。そこで、研究のため須坂のデータを取ることになった桜河内だが、二人が協力し合ううち、愛情が目覚めていく。そんなある日、別の研究者が、桜河内に女体化する薬を飲ませていたことが発覚し…。

LYNX ROMANCE

恋《こい》もよう、愛《あい》もよう。

きたざわ尋子 illust. 角田緑

898円
（本体価格855円）

カフェで働く紗也は、同僚の洸太郎から兄の逸樹が新たに立ち上げるカフェの店長をしてくれないかと持ちかけられる。逸樹は憧れの人気絵本作家であり、その彼がオーナーでギャラリーも兼ねているカフェだと聞き、紗也は二つ返事で引き受けた。しかし実際に会った逸樹は、数多くのセフレを持ち、自堕落な性生活を送る残念なイケメンだった。その上逸樹は紗也にもセクハラまがいの行為をしてくるが、何故か逸樹に惚れてしまい…。

LYNX ROMANCE

一《ひと》つ屋根《やね》の下《した》の恋《れん》愛《あい》協定《きょうてい》

茜花らら　illust. 周防佑未

898円
（本体価格855円）

恭が大家をしている食事つきのことり荘には、３人の店子がいた。大人なエリートサラリーマンの乃木に、夜の仕事をしている人嫌いの男・真行寺、そして大学生で天真爛漫な千尋と個性豊かな３人だ。半年かけ、ようやく炊事や掃除など大家としての仕事も慣れてきた恭は、平穏な日々を送っていた。しかしその裏では恭に隠れてコソコソと３人で話し合いが行われていて、ある日突然３人の中から誰か一人を恋人に選べと迫られ…。

LYNX ROMANCE

銀《ぎん》の雫《しずく》の降《ふ》る都《みやこ》

かわい有美子　illust. 葛西リカコ

898円
（本体価格855円）

レーモスよりエイドレア辺境地に赴任しているカレル。三十歳前後の見た目に反し、実年齢は百歳を超えるカレルだが、レーモス人が四、五百年は生きる中、病気のため治療を受け続けながら残り少ない余命を淡々と過ごしていた。そんなある日、内陸部の市場で剣闘士として売られていた少年を気まぐれで買い取る。ユーリスと名前を与え、教育や作法を躾けるが、次第に成長し、全身で自分を求めてくる彼に対し徐々に愛情が芽生え…。

LYNX ROMANCE

シンデレラの夢《ゆめ》

妃川螢　illust. 麻生海

898円
（本体価格855円）

祖母が他界し、天涯孤独の身となった大学生の桐島玲は亡き祖母の治療費や学費の捻出に四苦八苦していた。そんな折、受験を控えている家庭教師先の一家の旅行に同行して欲しいと頼まれる。高額なバイト代につられてリゾート地の海外に来た玲は、スウェーデン貴族の血を引く製薬会社の社長・カインと出会う。夢が新薬の開発で薬学部に通う玲は、彼の存在を知っていたが、そのことがカインの身辺を探っていると誤解され…。

LYNX ROMANCE

教《おし》えてください

剛しいら　illust. いさき李果

898円
（本体価格855円）

やり手の会社経営者・大堂勇磨のもとに、かつて身体の関係があった男・山陵が現れる。「なにをしてもいいから、五百万貸してくれ」と息子の啓を差し出す山陵に腹を立てた大堂は、啓を引き取ることに。タレントとして売り出そうとするが、二十歳の啓の顔立ちは可愛いものの覇気がなく、華やかさも色気もなかった。まずは自信を持たせるためにルックスを磨き、大堂の手でセクシュアルな行為を仕込むが…。

LYNX ROMANCE

罪人《とがびと》たちの恋《こい》

火崎勇 illust. こあき

898円
（本体価格855円）

母子家庭の信田は、事故で突然母を亡くしてしまう。葬儀の場に父の遣いが現れ、信田はヤクザの組長だった父に引き取られることに。ほとんど顔を合わせることのない父の代わりに、波瀬という組の男に面倒を見られる日々を送ることになった信田。共に過ごすうち、次第に惹かれ合うようになる二人。しかし父が何者かに殺害され、信田は波瀬が犯人だと教えられる。そのまま彼は信田の前から消えてしまい…。

LYNX ROMANCE

リーガルトラップ

水壬楓子 illust. 亜樹良のりかず

898円
（本体価格855円）

名久井組の若頭・佐古は、組のお抱え弁護士である征眞とセフレの関係を続けていた。そんなある日、佐古は征眞が結婚するという情報を手に入れる。征眞に惚れている佐古は、彼が結婚に踏み切らないよう、食事に誘ったりプレゼントを用意したりと、あの手この手で阻止しようとする。しかし残念ながら、征眞の結婚準備は着々と進んでいき…。RDCシリーズ番外編。

LYNX ROMANCE

初《はつ》恋《こい》のソルフェージュ

桐嶋リッカ illust. 古澤エノ

898円
（本体価格855円）

長い間、従兄の尚梧に片想いをし続けている凛は、この初恋は叶わないと思いながらも諦めきれずにいた。しかし、尚梧から突然告白され、嬉しさと驚きで泣いてしまった凛は、そのまま一週間、ともに過ごすことになった。激しい情交に溺れる日々の中、「尚梧に遊ばれている」だけだと彼の友人に凛は告げられる。それでも好きな想いは変わらなかった凛は、関係が終わるまで尚梧の傍にいようと決心し…。

LYLYNX ROMANCE

眠《ねむ》り姫《ひめ》とチョコレート

佐倉朱里 illust. 青山十三

898円
（本体価格855円）

バー・チェネレントラを経営している長身でハンサムな優しい男・黒田剛は、店で繰り広げられる恋の行方をいつでも温かく見守り、時にはキューピッドにもなってきた。そんな黒田だが、その実、素はオネエ言葉な乙女男子だった。恋はしたいけれど、こんな男らしい自分が受け身の恋なんて出来るはずがないと諦めている。しかしある日、バーの厨房で働くシェフの関口から突然口説かれて…。

LYNX ROMANCE

夏《なつ》の雪《ゆき》

葵居ゆゆ　illust. 雨澄ノカ

898円
(本体価格855円)

事故で弟が亡くなって以来、壊れていく家族のなかで居場所をなくした冬は、ある日衝動的に家を飛び出してしまう。行くあてのない冬を拾ったのは、偶然出会った喜雨という男だった。優しさに慣れていない冬は、喜雨の行動に戸惑うが、次第にありのままを受け入れてくれる喜雨に少しずつ心を開いていく。やがて、喜雨に何気なく触れられるたびに、嬉しさと切なさを感じはじめた冬は、生まれて初めて人を好きになる感情を知り…。

LYNX ROMANCE

幽《ゆう》霊《れい》ときどきクマ。

水壬楓子　illust. サマミヤアカザ

898円
(本体価格855円)

ある朝、刑事の辰彦は、帰宅したところを美貌の青年に出迎えられる。青年は信じられないことに、床から十センチほど浮いていた。現実を直視したくない辰彦に対し、青年の幽霊は「自分の死体を探して欲しい」と懇願してくる。今、追っている事件に関わりがありそうな予感から、気が乗らないながらも引き受ける辰彦。ぬいぐるみのクマの中に入りこんだ幽霊・恵と共に死体を探す辰彦だったが…。

LYNX ROMANCE

闇《やみ》の王《おう》と彼方《かなた》の恋《こい》

六青みつみ　illust. ホームラン・拳

898円
(本体価格855円)

雨が降る日、どこか懐かしく感じる男・アディーンを助けた高校生の羽室悠。人間離れした不思議な魅力を持つアディーンに強く惹かれるが、彼は『門』から来た『外来種』だと気づいてしまう。人類の敵として忌み嫌われ恐れられている彼の存在に悩みながらも、つのる想いが抑えられず隠れて逢瀬を続ける悠。しかし、『外来種』を人一倍憎んでいる親友の小野田に見つかり、アディーンとの仲を引き裂かれてしまい…。

LYNX ROMANCE

理《り》事《じ》長《ちょう》様《さま》の子《こ》羊《ひつじ》レシピ

名倉和希　illust.高峰顕

898円
(本体価格855円)

奨学金で大学に通っている優貴は、理事長である滝沢に対して恩を感じていた。それだけでなく、その魅力的な容姿と圧倒的な存在感に憧れ、尊敬の念さえ抱いていた。めでたく二十歳を迎えた優貴は、突然滝沢から呼び出されて、食事をご馳走になる。酒を飲んだ優貴は突然睡魔に襲われてしまう。目覚めると、裸にされ滝沢の愛撫を受けていた優貴は、滝沢の家に住み、いつでも身体の相手をすることを約束させられ…。

LYNX ROMANCEx

氷《こおり》の軍神《ぐんしん》～マリッジ・ブルー～

沙野風結子

illust. 霧壬ゆうや

898円（本体価格855円）

中小企業庁に勤務する周防孝臣は企業の海外展開を支援するため、ドイツへ視察に向かう。財閥総帥の次男、クラウス・ザイドリッツに迎えられ、「冷徹な軍人」の印象をもつ美貌の彼と濃密な時間を過ごすことになった。帰国前日、同性であるクラウスの洗練された魅力にあらがえないことに思い悩む孝臣は、ディナーで突然、意識をなくしてしまう。目覚めた孝臣にまっていたのは拘束され、クラウスに「淘汰」されることだった…。

LYNX ROMANCE

ウエディング刑事《デカ》

あすか

illust. 緒田涼歌

898円（本体価格855円）

真面目でお人好しの新米刑事・水央は、ある日事件の捜査へ向かう。そこで水央が目にしたのは、ウエディングドレスに身を包んだかつての幼馴染み・志宝路維だった。路維も刑事で、水央とパートナーを組むのだという。昔から超絶美形で天才…なのに恋人だった路維に振り回されていた水央は、相変わらずな路維の行動に戸惑うばかり。さらに驚くことに、路維は水央との結婚を狙っていて!? 二人のバージンロードの行方はいかに！

LYNX ROMANCE

いとしさの結晶《けっしょう》

きたざわ尋子

illust. 青井秋

898円（本体価格855円）

かつて事故に遭い、記憶を失ってしまった着物デザイナーの志信は、契約先の担当である保科と恋に落ち恋人となる。しかし記憶を失う前はミヤという男のことが好きだったのを思い出した志信は別れようとするが保科は認めず、未だに恋人同士のような関係を続けていた。今では俳優として有名になったミヤを見る度、不機嫌になる保科に呆れ、自分がもう会うこともないと思っていた志信。だが、ある日個展に出席することになり…。

LYNX ROMANCE

Zwei《ツヴァイ》

かわい有美子

illust. やまがたさとみ

898円（本体価格855円）

捜査一課から飛ばされ、さらに内部調査を命じられてやさぐれていた山下は、ある事件で検事となった高校の同級生・須和と再会する。彼は、昔よりも冴えないくすんだ印象になっていた。高校時代に想い合っていた二人は自然と抱き合うようになるが、自らの腕の中でまるで羽化するように綺麗になっていく須和を目の当たりにし、山下は惹かれていく。二人の距離は徐々に縮まっていく中、須和が地方へと異動になることが決まり…。

LYNX ROMANCE

月神《つきがみ》の愛《め》でる花《はな》

朝霞月子　illust. 千川夏味

898円
（本体価格855円）

見知らぬ異世界へトリップしてしまった純情な高校生の佐保は、若き皇帝レグレシティスの治めるサークィン皇国の裁縫店でつつましくも懸命に働いていた。あるとき、城におつかいに行った佐保は、暴漢に襲われ意識を失ってしまう。目覚めた佐保は、暴漢であったサラエ国の護衛官たちに、行方不明になった皇帝の嫁候補である「姫」の代わりをしてほしいと懇願される。押し切られた佐保は、皇帝の後宮で姫として暮らすことになり…。

LYNX ROMANCE

暁《あかつき》に濡《ぬ》れる月《つき》 上

和泉桂　illust. 円陣闇丸

898円
（本体価格855円）

戦争で家族と引き裂かれた泰貴は美しい容姿と肉体を武器に生き延び、母の実家・清澗寺家にたどり着く。当主・和貴の息子として育った双子の兄・弘貴と再会した泰貴は、己と正反対に純真無垢な弘貴に激した憎悪を抱く。心とは裏腹に快楽を求める肉体――清澗寺の呪われた血を嫌う一方で、泰貴は兄を陥れて家を手に入れる計画を進めていく。そんな中で家庭教師・藤城の優しさに触れ、泰貴は彼を慕うようになるが…。

LYNX ROMANCE

暁《あかつき》に濡《ぬ》れる月《つき》 下

和泉桂　illust. 円陣闇丸

898円
（本体価格855円）

清澗寺伯爵家に引き取られた泰貴は、双子の兄・弘貴から次の当主の座を奪おうと画策していた。そんな中で家庭教師の藤城に恋した泰貴は、彼の冷酷な本性を知り衝撃を受ける。隷属を求め、泰貴を利用しようと企む藤城に反発し、泰貴は恋を諦めようとする。一方、闇市の実力者・曾我との関係を深める弘貴は、闇市の利権を巡る抗争に巻き込まれてしまう。時代の荒波は、否応なしに清澗寺家をも呑み込んでいき…。

LYNX ROMANCE

変身《へんしん》できない

篠崎一夜　illust. 香坂透

898円
（本体価格855円）

美貌のオカマ・染矢は、ある日、元ヤンキーの本田に女と勘違いされ一目惚れされてしまう。後日デートに誘われた染矢は、いつものように軽くあしらおうとするが、なぜか本田相手にはペースを乱されてしまい上手くいかない。そんな折、実家に帰るため男の姿に戻ったところを本田に見られてしまい…!?「お金がないっ」シリーズよりサイドストーリーが登場！

この本を読んでの
ご意見・ご感想を
お寄せ下さい。

〒151-0051
東京都渋谷区千駄ヶ谷4-9-7
(株)幻冬舎コミックス　リンクス編集部
「夜《や》光《こう》花《はな》先生」係／「山《やま》岸《ぎし》ほくと先生」係

リンクス ロマンス

咎人のくちづけ

2013年10月31日　第1刷発行

著者……………夜《や》光《こう》花《はな》
発行人…………伊藤嘉彦
発行元…………株式会社　幻冬舎コミックス
〒151-0051　東京都渋谷区千駄ヶ谷4-9-7
TEL 03-5411-6431（編集）
発売元…………株式会社　幻冬舎
〒151-0051　東京都渋谷区千駄ヶ谷4-9-7
TEL 03-5411-6222（営業）
振替00120-8-767643
印刷・製本所…共同印刷株式会社
検印廃止

ISBN978-4-344-82948-0 C0293
Printed in Japan

幻冬舎コミックスホームページ　http://www.gentosha-comics.net